I0641697

17218
H

MEMOIRES

POUR SERVIR

A L'HISTOIRE

DES

HOMMES

ILLUSTRES

DANS LA REPUBLIQUE DES LETTRES.

AVEC

UN CATALOGUE RAISONNE'

de leurs Ouvrages.

Par le R. P. NICERON, *Barnabite.*

TOME XXXVIII.

BIBLIOTHÈQUE DE L'ARSENAL

A LA SCIENCE

A PARIS,

Chez BRIASSON, Libraire, ruë S. Jacques,
à la Science.

M. DCC. XXXVII.

Avec Approbation & Privilege du Roi.

8H 25697

TABLE
ALPHABETIQUE

Des Auteurs contenus dans les trente-huit Volumes de ces Mémoires.

Le chiffre marque le Volume.

Les noms qui sont en italique marquent les Auteurs dont il est dit peu de choses & dont il n'est parlé que dans la vie des autres & non en particulier.

Tome XXXVIII.

a ij

TABLE ALPHABETIQUE

TABLE ALPHABETIQUE

DES AUTEURS.

a iiij

TABLE ALPHABETIQUE

Tom. XXXVIII.   a viij

TABLE ALPHABETIQUE

Tome XXXVIII. h

Fin de la Table Alphabetique des Auteurs.

Table particuliere de ce
Volume.

MEMOIRES

MEMOIRES

POUR SERVIR

A L'HISTOIRE

DES

HOMMES

ILLUSTRES

DANS LA REPUBLIQUE
des Lettres ;

Avec un Catalogue raifonné
de leurs Ouvrages.

ABRAHAM MUNTING.

*BRAHAM Munting*
naquit à *Groningue* le 19.
Juin 1626. de *Henri Mun-*
ting, Docteur en Mede-
cine, & Profeffeur en Bo-
tanique & en Chymie, & d'*Efther*
Renemans.

Après avoir fait fes études d'Hu-

Tome XXXVIII.   A

manités dans les Ecoles de sa patrie,
il fut reçu dans l'Academie le 15.
Janvier 1645. & il y étudia en Philosophie sous *Martin Schoockius*, sous
lequel il soutint avec applaudisse-
ment une Thèse *de Turffis*.

Son pere, qui le destinoit à remplir
sa place de Professeur en Botanique,
n'oublia rien pour lui inspirer du
goût pour l'étude des Plantes, & le
jeune *Munting* répondit parfaitement
en cela à ses desirs.

Instruit suffisamment dans l'Academie de *Groningue*, il alla visiter celles de *Franequer*, d'*Utrecht* & de *Leyde*, & passa en 1649. en France, où
il demeura deux ans. Il employa tout
ce temps à se perfectionner dans la
Botanique & dans la Medecine, &
ayant pris à *Angers* le degré de Docteur en cette Faculté, il retourna en
1651. à *Groningue*.

Son pere ravi des progrès qu'il avoit
fait dans sa science favorite, lui donna bientôt occasion de faire connoître son habileté, en lui faisant faire
des leçons de Botanique à sa place,
lorsque ses affaires ou ses infirmités
ne lui permettoient point de les faire
lui même.

Munting fe fit honneur par fes le- A. Mun-
çons , & lorfque fon pere fut mort TING.
en 1658. on ne fit point difficulté de
le choifir pour lui fucceder dans la
place de Profeffeur.

Il fongea à fe marier la même année , & époufa *Elizabeth Gabbema* ,
fœur de *Simon Abbes Gabbema* , Hif-
toriographe de Frife, dont il eut deux
fils & une fille.

Il mourut le 31. Janvier 1683. âgé
feulement de 56. ans.

Catalogue de fes Ouvrages.

1. *La véritable culture des Plantes* ,
(en Flamand.) *Leuwarde* , 1672.
in-4o. It. *Ibid.* 1682. *in*-4°.

2. *De vera antiquorum Herba Bri-
tannica, ejufdemque efficacia contra Sto-
macacen , feu Scelotyrben Differtatio
Hiftorico-Medica. Amftelod.* 1681.
in-4o. It. *Ibid.* 1698. *in*-4°.

3. *Defcription curieufe des Plantes* ,
(en Flamand.) *Leyde* , 1696. *in-fol.*
On voit à la tête de cet Ouvrage l'O-
raifon Funebre de *Munting* par *Jean
Minfinga* , Profeffeur en Eloquence
à *Groningue* , traduite du Latin en
Flamand par *P. Rabus.* L'Ouvrage
même eft rempli d'un grand nombre

de Planches. Il a été donné depuis en Latin sous ce titre : *Abrahami Mun-tingii, Phytographia curiosa, exhibens Arborum, Fruticum, Herbarum, & Florum Icones, ducentis & quadraginta quinque Tabulis ad vivum delineatis ; varias earum denominationes Latinas, Gallicas, Italicas, Germanicas, Belgicas, aliasque ex probatissimis Autoribus, priscis ac neotericis desumptas, collegit & adjecit Franciscus Kigelaer, Botanophilus. Amstelod.* 1711. *in-fol.*

V. *Son Oraison Funebre par Minsinga. Elle se trouve dans la Bibliotheca Scriptorum Medicorum de Manget.*

JACQUES WIMPHELINGIUS.

J. Wim-
phelin-
gius.
J Acques *Wimphelingius* naquit à *Schelestat*, Ville d'Alsace, le 27. Juillet 1450.

Il commença ses études dans sa patrie sous *Louis Dringenberg*, & les y continua jusqu'à la mort de son pere, après laquelle il passa en 1464. à *Fribourg* pour y étudier en Philosophie. Ce qu'il fit sous *Conrad Sturt-*

zel & *Jean Keiſerſperg* pendant qua- J. Wim-
tre années. PHELIN-
GIUS.

La peſte ayant diſperſé au bout de
ce temps les Maîtres & les Ecoliers,
il alla à *Erford* dans le deſſein de continuer ſes études Philoſophiques.
Après pluſieurs mois de ſéjour en
cette Ville, un de ſes oncles pater-
nels, qui étoit fort âgé & très-infir-
me, l'appella auprès de lui pour lui
conferer un benefice.

Wimphelingius s'y rendit; mais ſon
oncle le trouvant encore trop jeune,
remit l'exécution de ce deſſein à une
autre fois, & le renvoya à *Erford*,
après lui avoir donné l'argent necef-
ſaire pour y achever ſes études.

Etant tombé malade en chemin,
il eut bien de la peine à gagner *Spire*,
où il demeura depuis la fin de l'Automne juſqu'au milieu du mois de
Decembre, ſans pouvoir trouver de
ſoulagement à ſon mal. On lui con-
ſeilla de ſe faire tranſporter à *Heidelberg*, où il y avoit de plus habiles
Medecins; & il ſuivit ce conſeil,
dont il ſe trouva bien.

Lorſqu'il fut revenu en ſanté, quelques perſonnes avec qui il avoit con-

J. WIM- tracté amitié, voulurent lui perſua-
PHELIN- der de reſter dans cette Ville pour y
GIUS. continuer ſes études. Mais ne voulant rien faire ſans l'avis de ſon oncle, d'autant plus qu'il avoit depen-
ſé dans ſa maladie l'argent qu'il en
avoit reçu, il lui manda l'état où il
ſe trouvoit & ce qu'on lui propoſoit.

Son oncle ne fut pas fâché qu'il
demeurât à *Heidelberg*, où il avoit
étudié lui-même, & lui envoya de
nouvel argent pour cela.

Wimphelingius reprit donc en ce
lieu ſes études de Philoſophie, & y
reçut le degré de Maître-ès-Arts en
1471.

Il ſe donna enſuite à l'étude du
Droit Canonique; mais il s'en dégou-
ta après deux années de travail, &
l'abandonna pour s'appliquer à la
Theologie, en laquelle il prit le degré de Bachelier l'an 1483.

La peſte qui ſurvint alors à *Heidelberg*, l'ayant obligé de ſortir de
cette Ville, il ſe retira à *Scheleſtat*,
d'où après ſept mois de ſéjour il retourna à *Heidelberg*, où la peſte étoit
ceſſée.

Pendant ce temps-là le poſte de

Predicateur de la Ville de *Spire* étoit J. W I M-
venu à vaquer. *André Brambach*, fa- P H E L I N-
meux Theologien de ce temps, vou- G I U S.
lut le procurer à *Wimphelingius*, &
le demanda pour lui à l'Evêque. Mais
il eut de la peine à ſe déterminer à
l'accepter. Il trouvoit qu'il étoit d'un
temperament trop foible & trop
delicat. Il ne put cependant réſiſter
à une raiſon que lui apporta ſon ami ;
ſes envieux avoient répandu le bruit
que ſa naiſſance étoit illégitime, &
qu'il étoit fils d'un Prêtre ; bruit qui
n'étoit fondé que ſur la coûtume
qu'il avoit priſe de donner dans ſes
lettres à ſon oncle qui le combloit de
biens, & qui étoit effectivement
Prêtre, le titre de ſon pere. Or en
acceptant la place qu'on lui offroit,
& qu'on ne lui auroit point donnée
ſi la choſe avoit été vraie, il diſſi-
poit ce faux bruit.

Cela ſeul l'ayant déterminé, il ſe
rendit à *Spire*, où il ne fut pas long-
temps ſans connoître que le travail
étoit, comme il l'avoit prévû, au-
deſſus de ſes forces. Il fit ce qu'il put
pour s'en faire décharger ; mais l'E-
vêque l'aimoit trop, pour lui per-
A iiij

J. WIM-
PHELIN-
GIUS.

mettre de retourner à *Heidelberg*, où il vouloit aller ; il l'amusa tellement par de belles paroles, qu'il le retint pendant quatorze ans.

Christophe d'Uttenheim étant allé à *Spire*, lui inspira l'amour de la solitude, & le détermina à se retirer avec lui & deux de ses amis dans quelque endroit, où ils pussent faire leur salut loin du monde. *Wimphelingius*, qui sçavoit qu'il y avoit près de *Mayence* quelques personnes qui vivoient ensemble dans la retraite, souhaita auparavant les voir pour s'instruire de leur maniere de vivre, & s'y conformer, si elle leur convenoit.

A peine fut-il de retour de ce lieu, que *Philippe*, Electeur Palatin, qui vouloit établir à *Heidelberg* une Chaire d'Eloquence, de Poësie & de Langue Grecque, le choisit pour la remplir. Il l'accepta avec plaisir, mais dans le dessein de l'abandonner, lorsqu'*Uttenheim* auroit trouvé un lieu & des fonds pour exécuter le projet de retraite qu'ils avoient formé.

Il enseigna en attendant pendant trois années, & expliqua quelques Auteurs, entre autres *S. Jerôme*. En-

fin *Uttenheim* l'avertit que tout étoit J. Wim-
prêt pour leur retraite ; fur cette nou- phelin-
velle il fe tranfporta à *Strafbourg* ; gius.
mais pendant qu'ils étoient occupés
à accommoder quelques difficultés
qui fe trouvoient dans l'exécution ,
Uttenheim fut nommé en 1502. Evêque de *Bafle* & dérangea par là leurs
projets.

VVimphelingius ayant fait encore
quelque féjour à *Strafbourg* , fe rendit à *Bafle* auprès du nouveau Prélat,
qui le demandoit avec inftance.

Quelque temps après on lui donna une Prebende à *Strafbourg* : il en
alla auffi-tôt prendre poffeffion; mais
la crainte de n'en être pas paifible
poffeffeur, & l'averfion qu'il avoit
pour les procès, la lui firent bientôt
abandonner.

Il fe chargea depuis de l'inftruction de quelques jeunes gens, qu'il
conduifit dans leurs études tant à
Fribourg , qu'à *Strasbourg* & à *Heidelberg* , où ils allerent fucceffive-
ment.

Il étoit dans cette derniere Ville ,
lorfqu'il fut chargé de la part de
l'Empereur d'une affaire , qui réuffit
au gré de ce Prince.

Lorſqu'elle fut terminée, l'Evêque de *Baſle* le rappella, & le chargea
de la conduite d'un Monaſtere de filles , qui avoit été reformé par ſes
ſoins.

C'eſt lui-même qui nous a appris
toutes ces particularités de ſa vie dans
un Ouvrage qu'il a fait pour ſa défenſe , contre certaines perſonnes qui
l'accuſoient d'être un coureur , qui
ne pouvoit demeurer long-temps en
un lieu.

Il n'y fait pas mention d'une autre
affaire qu'on lui fit à l'occaſion de ce
qu'il avoit dit dans quelqu'un de ſes
Ouvrages , que *S. Auguſtin* n'avoit
point été Moine, ou frere Mendiant.
La choſe parut aſſez importante à
certains Moines , pour être portée à
la Cour de *Rome*. Ils firent ſi bien que
VVimphelingius y fut cité ; mais il ne
ſe mit point en peine d'y aller ; il ſe
contenta d'y envoyer des atteſtations
de pluſieurs Chanoines de *Straſbourg* , qui rendoient des temoignages favorables de ſa foy , & d'écrire
une Epître en vers au Pape *Jules II.*
qui n'eut point de peine à l'abſou-
dre du prétendu crime qu'on lui im-
putoit.

Après avoir cherché long-temps à J. WIM-
ſe retirer du monde , ſans avoir pû y PHELIN-
réuſſir , il retourna à *Scheleſtat* & y GIUS.
demeura depuis chez ſa ſœur , oc-
cupé à inſtruire dans les Lettres ſes
deux neveux , *Jacques Spiegel* , &
Jean Maius.

Il mourut dans cette Ville le 17.
Novembre 1528. dans ſa 79. année ;
& fut enterré avec cette longue Epitaphe , qui eſt de la façon de *Beatus
Rhenanus.*

*Jacobo Wimphelingio , Sletſtadienſi ,
Viro clariſſimo , & unico puerilis inſti-
tutionis ac profeĉtus circa Litteras ama-
tori , exhortatori , Patrono. Cujus rei
argumentum nobis exhibent , non ſolum
editus liber Adoleſcentiæ nomine , &
quem ἐλεοδον inſcripſit , ac elegantiarum Linguæ Latinæ compendium , præter libellos hoc genus alios , verum etiam
ipſæ ſcholæ eruditis hominibus hujus con-
ſilio paſſim commiſſæ. Qui quam capi-
taliter luxum , avaritiam & ambitionem
oderit , frugaliſſime aĉta vita docet , &
ſplendida ſæpe fortuna contempta , par-
vo ſemper contentus animus , ſed & adverſus illa vitia graves libelli & ad
oppoſitas virtutes inflammantia ſcripta ,*

J. WIM-
PHELIN-
GIUS.

apud posteros quoque testabuntur. Religionis Christianæ pius cultor, quemadmodum Theologum & Presbyterum inprimis decebat, bonos viros etiam in cœnobiis degentes familiariter dilexit. Apud Spiram Nemetum in Regio illo templo aliquot annis munere Concionatoris functus est, primus sane inter cives suos qui carmine & oratione prosa, atque editorum voluminum numero in omni pene scripti genere apud eruditos laudem meruerit. Nam Hugonis veteris Theologi, præter Commentarios rerum Sacrarum, & alterius Joannis, præter Ethicorum Aristotelicorum expositionem, nihil hodie extat. Jacobus Spigelius Jureconsultus, & Joannes Maius fratres, Regii Secretarii utrique, Avunculo B. M. statuerunt. Vixit annos 78. menses 3. dies 21. Obiit anno 1528. xv. Calendarum Decembrium. Magdalenam matrem, fœminam plane Christianæ patientiæ, quam difficili morbo opressa non modico tempore præstitit, eodem sepulchro (id quod viva optaverat ob amorem fratris) iidem filii paulo post collocaverunt.

Ses Ouvrages font voir que c'étoit un esprit libre, qui aimoit la

vertu, qui haiſſoit & reprenoit vi- J. WIM-
vement les vices, qui ſouhaitoit la PHELIN-
réformation des mœurs, & qui étoit GIUS.
cependant très-attaché à la doctrine
de l'Egliſe. Son ſtyle eſt embarraſſé,
& ſe reſſent de la groſſiereté du
temps où il vivoit.

Catalogue de ſes Ouvrages.

1. *Adoleſcentia Jacobi Wimphelingii.* Cet Ouvrage eſt daté d'*Heidelberg* le 28. Novembre 1491. Ainſi
il a dû paroître pour la premiere fois
vers ce temps-là. It. *Cum novis qui-
buſdam additionibus per Gallinarium
denuo reviſa & elimata. Argentinæ,*
1505. *in-8°.* It. *Hagenoæ,* 1508. *in-
8°.* feüill. 80. It. *Argentinæ,* 1515.
in-4°. feüill. 68. Les additions marquées dans le titre de cette édition
ſont les ſuivantes : *Exempla Æneæ
Sylvii de Litterarum ſtudiis. Ex Lactantio quædam pulcherrima. Epiſtola
Wimphelingii. Reſponſiva Wolfii. Carmen Philomuſi de nocte, vino, & mu-
liere. Moralitates Wimphelingii. Sententiæ Morales ex Franciſco Petrarcha.
Epitaphia quædam in Joannem Dalbur-
gium, Epiſcopum Wormacenſem.* L'A-
doleſcence eſt un recueil de fort bon-

J. WIM-nes maximes pour l'éducation &
PHELIN- l'inftruction des jeunes gens.

GIUS.   2. *Elegantiarum Medulla , Oratoriaque præcepta in ordinem inventu facilem copiofe , clare , breviterque reducta.* Spiræ , 1508. *in-4º.* pp. 42. non chiffrées. L'Epitre eft datée de *Spire* le 12. Juin 1493.

3. *De Nuncio Angelico Carmen Heroïcum. Ad Philippum Comitem Palatinum heroïcum. Ad Ludovicum ejus primogenitum elegia.* 1494. *in-4º.*

4. *De Hymnorum & Sequentiarum Autoribus , generibufque Carminum , quæ in Hymnis inveniuntur , breviffima eruditiuncula Jac. VVimphelingii.* in-4º. pp. 12. L'Epitre eft datée d'Heidelberg le 1. Septembre 1499. Ce petit Ouvrage qui eft affez curieux , a été inferé dans le fuivant.

5. *Hymni de tempore & de fanctis ; in eam formam , quâ à fuis Autoribus fcripti funt, denuo redacti, & fecundum legem Carminis diligenter emendati atque interpretati.* Argentinæ , 1513. *in-4º.* feüill. 80.

6. *Philippica , feu Dialogi fex pro inftitutione filiorum Philippi Electoris Palatini.* Argentinæ , 1498. *in-4º.*

7. *Stylpho Jacobi VVimphelingii. in-* J. WIM-
4°. pp. 19. non chiffrées. C'eſt une P H E LIN-
piéce Dramatique , qui eſt de l'an G I ʊ S.
1470. L'Epitre Dédicatoire d'*Eucher*
Gallinarius qu'on voit à la tête , eſt
du 1. Septembre 1494. En voici le
ſujet , tel qu'il eſt rapporté au commencement ; *Duo quondam conterra-*
nei ex ſcholis particularibus , Vincen-
tius ad Univerſitatem , Stylpho ad Ro-
manam ſe ſe curiam receperunt. Vincen-
tius Jurium Litteris invigilans , Pala-
tini Principis primùm Cancellarius ,
deinde Præſul & Antiſtes evaſit. Styl-
pho ex Urbe profectus , ſaccum bullis
Apoſtolicis & proceſſibus plenum aſpor-
tabat. Et eadem forte tempeſtate uterque
communi fuit in patria. Vincentius illu-
ditur ; magnificatur Stylpho , cujus ta-
men gratiæ nihil roboris ſortiebantur ;
qui per ignorantiam coactus renunciare
bullis , demum paſcendorum ſuum pro-
vinciam ſuſcepit.

8. *De Conceptu & triplici Mariæ*
Virginis candore Carmen. Adduntur
alia diverſorum Carmina. 1499. *in-*4°.

9. *Gerſonii Opera per Jac. Wimphe-*
lingium. Spiræ , 1499. *in-ſol.* En quatre parties. L'Editeur a mis à la tête

J. Wim-
phelin-
gius.

une Préface que *de Launoy* a inserée dans son *Historia Gymnasii Navarræ,* tom. 2. p. 495. avec le détail des piéces contenuës dans cette édition. *Du Pin* l'a aussi fait entrer dans le 3e. tome, p. 898. de son édition des Oeuvres de *Gerson.*

10. *Cis Rhenum Germania. Argentorati,* 1501. *in - 4°. It. Recusa post* 148. *annos, editore Joanne Michaële Moscherosch. Argentor.* 1649. *in-4°.* pp. 46.

11. *Rabani Mauri de laudibus sanctæ Crucis Opus ad Sergium Papam, eruditione, versu, prosaque mirificum; cum Præfatione Jac. Wimphelingii. Phorcæ,* 1503. *in-fol.*

12. *Concordia Curatorum & Fratrum Mendicantium. Carmen Elegiacum deplangens discordiam & dissensionem Christianorum cujuscumque status, dignitatis, aut professionis. in* 40. pp. 18. Il n'y a dans ce petit recueil que l'Epitre Dédicatoire qui soit de la facon de *Wimphelingius.* Elle est datée de *Strasbourg* le 13. Février 1503. Les deux Ouvrages énoncés dans le titre lui avoient été envoyés par *Jean Burckard,* Maître des Cérémonies du Pape,

Pape, dont on voit ici une Lettre da- J. WIM-
tée de *Boulogne* le 1. Juin 1502. pour PHELIN-
les faire imprimer. Le premier eſt un GIUS.
diſcours en proſe de *Wigandus Tre-*
bellius ; l'autre eſt une Elegie fort
courte de *Baptiſte Criſpus Budorinus* ,
ſuivie d'une petite piéce de vers de
Didymus Onithotyras ſur le même ſujet.

13. *De Integritate libellus. Argenti-*
næ, 1503. *in* 40. pp. 62. non chiffrées.
Il doit y avoir faute dans cette date.
Car l'Epitre de *Thomas Wolfius* le
jeune , qui eſt à la tête , eſt datée du
dernier Janvier 1505. & il y a deux
piéces de l'Auteur , qui le font de
cette même année. Ce Traité de la
pureté eſt un des plus beaux , des
plus éloquens & des plus utiles Traités de *Wimphelingius* , au jugement
de *Du Pin.*

14. *Epitome rerum Germanicarum.*
Argentorati , 1505. *in*-4°. L'Epitre
de l'Auteur à *Thomas Wolfius* le jeune , eſt du 24. Septembre 1502. &
celle de *Wolfius* l'eſt du dernier Décembre 1504. It. A la ſuite de *Witi-*
chindi Saxonis rerum ab Henrico &
Ottone Imperatoribus geſtarum libri
Tome XXXVIII. B

J. WIM-
PHELIN-
GIUS.
tres. Basileæ, 1532. *in-fol.* p. 315. It.
Dans les *Scriptores rerum Germanica-*
rum Schardii. Basileæ, 1574. *in-fol.*
tom. I. p. 349. It. *Hanoviæ*, 1594.
in-12. Cet abregé quoique court,
renferme plufieurs chofes fingulie-
res, fuivant *Struve.*

15. *Apologia pro Republica Chrif-*
tiana. 1506. *in-40.*

16. *Oratio de Spiritu Sancto. Phorcæ,*
1507. *in-4°.* pp. 15. non chiffrées. Ce
difcours eft adreffé à l'Univerfité
d'*Heidelberg.*

17. *Catalogus Epifcoporum Argen-*
tinenfium. Argentorati, 1508. *in-4°.*
It. *Ad fefquifæculum defideratus. Ref-*
tituit Joannes Michaël Mofcherofch.
Argentorati, 1651. *in-4°.* pp. 124.
Avec une longue Table. It. *Ibid.*
1660. *in-4°.* L'Epitre de l'Auteur eft
datée du 31. Décembre 1508.

18. *Jac. Wimphelingii ad Jacobum*
Spiegel ex forore nepotem expurgatio
contra detractores. Viennæ Auftriæ,
1514. *in-4°.* Avec quelques autres
Ouvrages de differens Auteurs, publiés par les foins de *Jacques Spiegel.*
L'Epitre de *Wimphelingius* eft datée
du 19. Octobre 1512. Comme il fe

veut juftifier ici de l'accufation d'in-
conftance & d'inftabilité, qu'on in-
tentoit contre lui, il y fait un détail
curieux de toute fa vie. La maniere
dont il commence fon Ouvrage eft
finguliere, & merite d'être rapportée. *Jacobus Wimphelingius, Fratri-
bus qui Urbem & Orbem perambulant,
ac Sacerdotibus, qui in quatuor, quinque, fex, octo, decem Ecclefiis, locis,
pagis, Collegiis, Sacellis, Xenodo-
chiis, Civitatibus, Curas, Præben-
das, Capellanias, Vicarias, Canoni-
catus, dignitates, penfiones occupant,
pauperum medullam fugunt, propter
præfentias de Ecclefia ad Ecclefiam,
propter corpora de Civitate ad Civita-
tem moventur, Ecclefias multas expi-
lant, perfonis Deum laudantibus, &
pro animabus Benefactorum orantibus
fpoliant, in una fola ut cumque pfal-
lunt, falutem & detractionis finem.*

19. *Ad Julium II. P. M. Querulo-
fa excufatio J. W. ad inftantiam Fratrum Auguftinienfium ad Curiam Romanam citati, ut propria in perfona
ibidem compareat, propterea quæ fcripfit Divum Auguftinum non fuiffe Mo-
nachum vel fratrem Mendicantem. in-*

J. WIM-
PHELIN-
GIUS.

4°. pp. 7. Cette piéce est en vers. Elle doit avoir été faite vers l'an 1512.

20. *Libellus nobilissimus Lupoldi Bebenburgensis de veterum Principum Germanorum Fide, religione & fervore in Christum , Ecclesiam & Sacerdotes. Basileæ , 1497. in-fol.* Wimphelingius, qui a publié cet Ouvrage , qu'on a inseré depuis dans la Bibliotheque des Peres , a mis à la tête une Epitre Dédicatoire.

21. *D. Maximiliano jubente , Pragmaticæ Sanctionis Medulla excerpta. Seleſtadii , 1520. in-4°.* pp. 34. non chiffrées. L'Epitre de *Wimphelingius* est du 1. Novembre 1510.

22. *Soliloquium Wimphelingii pro pace Chriſtianorum & pro Helvetiis ut resipiscant ; ad honorem Regis Romanorum & Principum ; ad cautelam etiam Civitatum S. R. Imperii, ne Apoſtatæ fiant. in-4°.* pp. 31. non chiffrées; sans date.

23. *Carolus Magnus Germanus , hoc eſt , Germaniam à Gallia per interfluentem Rhenum male dividi, declaratio Jac. Wimphelingii. Ex Bibliotheca Bartholomæi Agricolæ J. V. D. cum ejuſdem notis marginalibus. Heidelber-*

gæ, 1615. *in* - 4°. pp. 18.

24. *De Germanicæ Nationis & Imperii gravaminibus contra ſedem & curiam Romanam Tractatus, Maximiliani Cæſaris juſſu ſcriptus; & contra Æneæ Sylvii tractatum de iiſdem Replicæ.* Avec la *Germania Æneæ Sylvii. Argentorati,* 1515. *in* - 4°. It. Dans les *Germanicarum rerum ſcriptores Freheri.* 1602. tom. 2. p. 379. It. Dans les *Politica Imperalia Goldaſti.* 1614. p. 1045.

25. *Carmina ad Sebaſtianum Brant, Joannem Sapidum, Thomam Didymum;* Avec le Livre d'*Eraſme, de duplici verborum ac rerum copia. Argentorati,* 1514. *in-*4°.

26. *Liber de vita & moribus Epiſcoporum, aliorumque Prælatorum & Principum. Argentinæ,* 1512. *in-*40.

27. *De laudibus & Ceremoniis Ecclesiæ Spirenſis Carmen. Dilingæ,* 1564. *in* - 8°. Avec *Wilhelmi Eiſengreinii Chronicon Spirenſe.*

28. *Agatarchia, ſive Epitome conditionum boni Principis. Argentorati,* 1606. *in-*80.

29. *Oratio, ſive conſilium de bello movendo contra Turcas. Iſlebiæ,* 1603.

J. **WIM**- *in-40.* Dans un Recueil d'Ouvrages
P H E LIN- femblables.

G I U S.   30. *Petri Schotti, Argentinenſis Pa-*
tricii, Juris utriuſque Doctoris Conſul-
tiſſimi, Oratoris & Poëtæ elegantiſſimi,
Græcæque Linguæ probe eruditi lucubra-
tiuncula eruditiſſimæ. Argentinæ, 1498.
in-4°. feüill. 187. *Wimphelingius,*
qui a publié ce Recueil, lequel renferme des Lettres & des Poëſies, a
mis à la tête l'éloge de l'Auteur.

On marque encore dans les Epitomes de *Geſner* quelques Ouvrages de
lui ; mais comme il ne paroît pas qu'-
ils ayent été imprimés, je n'en dirai
rien ici.

V. *Son Apologie.* C'eſt ce que nous
avons de plus exact & de plus cir-
conſtancié ſur lui. *Melchioris Adami*
vitæ Theologorum Germanorum. Ce
qu'il en dit eſt aſſez exact, à quelque
choſe près. *Freheri Theatrum Virorum*
Doctorum, tom. 1. p. 103. Ce n'eſt
qu'un abregé de ce qu'en a dit *Mel-*
chior Adam. La Bibliotheque de Geſner
& ſes Abregés. Eraſmi Epiſtola ad
Joannem Vlatenum, dans le 23. *Livre*
de ſes Lettres. Son Eloge par Moſche-
roſch à la tête de ſon édition de la Ger-

mania eis Rhenum. Tritheme de ſcrip- J. WIM-
toribus Ecclefiaſticis. Les Additions de P H E LIN-
Wharton à l'Hiſtoire Litteraire de Ca- G I U S.
ve ſur l'an 1494.

JEAN - GASPAR GEVART.

J Ean-Gaſpar Gevart naquit à *An-*   J. G.
vers le 6. Août 1593. de *Jean Ge-* GEVART.
vart , fameux Juriſconſulte de ſon
temps , qui fut employé en des affaires importantes , & qui ayant perdu
ſa femme , embraſſa l'état Eccleſiaſ-
tique , & fut Chanoine & Official de
l'Egliſe d'*Anvers.*

    Pluſieurs Auteurs , entr'autres les
Bibliothecaires des Païs-Bas , lui ont
donné ſimplement le nom de *Gaſ-*
par ; mais il prend lui-même à la tête
de tous ſes Ouvrages ceux de *Ja-*
nus Caſperius , par leſquels il lui a
plu de latiniſer les noms François
de *Jean Gaſpar.*

    Il fit ſes premieres études dans le
College des Jeſuites d'*Anvers* , & il
alla les continuer à *Louvain* & à
Douay. Il prit alors pour les Belles-
Lettres un goût & une inclination ,

qu'il a conservés jusqu'à la fin de sa
vie.

Il vint à *Paris* en 1617. & y demeura quelques années, pendant lesquelles il fréquenta avec soin les Sçavans de cette Ville. Il s'acquit l'amitié d'*Henri de Mesmes*, qui étoit alors
Prevôt des Marchands, & qui se faisoit un plaisir de s'entretenir avec lui
sur le sujet de leurs études communes.

De retour dans les Pays-Bas en
1621. il prit le degré de Docteur en
Droit dans l'Université de *Douay*, &
se rendit ensuite à *Anvers*, où il fut
fait Greffier de cette Ville ; charge
qu'il a conservée apparemment jusqu'à la fin de sa vie.

Il se maria le 14. Mai 1625.
comme on l'apprend par un Epitha-
lame qu'un de ses parens, qui ne se
désigne que par les Lettres *J. V. E.*
lui fit, & publia sous ce titre : *Epithalamium in nuptias Cl. V. Casperii
Gevartii, J. C. S. P. Q. Antuerpien-
sis ab Actis, & lectissimæ Virginis Mariæ Haquiæ Schottæ celebratas pridie
Idus Maias 1625. Antuerpiæ, 1625.
in-40. pp. 13.*

Il

Il mourut au commencement de
l'année 1666. dans sa 73e. année.
C'est ce qui paroît par une Lettre
d'*Adrien van der Wallius* datée du 5.
Mai de cette année, qui se trouve à
la p. 880. du 3e. tome de la *Sylloge
Epistolarum* de *Burman.*

J. G.
GEVART.

 Catalogue de ses Ouvrages.

1. *Lectionum Papinianarum Libri
V. in Statii Papinii Sylvas. Lugd. Bat.
1616. in-8o.* Avec cet Auteur.

2. *Epithalamium in Nuptias Danielis Heinsii & Ermgardis Rutgersiæ ;
scriptum à Jano Casperio Gevartio.
Lugd. Bat. 1617. in-4°.* pp. 8. non
chiffrées.

3. *In Statuam Equestrem Henrico
Magno in novo Sequana ponte erectam
Sylva. Paris. 1617. in - 4°.* pp. 14.
Gevart s'est fait un nom par son ta-
lent pour la Poësie.

4. *Gratulatio ad Erricum Memmium,
cum supremus Ædilium Præfectus esset
renunciatus. Paris. 1618. in-4°.* p. 7.
C'est une piéce de vers.

5. *Epithalamium in Nuptias Maximiliani Belleforerii Socurtii & Judithæ
Memmiæ. Paris. 1618. in-4°.* pp. 8.

6. *Lacrymæ ad tumulum Jacobi Au-*

Tome XXXVIII. C

J. G. GEVART. *gusti Thuani, Senatus Parisiensis Præsidis, ac Historiæ sui temporis scriptoris incomparabilis. Paris. 1618. in-4°. p. 14.* C'est un Poëme Latin de *Gevart,* avec la traduction en vers François par *Charles Rogier,* Conseiller au Bailage de Lodunois.

7. *Navis Parisina ad Erricum Memmium supremum Ædilium Præfectum Kal. Januariis anni 1619. oblata. Paris. 1619. in-4°. pp. 6.* C'est une piéce de vers.

8. *Ignes Festivi pridie Natalis D. Joannis Baptistæ exhibiti anno 1619. Carmen. Paris. 1619. in-40.*

9. *Electorum libri tres, in quibus plurima veterum Scriptorum loca obscura & controversa explicantur, illustrantur & emendantur. Paris. 1619. in-40.* Cet Ouvrage a son mérite ; & c'est le plus recherché de tous ceux de *Gevart.*

10. *Triumphus Austriacus ; id est, Descriptio Arcuum Triumphalium, & Pegmatum in adventu Ser. Principis Ferdinandi Austrii, Hispaniarum Infantis, Belgarum & Burgundionum Gubernatoris, anno 1635. XV. Cal. Maii Antuerpiæ exhibitorum ; cum delinea-*

tione Picturarum Iconumque. Item XII.
Imperatorum Austriacorum Elogia. Ac-
cessit Calloa recuperata. Antuerpiæ,
1642. in-fol. Les Eloges des Empe-
reurs ont été réimprimés à la suite
d'*Huberti Goltzii Icones Imperatorum*
Romanorum. Antuerpiæ, 1645. in-fol.

11. *Epistola ad Hugonem Grotium.*
Elle est datée du 23. Janvier 1617.
& se trouve à la p. 13. du Recueil intitulé : *Clarorum Virorum Epistolæ*
centum ineditæ ex Musæo Joh. Brant.
Amstel. 1702. in-8°.

12. *Epistolæ ad Nicolaum Heinsium.*
Ces Lettres qui sont au nombre de
neuf, se trouvent dans le second volume de la *Sylloge Epistolarum,* donnée par *Burman,* p. 762. & suiv.

On a long-temps attribué à *Ge-*
vart un Ouvrage intitulé : *In numis-*
mata Regum & Imperatorum Romano-
rum à Romulo & C. Julio Cæsare us-
que ad Justinianum Augustum perpe-
tuus & succinctus Commentarius. An-
tuerpiæ, 1654. in-fol. Mais il n'y a eu
d'autre part que de le mettre entre les
mains de l'Imprimeur. Le véritable
Auteur est *Albert Rubens,* qui a avoüé
l'avoir composé, lorsqu'il étoit encore fort jeune.   C ij

V. *Francisci Swertii Athenæ Belgicæ. Valerii Andreæ Bibliotheca Belgica.*

JEAN KEPPLER.

JEan Keppler naquit le 27. Décembre 1571. d'*Henri Keppler*, Offi-
cier des Troupes de *Wirtemberg*, en
Flandres, & sur Mer, contre *Antoine*
de Portugal, & de *Catherine Gulden-
mann*.

Deux Villes se disputent sa naissance, *Wiel*, Ville Imperiale sur *la
Worme*, & *Leonberg*, autre Ville du
Duché de *Wirtemberg* sur *la Glems*,
peu éloignée de la premiere. Mais il
a lui-même decidé la question, puisqu'il assûre qu'il étoit né à *Wiel*, où
son pere demeuroit alors. Ce qui a
pû le faire croire natif de *Leonberg*,
c'est que son pere y alla demeurer
lorsqu'il n'avoit encore que quatre
ans, & qu'il y a vêcu pendant sa
jeunesse.

Il vint au monde à sept mois, &
fut pour cette raison fort délicat dans
les premieres années de sa vie.

Son pere ne pouvant veiller à son

éducation, parce qu'il étoit obligé de J. KEP-
fuivre les Troupes dans lefquelles il PLER.
fervoit, le laiffa entre les mains de
fa mere, qui l'abandonna bientôt
pour aller trouver fon mari dans les
Pays-Bas.

Revenus l'un & l'autre en 1575.
ils le trouverent malade de la petite
verole, qui l'avoit tellement maltrai-
té, qu'il en avoit penfé mourir. Ils
quitterent peu après le féjour de
Wiel, pour fe tranfporter à *Leonberg*, où ils acheterent une maifon.

Le jeune *Keppler* fut envoyé en
1577. dans l'Ecole de ce lieu, pour
y commencer fes études, qui furent
derangées l'année fuivante par la difgrace de fon pere. Car s'étant rendu
caution pour un de fes amis, il fut
obligé de payer pour lui, de vendre
pour cela fa maifon & tout ce qu'il
avoit, & de fe réduire à faire le mé-
tier de Cabaretier pour avoir de quoi
fubfifter.

Il paffa en 1579. à *Elmendig*, où
fon pere avoit loüé un Cabaret, & il
continua fes études dans l'Ecole de
ce lieu. L'année fuivante il commença à apprendre la Mufique, dans la-
C iij

quelle il fit dans la suite de grands progrès.

Ses parens le tirerent en 1581. de l'Ecole, pour l'occuper des travaux de la Campagne : cependant comme ils le deſtinoient particulierement à l'étude, ils lui permirent de s'y donner de nouveau à la fin de l'an 1582. & il retourna le ſuivant à ſon Ecole.

En 1584. ſon pere & ſa mere furent attaqués de la peſte, & il en fut lui-même menacé ; mais s'il ne l'eut pas, diverſes infirmités l'affligerent pendant deux ans, & l'empêcherent de ſonger à autre choſe qu'à ſa gueriſon.

Enfin le 26. Novembre 1586. il fut reçu dans le Monaſtere de *Maulbrun* au nombre des étudians du Duc de *Wirtemberg*. Il y prit le degré de Bachelier le 25. Septembre de l'an 1588. & fut transferé au mois de Septembre de l'année ſuivante, au Collège Ducal de *Tubinge*, ſuivant la coûtume.

Il fut fait Docteur en Philoſophie le 11. Août 1591. & ſe donna enſuite à la Theologie. Quelques Livres d'Aſtronomie qu'il lut alors, lui inſ-

pirerent du goût pour cette ſcience , J. KEP-
qu'il cultiva avec tant de ſuccès , qu' PLER.
il ſe trouva en état de remplir deux
ans après une Chaire de Mathematique & de Morale à *Gratz* en Stirie , à la place de *George Stadius.* Il y
fut appellé en 1593. par quelques
Seigneurs de Stirie , à la recomman-
dation de ſes Maîtres de *Tubinge* , &
il fit bientôt voir qu'il iroit loin en
ce genre.

Il ſongea à ſe marier en 1596. &
rechercha *Barbe Muller de Muleckh* ,
de famille noble , qui étoit alors veuve pour la ſeconde fois , quoiqu'elle
n'eût encore que 23. ans. Mais les parens de la femme voulurent , avant
que de rien conclure , qu'il prou-
vât la nobleſſe de ſa naiſſance ; il fallut pour cela qu'il fît un voyage dans
ſon pays , & le mariage ne put ſe ter-
miner que l'année ſuivante 1597.
Cette affaire ne fut pas ſi avantageuſe
pour lui qu'il ſe l'étoit imaginé ; car
il eut à ſoutenir pluſieurs procès pour
le payement de la dot.

La Religion Proteſtante qu'il pro-
feſſoit , lui faiſant craindre d'être
chaſſé de *Gratz* , il crut devoir pré-

venir cette disgrace, en se retirant
de lui-même en Hongrie, où libre
de tout soin il s'appliqua uniquement
à se perfectionner dans l'Astronomie
& dans les Mathematiques. Cet exil
qui est de l'an 1598. ne fut pas long ;
car la même année les Seigneurs de
Stirie le rappellerent, & le rétabli-
rent dans son poste.

Cependant les troubles du pays
l'avertissoient de songer à se retirer
ailleurs ; ainsi il prêta l'oreille aux
sollicitations de *Tycho Brahé*, qui
avoit fort envie de le voir, & qui le
pressoit depuis long temps de se rendre à *Prague* auprès de lui. Il se rendit dans cette Ville au commencement de l'année 1600. pour prendre
des arrangemens, & lorsqu'il fut
convenu avec lui des avantages qu'il
vouloit lui faire, il retourna à *Gratz*
dans le dessein de mettre ordre à ses
affaires pour transporter sa famille
en Bohême.

Mais un contre temps s'opposa à
son dessein, les Seigneurs de Stirie
lui refuserent le congé dont il avoit
besoin, & il fut obligé d'écrire à
Tycho Brahé qu'il ne pouvoit tenir

la parole qu'il lui avoit donné. Celui-
ci ayant reçu ses lettres, surmonta
cette difficulté, en lui faisant sçavoir
que l'Empereur l'avoit choisi pour
son Mathematicien, & lui avoit af-
signé des appointemens plus considerables, que ceux qu'il recevoit des
Seigneurs de Stirie. On ne lui fit plus
alors d'opposition, & il se rendit au
mois d'Octobre suivant avec sa famille auprès de *Tycho Brahé*.

La fiévre quarte lui prit dans le
voyage, & lui dura long-temps; ce
qui fut cause que pendant dix mois
il ne put rien faire de fort considerable.

Cependant il n'y avoit rien encore
de reglé sur les appointemens que
l'Empereur vouloit lui donner, &
l'incertitude où il étoit sur cet article lui causoit quelque embarras. Il
s'étoit auparavant appliqué un peu à
la Medecine; il crut bien faire de reprendre l'étude de cette science, afin
de gagner quelque chose par son
moyen, s'il étoit obligé de retourner dans le Duché de *Wirtemberg*.

Il avoit encore la fiévre, lorsqu'il
fit un voyage en Stirie pour les in-

J. Kep- terêts de *Tycho Brahé* ; mais il se
PLER. broüilla avec lui pendant ce voyage,
parce que *Tycho* avoit refusé quelque
argent à sa femme, qu'il avoit laissée
à *Prague* ; ils se raccommoderent cependant bientôt, *Keppler* ayant reconnu qu'il avoit eu tort de se choquer de sa conduite.

Il fut de retour à *Prague* au mois
de Septembre 1601. & comme il
joüissoit alors d'une parfaite santé,
Tycho Brahé le présenta à l'Empereur
Rodolphe II. qui l'accepta volontiers
pour son Mathematicien, pourvû
qu'il voulût servir *Brahé* dans ses cal-
culs.

Il eut le chagrin de perdre ce fameux Mathematicien peu de temps
après, c'est le 24. Octobre de la même année 1601. Cependant ses affaires commencerent à mieux aller, car
sur la fin de l'année on lui assigna des
appointemens en qualité de Mathematicien de l'Empereur ; ce qui n'a-
voit point encore été fait jusques-là,
& on lui en fit le premier payement
au mois de Mars de l'année 1602.

Il travailla alors à differens Ouvrages pour fermer la bouche à quelques

personnes, qui prétendoient que l'argent qu'on lui donnoit étoit mal employé, & se soutint par là pendant
quelque temps. Mais enfin les troubles du pays furent bientôt cause que
sa pension fut mal payée, ou ne le fût
point du tout. Pour surcroît de malheur, il perdit son protecteur, l'Empereur *Rodolphe II.* qui mourut au
mois de Janvier de l'an 1612.

L'Empereur *Matthias*, son Successeur, lui témoigna, à la vérité, beaucoup de bonté, lui assigna les mêmes
appointemens qu'il avoit auparavant,
ordonna qu'on lui payât ce qui lui
étoit dû, & le fit venir à *Lintz* en
Autriche, où il étoit alors. Mais ces
marques de bienveillance n'eurent
point toute leur exécution, & il se
plaignoit en 1616. qu'il étoit encore
à en voir les effets, n'ayant pour sub-
sister qu'une petite pension que lui
faisoient les Etats d'Autriche.

i Avant que de quitter *Prague*, où
l avoit demeuré pendant onze ans,
il eut le chagrin de perdre sa femme, qui mourut en 1611. après trois
années de maladie.

Arrivé à *Lintz* en 1612. il eut de

J. Kep-grandes difputes avec les Miniftres
PLER.   Lutheriens fur la formule de Concorde ; n'ayant point voulu y fouf-
crire par rapport à l'Ubiquité du
Corps de *Jefus-Chrift* , ils le retran-
cherent de leur communion.

L'Empereur ayant indiqué pour
l'an 1613. une Diete à *Ratisbonne* ,
où il devoit être parlé de la réformation du Calendrier , *Keppler* eut ordre de s'y trouver , & y alla à la fuite de ce Prince.

De retour à *Lintz* , il fe remaria ,
& époufa le 30. Octobre de cette année 1613. à *Efferding* dans le voifina-
ge de *Lintz* , la fille d'un Artifan de
ce lieu , nommée *Sufanne Reuttinger* ,
qui étoit âgée feulement de douze
ans , & dont il ne reçut point de dot.
Ayant pourvû par là à la conduite de
fon ménage , & des enfans de fa premiere femme , il fe donna de nouveau à fes travaux Aftronomiques ,
qui avoient été un peu interrompus.

Il joüit pendant quelque temps du
repos neceffaire à fes études : mais ce
repos fut troublé par une affaire finguliere qui arriva à fa mere.

Cette femme avoit une amie , qui

fut attaquée en 1615. de violens
maux de tête ; comme elle étoit d'un
temperamment cauſtique & chagrin,
elle eut l'imprudence de lui repro-
cher, que ces maux étoient une ſuite de la vie debauchée qu'elle avoit
menée juſques-là. La choſe étoit trop
vraye, pour ne point choquer l'a-
mie, qui ayant conçuë dès-lors une
haîne violente contre elle, l'accuſa
en Juſtice de l'avoir enſorcelée. Cette affaire fut pendant cinq ans entre
les mains des Avocats, ſans qu'on en
pût voir la fin. Une nouvelle imprudence de la mere de *Keppler* la rendit encore plus mauvaiſe. Elle irrita
contre elle le Juge du lieu, en lui
reprochant qu'il s'étoit enrichi par
ſes injuſtices ; & il ne fut pas long-
temps ſans ſe venger. Elle fut arrêtée
le 5e. Août 1620. & condamnée à la
queſtion. *Keppler* ayant appris le
danger où elle étoit, accourut auſſi-
tôt à ſon ſecours, & employa tout
ce qu'il avoit d'amis pour detourner
le coup. Il y réuſſit après bien des
peines, & le 4. Novembre 1621.
elle fut déclarée innocente par un jugement public, & miſe en liberté.

Elle voulut depuis revenir contre son accusatrice pour lui demander une reparation, & des dedommagemens ; mais sa mort arrivée le 13. Avril de l'année suivante 1622. termina entierement cette fâcheuse affaire.

Keppler à qui elle avoit causé beaucoup de chagrin, s'étoit absenté le plus qu'il avoit pû de *Lintz*, pour ne point rendre les personnes qui le connoissoient, témoins du deshonneur de sa famille. Mais aussi-tôt qu'elle eut été terminée, il se hâta d'y retourner.

L'Empereur *Matthias* étoit mort en 1618. & *Keppler* étoit encore incertain à son retour à *Lintz*, si *Ferdinand II.* son successeur le continueroit dans la place de Mathematicien Imperial. Mais il ne fut pas long-tems dans cette incertitude, puisqu'il fut nommé en cette qualité le 30. Décembre de la même année 1621.

Après le siège de *Lintz* fait en 1626. par les Paysans révoltés, il sortit de cette Ville avec sa famille, qu'il conduisit à *Ratisbonne*. Pour lui, il se rendit à *Prague*, où il obtint de l'Em-

pereur *Ferdinand II.* plufieurs grati-
fications , & la permiffion de paffer
au fervice du Prince *Albert* , Duc de
Fridlande , qui aimoit beaucoup les
Mathematiques.

Ayant obtenu cette permiffion , il
retourna à *Ratisbonne* pour mettre ordre à fes affaires , & fe rendit enfuite à *Sagan* en Silefie par ordre de ce
Duc. Après quelque féjour en cette
Ville , le Recteur de l'Univerfité de
Roftock , fur laquelle le Duc avoit
droit de Patronage , lui donna en
1629. par fon ordre une Chaire de
Mathematique , que *Keppler* voulut
bien accepter à certaines conditions;
mais il n'eut pas le temps de le faire.

Etant allé l'année fuivante à la Diet-
te de *Ratisbonne* , pour fe faire payer
d'une fomme que l'Empereur lui
avoit promis , il tomba malade en
cette Ville , & y mourut le 15. Novembre 1630. dans fa 59e. année, laiffant quelques enfans de fes deux fem-
mes , entre autres *Louis Keppler* ,
dont je parlerai plus bas , & *Sufanne* , qui avoit époufé le 2. Mars de
cette année *Jacques Bartfchius* , Docteur en Medecine , & difciple de

J. KEP-
PLER.

Keppler dans l'Astronomie.

Il fut enterré dans le Cimetiere de *S. Pierre* avec cette Epitaphe.

In hoc agro quiescit vir nobilissimus, doctissimus, & celeberrimus Dom. Johannes Kepplerus, trium Imperatorum, Rudolphi II. Matthiæ & Ferdinandi II. per annos XXX. antea vero Procerum Styriæ ab anno 1594. usque 1600. postea quoque Austriacorum Ordinum ab anno 1612. usque ad annum 1628. Mathematicus, toti orbi Christiano per monumenta publica cognitus, ab omnibus doctis inter Principes Astronomiæ numeratus, qui propria manu assignatum post se reliquit tale Epitaphium.

Mensus eram cœlos, nunc terræ metior umbras.

Mens cœlestis erat, corporis umbra jacet.

In Christo pie obiit anno salutis 1630. die 5. Novembris, ætatis suæ sexagesimo.

On s'est trompé ici par rapport à son âge; puisqu'il n'avoit pas encore 59. ans accomplis.

Il avoit une habileté peu commune dans l'Astronomie & l'Optique, quoiqu'il ait laissé bien des choses à découvrir ou à perfectionner à ceux qui font

font venus après lui. On a remarqué   J. Kep-
dans fes Oüvrages trois chofes , que pler.
Defcartes a eu communes avec lui. La
premiere eft la connoiffance des tour-
billons celeftes , dont on affûre qu'il
a eu une idée , du moins confufe. La
feconde eft l'explication de la pefan-
teur , que *Keppler* a donnée le premier par la comparaifon des brins de
paille , qui par le mouvement d'une
eau qu'on fait tourner dans un vafe ,
fe raffemblent dans le centre. La troifiéme eft la connoiffance de l'Optique , dans laquelle *Defcartes* a reconnu *Keppler* pour fon maître dès l'an
1638. ajoutant qu'il avoit furpaffé
en cette fcience tous ceux qui l'a-
voient précédé.

Catalogue de fes Ouvrages.

1. Il donna en 1595. à *Gratz* un
Calendrier fuivant le calcul Grego-
rien, à l'ufage des Seigneurs de Stirie.

2. *Prodromus Differtationum Cofmo-*
graphicarum , continens myfterium Cof-
mographicum de admirabili proportione
Cœleftium Orbium , deque caufis cœlo-
rum numeri , magnitudinis , motuumque
periodicorum genuinis & propriis , dé-
monftratum per quinque regularia corpo-

r. *Geometriæ. Accessit Georgii Joachimi Rhetici narratio de libris revolutionum, atque admirandis de numero, ordine & distantiis Sphærarum Mundi hypothesibus Nicolai Copernici. Tubingæ, 1596. in-4°.* Cette édition fut faite par les soins de *Michel Moestlin*, dont il avoit été disciple. It. *Francofurti, 1621. in-fol.* Cet Ouvrage lui fit beaucoup d'honneur, & commença à établir sa réputation.

3. *Elegia in obitum Tychonis Brahe.* A la p. 273. de la vie de ce fameux Astronome par *Gassendi. Paris. 1654. in-4°.* Cette pièce qui contient près de deux cens vers, est un monument de la douleur & des regrets de *Keppler.*

4. On publia en 1603. à *Prague* les *Progymnasmata Tychonis. in-4°.* Il s'y trouve quelques notes de *Keppler*, qu'on y a insérées à son insçu, & sans l'avoir consulté. *Brahé* avoit travaillé sur la fin de sa vie à preparer cette édition, & *Keppler* avoit mis le tout en ordre, & y avoit ajouté ses notes : mais après la mort de *Brahé*, ses héritiers ayant eu des disputes avec *Keppler* par rapport à ses écrits, ne

voulurent pas le confulter, lorfqu'ils
publierent cet Ouvrage de leur parent, & le donnerent tel qu'ils le
trouverent.

5. *Ad Vitellionem Paralipomena,
quibus Aftronomiæ pars Optica traditur; potiffimum de artificiofa obfervatio-
ne & æftimatione diametrorum; deli-
quiorumque Solis & Lunæ; cum exem-
plis infignium Eclipfium. Opus quo Vi-
fionis modus, & humorum oculi ufus
contra vulgares Opticos & Anatomicos
vindicatur. Francofurti ad Mœnum*
1604. *in*-4º.

6. *De Stella nova in pede ferpentarii,
& qui fub ejus exortum de novo iniit
Trigono igneo, libellus, Aftronomicis,
Phyficis, Metaphyficis, Meteorologi-
cis & Aftrologicis difputationibus ple-
nus. Accefferunt* 1º. *de Stella incognita Cygni narratio Aftronomica.* 2º. *De
Iefu-Chrifti fervatoris vero anno Na-
talitio confideratio noviffima Sententiæ
Laurentii Suflygæ Poloni, quatuor annos in ufitata epocha defiderantis. Pragæ,* 1606. *in*-4º. Le premier *Appendix* a pour titre particulier : *De Stella
tertii honoris in Cygno, quæ ufque ad
annum* 1600. *fuit incognita necdum*

D ij

J. KEP-extinguitur, *narratio Astronomica.*

PLER.

7. Relation circonstanciée de la Comete, qui a paru dans les mois de Septembre & d'Octobre de l'an 1607. Avec un discours sur la nature des Cometes, le lieu où elles sont, la cause qui les fait mouvoir, & leurs presages. (en Allemand.) Hall, 1608. in-4o.

8. *Phænomenon singulare, sive Mercurius in Sole visus. Lipsiæ, 1609. in-4o.*

9. *Astronomia nova αἰτιολογήτος, seu Physica Cœlestis tradita commentariis de motibus stellæ Martis, ex-observationibus G. V. Tychonis Brahe. Heidelbergæ, 1609. in-fol.*

10. Réponse au discours d'Elizée Roslin sur l'état du temps présent, & sur celui où il sera dans la suite, dans laquelle on touche principalement certains points, que le Docteur Roslin a tirés du Livre de Keppler de Stella. (en Allemand.) Prague, 1609. in-4o.

11. *Narratio de observatis à se quatuor Jovis Satellitibus erronibus, quos Galilæus Galilei jure inventionis sidera Medicea nuncupavit. Cum adjuncta dissertatione cum Nuncio sidereo nuper ad Mortales misso. Pragæ, 1610. in-*

4º. It. *Francofurti ,* 1611. *in* 8º.   J. KEP-

12. *Dioptrice , ſeu demonſtratio eo-* PLER. *rum quæ viſui & viſibilibus propter conſpicilla non ita pridem inventa accidunt. Præmiſſæ Epiſtolæ Galilæi de iis , quæ poſt editionem Nuncii Siderei, ope perſpicilli , nova & admiranda in cœlo deprehenſa ſunt. Item examen præfationis Joannis Penæ , Galli , in Optica Euclidis , de uſu Optices in Philoſophia. Auguſtæ Vindel.* 1611. *in-*4º.

13. *Strena , ſeu de Nive Sexangula. Francof. ad Mœnum.* 1611. *in-*4º.

14. Les Lutheriens de *Lintz* l'ayant retranché de leur Communion , parce qu'il ne vouloit pas ſouſcrire à la Formule de Concorde purement & ſimplement , il fit ſur l'Ubiquité du Corps de *J. C.* trente-deux vers Latins , qui ſe trouvent dans ſa vie écrite par *Michel Gottlieb Hanſchius ,* p. 23.

15. *Diſſertation où l'on montre que Jeſus-Chriſt eſt né , non pas ſeulement une année avant l'Ere vulgaire , comme Elizée Roſlin , & Henri Bunting le prétendent , ni deux , comme Scaliger & Calviſius le ſoutiennent , mais cinq entieres , (* en Allemand. *) Stras-*

J. KEP-
PLER.

bourg, 16: 3. *in-4º.* *Keppler* retoucha
depuis cet Ouvrage, le mit en Latin
à la priere de quelques Sçavans, qui
n'entendoient pas l'Allemand, & le
publia sous le titre suivant.

16. *De verò anno, quo æternus Dei*
filius humanam naturam in utero Virgi-
nis Mariæ assumpsit, Joannis Keppleri
ri commentatiuncula recocta, prius Teu-
tonica Lingua edita, nunc ad extero-
rum petitionem in Latinam Linguam
translata, & responsionibus ad objecta
Sethi Calvisii Chronologi nuper locu-
pletata. Francof. 1614. *in-4º.* p. 179.
sans la réponse à *Calvisius,* qui a ce titre particulier.

17. *Ad Epistolam Sethi Calvisii*
Chronologi Responsio, qua perversi sen-
sus verborum Evangelistæ crimen dilui-
tur, & in Autorem detorquetur. Fran-
cofurti, 1614. *in - 4º.* pp. 19. Cette réponse est datée de *Lintz* le 17.
Janvier de cette année.

18. *Nova Stereometria doliorum Vi-*
nariorum, imprimis Austriaci, figura
omnium aptissima & usus in eo Virgæ
cubicæ compendiosissimus & plane sin-
gularis. Accessit Stereometria Archime-
dea Supplementum. Lincii, 1615. *in-*

fol. Il traduiſit depuis cet Ouvrage en Allemand, & le mit par là plus à l'uſage du Public. Sa traduction a été imprimée à *Lintz* en 1616. *in-fol.*

19. *Ecloga Chronica ex Epiſtolis doctiſſimorum aliquot Virorum & ſuis mutuis, quibus examinantur nobiliſſima tempora I. Herodis, Herodiadumque. II. Baptiſmi & Miniſterii Chriſti annorum non plus* 2. ¼ *III. Paſſionis, Mortis & Reſurrectionis D. N. Jeſu-Chriſti anno æræ noſtræ vulgaris* 31. *non ut vulgò* 33. *IV. Belli Judaici, quo funerata fuit cum Jeroſolymis & Templo Synagoga Judaica, ſublatumque vetus Teſtamentum. Inter alia & commentarius luculentus in locum Epiphanii obſcuriſſimum de Cyclo veteri Judæorum. Francof.* 1615. *in* 40. p. 215.

20. *Ephemerides novæ motuum cœleſtium ab anno vulgaris æra* 1617. *ex obſervationibus potiſſimum Tychonis Brahei, Hypotheſibus Phyſicis, & Tabulis Rudolphinis; ad Meridianum Uranopyrgicum in freto Cimbrico, quem proxime circunſtant Pragenſis, Licenſis, Venetus, Romanus. Præmittitur I. explicatio fundamentorum Ephemeridis. II. Inſtructio ſuper nova Ephemeridis*

forma, & cauſæ mutatæ formæ conſuetæ ex ſanioribus Aſtrologiæ fundamentis. Adjecta ſunt primæ Ephemeridi anni 1617. *Obſervationes Meteorologicæ ad dies ſingulos, & Aſtronomica nonnulla. Lincii,* 1616. *in-4°.* On trouve ici les Ephemerides des années 1617. 1618. 1619. 1620.

21. *Tomi primi Ephemeridum Joan. Keppleri pars ſecunda, ab anno* 1621. *ad* 1628. *Sagani Siles,* 1630. *in-4°.*

22. *Ejuſdem pars tertia, complexa annos* 1629. *in* 1636. *in quibus & tabulis Rudolphi jam perfectis & ſocia opera Cl. V. Jacobi Bartſchii, Med. D. eſt uſus. Ibid.* 1630. *in-4°.*

23. *Epitome Aſtronomiæ Copernicanæ. Lintiis,* 1618. *in-8°.* Il n'y a ici que les trois premiers Livres. Il en donna quatre autres à *Francfort* en 1621. *in-8°.* Ils ont été réimprimés enſemble. *Epitome Aſtronomiæ Copernicanæ, uſitata forma quæſtionum & reſponſionum conſcripta libris ſeptem, quorum tres priores de doctrina Sphærica, quatuor poſteriores de doctrina Theorica. Francof.* 1635. *in-8°.* deux vol.

24. *Harmonices Mundi Libri V. Cum Appendice Roberti Fludd. Lintiis,* 1619. *in-fol.*

25. *De Cometis Libri tres. I. Aſtro-*
nomicus, Theoremata continens de mo- J. KEP-
tu Cometarum, ubi demonſt atio appa- PLER.
rentiarum & altitudinis Cometarum,
qui annis 1607. *&* 1618. *conſpecti*
ſunt nova & paradoxa. II. Phyſicus,
continens Phyſiologiam Cometarum no-
vam & paradoxam. III. Aſtrologicus
de ſignificationibus Cometarum anno-
rum 1607. *&* 1618. *Auguſtæ Vind.*
1619. *in-*40. pp. 158. Il avoit déja
donné quelque choſe ſur cette matiere en Allemand, comme on le peut
voir ci-deſſus au no. 7. Mais il l'a
traitée ici bien plus au long.

26. *Admonitio ad Bibliopolas exte-*
ros, præſertim Italos. En une feüille
volante. It. Dans le Recueil de ſes
Lettres, p. 604 Ayant appris que
ſon *Epitome Aſtronomiæ Copernicanæ*
avoit été mis à *Rome* dans l'*Index*,
& craignant le même ſort pour *Har-*
monice Mundi, il fit ce petit écrit,
pour ſe juſtifier ſur ce qu'il y avoit
dit du mouvement de la Terre.

27. *Relation Aſtronomique de deux*
Eclipſes extraordinaires de Lune, arri-
vées l'année précédente 1620. *& d'une*
grande Eclipſe de Soleil du 21. *Mai*

Tome XXXVIII. E

J. KEP-
PLER.

1621. *avec une liste de toutes les grandes Eclipses de Soleil arrivées dans
l'Europe depuis* 80. *ans, & un détail
de ce qui s'est passé de considerable
avant & après chacune, tant dans les
Etats, que dans l'Eglise, (*en Allemand.) Ulm, 1621. in-4°.

28. *Apologia pro suo opere Harmonices Mundi adversus demonstrationem
analyticam Roberti de Fluctibus. Francofurti, 1621. in-fol.* A la suite d'une
nouvelle édition de son *Prodromus
Dissertationum Cosmographicarum.*

29. *Discours sur une grande conjonc-
tion de Saturne & de Jupiter dans le
signe du Lion, qui s'est faite au mois
de Juillet* 1623. *Avec differens prognos-
tics pour cette année. (*en Allemand.)
Lintz, 1623. in-4°.

30. *Chilias Logarithmorum ad toti-
dem numeros rotundos; præmissa de-
monstratione legitima ortus Logarithmorum eorumque usus; quibus nova traditur Arithmetica. Marpurgi, 1624.
in-4°.*

31. *Supplementum Chiliadis Logarithmorum, continens præcepta de eorum
usu. Marpurgi, 1625. in-4°.* A la suite du livre précédent.

32. *Tychonis Brahei, Dani, Hy-* J. Kep-
peraspistes, adversus Scipionis Clara- pler.
montii Anti-Tychonem, in aciem pro-
ductus à Joan. Kepplero: quo libro doc-
trina præstantissima de Parallaxibus,
deque novorum siderum in sublimi æthe-
re discursionibus, repetitur, confirma-
tur, illustratur. Francofurti, 1625.
*in-*40.

33. *Tabulæ Rudolphinæ totius Astro-*
nomicæ scientiæ à Tychone Braheo pri-
mùm conceptæ, continuatæ & absolutæ
à Joanne Kepplero. Ulmæ, 1627. *in-*
fol. Keppler avoit travaillé pendant
vingt-quatre ans à cet Ouvrage depuis la mort de *Brahé.*

34. *Ad Epistolam Jacobi Bartschii,*
præfixam Ephemeridi anni 1629. *Res-*
ponsio de computatione & editione Ephe-
meridum. Saganì Siles. 1629. *in-*40.

35. *Jo. Keppleri de raris mirisque an-*
ni 1631. *Phænomenis, Veneris puta &*
Mercurii in Solem incursu Admonitio
ad Astronomos rerumque cœlestium stu-
diosos : excerpta ex Ephemeride anni
1631. *& certo Autoris consilio huic præ-*
missa & edita à M. Jacobo Bartschio,
Laubano, Mathem. & Medicinæ Can-
didato. Lipsiæ, 1629. *in-*40.

36. *Joannis Terrentii , Societ. Jesu , Epistolium ex Regno Sinarum ad
Mathematicos Europæos missum , cum
commentatiuncula Joan. Keppleri , &
Apotelesmatis Calculi Rudolphini ex
Ephemeride anni* 1630. *de insigni de-
fectu Solis. Sagani Siles.* 1630. *in-4°.*

37. *Joan. Keppleri Somnium , seu
Opus Posthumum de Astronomia Luna-
ri. Edente Lud. Kepplero , Autoris filio. Francof.* 1634. *in 4°.* On trouve
ici à la p. 34. *Notæ ad Plutarchi libel-
lum de facie quæ in Orbe Lunæ apparet.*

38. *Epistolæ ad Joannem Kepplerum,
Mathematicum Cæsareum scriptæ, in-
sertis ad easdem Responsionibus Kep-
plerianis , quotquot hactenus reperiri
potuerunt. Opus novum , quo recondita
Keppleriana doctrinæ capita dilucide
explicantur & Historia Litteraria in
universum mirifice illustratur , nunc
primum, cum præfatione de meritis Germanorum in Mathesin , introductione
in Historiam Litterariam sæculorum
XVI. & XVII. & Joannis Keppleri
vita , è Manuscriptis editum. Lipsiæ,*
1718. *in-fol. Michel Gottlieb Hanschius* est l'éditeur de ces Lettres, &
l'Auteur de la Preface , & de la vie

de *Keppler*, qui eſt fort étenduë & J. Kep-
fort circonſtanciée. Zelé pour la gloi-PLER.
re de ce fameux Mathematicien, il
avoit deſſein de publier un Recueil
de tous ſes Ouvrages, tant imprimés
que manuſcrits en pluſieurs volumes
in-fol. & l'on trouve le projet de cette édition dans les *Acta Eruditorum.*
Lipſiens. 1714. p. 242. & dans le 3ᵉ.
vol. du *Journal Litteraire*, p. 235.
mais la difficulté de fournir à une ſi
grande depenſe, & le peu d'empreſ-
ſement du Public à y contribuer par
des ſouſcriptions, l'ont empêché
d'exécuter ce grand deſſein, qui s'eſt
terminé à la publication des Lettres
qu'on voit ici. Il avoit auparavant
donné : *De opere Keppleriano anecdo-*
to, cui Hipparchi nomen eſt, ad omnes
Aſtronomiæ conſultos, cæteroſque, qui
ſiderum ſcientia delectantur, Epiſtola.
Lipſiæ, 1709. *in-*4°. Mais comme le
nombre de ceux qui ſont curieux
d'Aſtronomie n'eſt pas grand, cette
Lettre n'a pas ſuffiſamment excité la
curioſité des Sçavans, pour les engager à reponðre à ſes vûës.

    V. *Sa vie à la tête de ſes Lettres.* El-
le eſt fort étenduë & fort exacte,

étant tirée principalement de ses Lettres.

LOUIS KEPPLER.

Louis Keppler naquit à *Prague* en Bohème le 21. Decembre 1607. de *Jean Keppler*, dont je viens de parler, & de *Barbe Muller de Muleckh.*

Il fit ses premieres études à *Lintz*, & alla les continuer à *Ratisbonne*, où il suivit son pere en 1619. Il passa à *Vienne* en 1624. & s'appliqua dans cette Ville à la Philosophie & à la Poësie.

Les Guerres qui désoloient le Pays, ne lui permettant pas de s'y donner tranquillement à l'étude, il se retira à *Sultzbach*, où il enseigna pendant six mois dans le College public, pour se procurer des secours que son pere ne pouvoit alors lui donner.

Ayant depuis trouvé des protecteurs qui l'aiderent de leurs liberalités, il passa à *Tubinge*, où il prit le degré de Maître-ès-Arts en 1627.

Il se tourna après cela du côté de

la Medecine, & pour s'y donner avec L. KEP-
moins d'inquietude pour les beſoins PLER.
de la vie , il ſe chargea de la conduite d'un jeune homme de famille ,
avec lequel il alla à *Baſle.*

Après une année de ſéjour dans cette Ville , qu'il employa à l'étude de
la Medecine , il ſe rendit à *Strasbourg*
pour y continuer cette étude ; mais
la mort de ſon pere arrivée le 5. Novembre 1630. l'obligea à faire un
tour à *Ratisbonne* pour y mettre ordre à ſes affaires domeſtiques.

Lorſqu'elles furent terminées , il
alla en 1632. avec un autre jeune
homme de famille à *Geneve* , où on
lui permit de pratiquer la Medecine.

Il quitta cette Ville au bout d'u-
ne année, & paſſa à *Francfort* , où il
avoit quelques affaires , & enſuite à
Konigsberg en Pruſſe. Il arriva dans
cette derniere Ville en 1635. & après
y avoir ſoutenu une Theſe *de Phthiſi,*
il y fut reçu au nombre des Medecins.

Quelque temps après il alla faire
un voyage en Italie , & prit à *Padoue*
le degré de Docteur en Medecine.

De retour à *Konigsberg* , il s'y ma-
E iiij

ria le 2. Janvier 1640. & épousa *Marie Reimer*, dont il eut six enfans.

Il passa depuis trois années en Hongrie ; mais rappellé au bout de ce
temps à *Konigsberg*, il y retourna, &
fit encore dans la suite quelque séjour à *Lubec*.

Ayant perdu sa femme, il se remaria en 1654. & épousa en secondes nôces *Anne von Thorhacken*, dont
il eut deux enfans.

Il mourut à *Konigsberg* le 13. Septembre 1663. dans sa 56e. année.

Catalogue de ses Ouvrages.

1. *De Incubo Dissertatio. Regiomonti*, 1644. *in-*4º. C'est une These qu'il
fit soutenir à *Konigsberg*, pour y être
reçu dans la Faculté de Medecine.

2. *Liber Galeni de Symptomatum
causis secundus in Theses contractus.
Argentinæ*, 1631.

3. *Methodi conciliandarum Secta-
rum in Medicina discrepantium sectio
prima. Regiomonti*, 1648. *in-fol.*

4. *De febri epidemia Regiomontana
anni* 1649. *Elbingæ*, 1650. *in-*4º.

5. *Joannis Keppleri Somnium, sive
Opus Posthumum de Astronomia Luna-
ri, divulgatum à M. Ludovico Kep-*

plero , *filio* , *Medicinæ Candidato. Sa-*   L. Kɪr-

gani, 1634. *in-*4°.   ɪ'LER.

  V. *Son Programme funebre à la fin de*
la vie de son pere par Hanschius.

PIERRE-PAUL VERGERIO
L'Ancien.

Pɪerre-*Paul Vergerio* , surnommé p.p.Vɛr-
l'Ancien, pour le distinguer d'un ɢɛRɪᴏ.
autre de même nom , naquit à *Capo*
d'Istria , Ville sur le Golfe de *Veni-*
se, appellée en Latin *Justinopolis* , vers
l'an 1349. Il nous fournit lui-même
cette date , lorsque dans l'Eloge du
Cardinal *François Zabarella* , il dit
qu'il avoit environ dix ans moins
que ce Prelat , qui étoit né vers l'an
1339.

  Il apprit dans sa jeunesse la Langue
Grecque à *Venise* sous *Emmanuel*
Chrysoloras de *Constantinople* , qui
l'enseignoit dans cette Ville. Il s'appliqua aussi à l'Eloquence & à la Philosophie.

  Il se donna depuis au Droit Canonique à *Florence* , où il étoit en 1387,
disciple de *François Zabarella* , qui

P. P. Ver-fut depuis Cardinal , & qui y pro-
serio. feffoit alors cette fcience ; ce qu'il fit
encore dans la fuite à *Padoue*. Ce fut
dans cette derniere Ville que *Vergerio* reçut le bonnet de Docteur en
Droit Civil & Canonique , dans les
Arts, & en Medecine, le 7. Mars 1404.
après avoir fubi les deux jours précédens differens examens fur ces differentes fciences.

On ne fçait quel fut le motif , qui
l'engagea à prendre ces degrés dans
un âge fi avancé , ayant alors environ 53. ans ; lui fur-tout qui s'étoit
déja fait un grand nom parmi les Sçavans de fon temps.

Le Prince *Carrari* , qui comman-
doit à *Padoue* , l'ayant choifi pour
être Precepteur de fes enfans , il fit
long-temps fa réfidence ordinaire
dans cette Ville. Il y demeura même
depuis qu'elle eut été fouftraite à
leur autorité , & il eft à préfumer
qu'il le fit par attachement pour
François Zabarella , qui en fut fait
Evêque quelque temps après. Il avoit
en effet contracté avec lui une étroite amitié pendant qu'il étoit fon difciple à *Florence* ; il marque même

dans fon éloge, qu'il avoit été quelque temps fon domeftique.

Il étoit avec lui au Concile de *Conftance*, & il eut le chagrin de l'y perdre en 1417. Ce Cardinal qui lui
avoit toujours fait du bien, lui donna une derniere marque de fon affection, en lui laiffant fa Bibliotheque.

Vergerio s'attacha depuis à l'Empereur *Sigifmond*, qui l'honora de
fon eftime. Il alla avec ce Prince en
Hongrie en 1419. mais il n'en revint
point. Il y mourut, comme le Pape
Pie II. le marque dans fon Hiftoire
de Boheme, & peut-être la même
année. M. *Muratori* lui fait dire que
c'étoit du temps du Concile de *Bafle*,
mais il ne dit rien de femblable ; il
marque feulement que c'étoit de fon
temps.

Catalogue de fes Ouvrages.

1. *De ingenuis moribus. Venetiis*,
1493. *in*-4o. Avec les Ouvrages fuivans. *Ex Xenophonte Leonardi Aretini traductio de tyrannide. Guarini Veronenfis in Plutarchum de liberis edu-
candis Præfatio.* It. *Parif.* 1494. *in*-4o.
It. *Venetiis*, 1499. *in*-4o. Ces premieres éditions ont été fuivies d'un grand

P.P. Ver-nombre d'autres. It. *Cum Commenta-*
gerio. *rio Joannis Bonardi Veronenfis.* Vene-
tiis, 1502. *in-4⁰.* Ce Commentaire
qui eſt rempli de pauvretés & d'igno-
rances, commence par ces paroles,
qui font connoître la grande idée que
l'Auteur s'étoit formée de ſon travail.
Anno à Nativitate Domini 1493. *VII.*
Kal. Decembris, ad honorem omnipo-
tentis Dei, & Virginis gloriofæ matris
Dei, & Sanctæ Catherinæ Virginis &
Martyris, Advocatricis noſtræ, cujus
hodie folemnia celebramus, & totius Cu-
riæ cœleſtis. Et ad honorem & augmen-
tum noſtræ illuſtriſſimæ Dominationis
Venetiarum, cui Dominus totum ter-
rarum orbem fibi fubjiciat. Ad decorem
magnifici Domini Joannis Malipetri,
Patricii digniſſimi, cui hoc breve opuf-
culum tradidi. Ad honorem Veronen-
fium, eorumque qui me hortati funt, &
meorum Scholarium, qui me rogaverunt,
ad utilitatem; novum opuſculum inchoo
ego Joannes Bonardus, Presbyter Ve-
ronenfis indignus, Grammaticam &
Poëticas legens Liniaci, quod amore pa-
triæ, cujus fum, volo hoc nomine nomi-
nari, expofiturus dictum opuſculum Pe-
tri Pauli Vergerii, in nomine fanctæ &

invidue Trinitatis , Patris , & Filii
& Spiritûs Sancti.

2. *Vita Principum Carrariensium.*
Cet Ouvrage qui a demeuré long-
temps manuscrit , a été enfin donné
au Public par *Louis Antoine Murato-*
ri dans le 16e. vol. des *Rerum Itali-*
carum Scriptores. Mediolani , 1730.
in - fol. p. 114. Cette Histoite des
Princes *Carrari* s'étend depuis leur
origine, jusqu'à la mort de *Jacomino,*
c'est-à-dire , environ jusqu'en 1356.
Vergerio n'a pas été plus loin , apparemment pour n'avoir pas le chagrin
de décrire la ruine de cette maison ,
à laquelle il avoit été attaché , &
pour ne point déplaire aux Venitiens,
qui en étoient les Auteurs. Il avoit
fait des notes à cette Histoire ; mais
elles n'ont pas été imprimées.

3. *Petri Pauli Vergerii , Justinopo-*
litani, Epistola de morte Francisci Za-
barellæ , Patricii Patavini , J. U. D.
*& Cardinalis Florentini. in-*4°. pp. 22.
Elle est datée de *Constance* le 29. Janvier 1418. It. A la p. 198. du 16.
vol. des *Rerum Italicarum Scriptores*
de M. *Muratori.*

4. *Petrarchæ vita , Paulo Vergerio*

Auctore. Dans le *Petrarcha redivivus* de *Tomasini. Patavii*, 1650. *in-4°.*

5. *De Divo Hieronymo Oratio.* M. *Muratori* semble croire que ce dif-cours n'a point été imprimé ; cepen-dant il se trouve dans toutes les édi-tions de *S. Jerôme.*

6. *Petri Pauli Vergerii Orationes & Epistolæ variæ Historicæ. Nunc primum prodeunt è MS. Cod. Bibliothecæ Es-tensis.* Dans le 16°. vol. des *Rerum Ita-licarum Scriptores* de *Muratori*, p. 186. Voici les piéces qu'on trouve ici.

De dignissimo funebri apparatu in exequiis Cl. Principis Francisci Senio-ris de Carraria, p. 190.

Oratio in funere Francisci Senioris de Carraria, *Patavii Principis*, die 21. *Novembris*, anno 1393. p. 194.

Epistola de morte Fr. Zabarellæ, Car-dinalis. p. 198.

Oratio ad Franciscum Juniorem de Carraria, Paduæ Principem, pro Com-munitate Patavina. p. 204.

Epistolæ X. dont la 1°. est *De Virgi-lii Statua Mantuæ eversa per Carolum Malatestam.* p. 215. *Jean - George Schelhorn* avoit déja fait imprimer

cette piéce dans le tome 3e. de ses P.P.Ver-
Amœnitates Litterariæ. p. 225. Mais gerio,
il l'avoit attribué, mal-à-propos , à
Leonard Aretin; d'ailleurs il l'a donnée sur une copie remplie de fautes.

De Cambii nomine. p. 238.

Deux petites piéces de Vers Latins
de *Vergerio.*

Vergerio avoit traduit *Arrien* en Latin, pour l'Empereur *Sigismond ;* mais
sa version n'a point été imprimée.

V. *Jovii Elogia ,* n°. 111. *Louis Antoine Muratori ; Preface des Oeuvres
de Vergerio,* qu'il a publiées dans le 16e.
*vol. des Historiens d'Italie. Bayle, Dic-
tionnaire.*

PIERRE-PAUL VERGERIO
LE JEUNE.

Pierre-Paul *Vergerio ,* surnommé P.P.Ver-
le Jéune , pour le distinguer d'un gerio.
autre plus ancien , qui est celui dont
je viens de parler, naquit à *Capodistria ,* Ville d'Italie sur le Golfe de
Venise , d'une famille noble & illustre , dont cet ancien étoit sorti.

Après le cours de ses études, il se

P.P. VER-
GERIO.

tourna du côté de la Jurisprudence, en laquelle il se fit recevoir Docteur, & se maria. Sa femme, qui se nommoit *Diane*, étant morte au bout de quelque temps, il songea à embrasser l'état Ecclesiastique, & en prit l'habit.

Il passa après cela à la Cour de *Rome*, où son frere *Antoine*, qui étoit fort aimé du Pape *Clement VII.* l'engagea de le venir trouver.

Ce Pontife lui ayant trouvé du talent pour les affaires & les négociations, l'envoya en Allemagne l'an 1530. en qualité de Nonce, pour y empêcher les progrès du Lutheranisme.

Le Pape *Paul III.* qui succeda en 1534. à *Clement*, le rappella à *Rome*, pour sçavoir précisément de lui les dispositions de l'Allemagne par rapport à la Religion, & l'y renvoya l'année suivante 1535. avec ordre de promettre la tenuë d'un Concile, & avec quelques autres instructions.

Ce second voyage ne fut pas si long que le premier. Il repassa en Italie au commencement de l'an 1536. pour rendre compte de sa Commission

ſion au Pape, qui content de ſa con- P.P.VER-
duite, lui donna l'Evêché de *Mo-* GERIO.
druſch en Croatie, duquel il le tranſ-
fera à la fin de la même année à
celui de *Capodiſtria*, ſa patrie, vacant
par la mort de *Valvaſori*, arrivée le
28. Octobre de cette année.

Vergerio s'acquitta d'abord avec
beaucoup d'ardeur & de zéle des devoirs de l'Epiſcopat ; mais d'autres
penſées les lui firent bien negliger
dans la ſuite.

Paul III. convaincu de ſon habileté, le renvoya en 1541. en Allemagne, pour aſſiſter à la Diete de *Wor-*
mes, & pour empêcher la tenuë d'un
Concile National, qu'on avoit deſſein d'y aſſembler : en quoi il réuſſit
ſuivant les deſirs du Pontife.

Il eſperoit à ſon retour à *Rome*
avoir part à la promotion qui ſe devoit faire de quelques Cardinaux ;
mais il ne fut pas long-temps ſans
reconnoître que ſes eſperances n'a-
boutiroient à rien. Il apprit à ſon
arrivée en cette Ville, qu'on l'avoit
tellement rendu ſuſpect de Luthera-
niſme, que le Pape prévenu par les
diſcours qui couroient à ſon ſujet ,,

Tome XXXVIII. E

P.P.VER-avoit abandonné le deffein de l'éle-
GERIO. ver au Cardinalat. Cette nouvelle le
confterna, & il réfolut de travailler
à fa juftification.

Pour cet effet il fe retira dans fa
patrie, & y commença un Livre de
controverfe contre les Apoftats d'Allemagne. Il lut pour cela leurs Livres, examina leurs raifons, & chercha les moyens de les refuter : mais
ce travail ne fervit qu'à le pervertir,
& à lui donner du goût pour les nouvelles Opinions.

Dès-lors il renonça à l'efperance
du Cardinalat, & alla trouver *Jean-
Baptifte Vergerio*, Evêque de *Pola*,
fon frere, à qui il fit part du changement qui s'étoit fait en lui, & qu'il
féduifit fans beaucoup de peine.

Ils commencerent auffi-tôt, l'un
& l'autre, à prêcher dans leurs Dio-
cèfes la Doctrine Proteftante : mais
ils ne furent pas long-temps fans être
inquietés. *Antoine Elio*, Gentilhomme de *Capodiftria*, qui étoit alors
Secretaire des Brefs, ayant appris ce
qui fe paffoit, engagea le Pape à envoyer dans cette Ville des Commiffaires, pour examiner la vérité des

chofes , & pour faire le procès à *Vergerio.*

Celui-ci apprehendant les fuites
de cette affaire , abandonna fon Diocèfe , & fe retira en 1545. à *Mantoüe,*
où il demeura jufqu'à l'année fuivante , pour obferver de là comment les
chofes tourneroient.

Il en fut quitte cette fois pour la
peur , parce que les Commiffaires ,
plus Lutheriens que lui , comme le
prétend *Jerôme Muzio* dans fes *Vergeriane,* ne firent point d'informations,
ou les firent fort legerement.

Vergerio voyant donc qu'il n'y avoit
rien à craindre , paffa de *Mantoüe* à
Venife, où *Jean de la Cafa* étoit Nonce alors. Ce Prélat lui confeilla d'aller à *Rome* fe juftifier lui même devant le Pape ; mais il n'eut garde de
fuivre ce confeil.

Il demeura long-temps à *Venife ,*
parce que le Pape lui avoit fait défenfe de retourner dans fon Diocèfe ,
& il y étoit encore au mois de Janvier 1548. Il fit auffi quelque féjour à
Padoüe, où il fut témoin de la mort
de *François Spiera.* Il retourna cependant enfuite à *Capodiftria ,* où il re-

E f ij

commença bien-tôt à prêcher la Doctrine Lutherienne, de même qu'à
Pola, où il alloit souvent.

Muzio en avertit *Elio*, qui fit nom-
mer de nouveaux Commissaires, parmi lesquels fut *Jean de la Casa*.

Vergerio vit bien alors, que la chose devenoit sérieuse, d'autant plus
qu'*Elio* avoit été nommé vers le mois
d'Octobre de cette année 1548. Evêque de *Pola* à la place de *Jean-Bap-
tiste Vergerio*, son frere, qui étoit
mort quelque temps auparavant ; &
qu'*Annibal Grisoni*, de *Capodistria*,
que le Pape avoit nommé Inquisi-
teur général, & Commissaire Apos-
tolique dans cette affaire, étoit ami
de *Muzio*.

Il songea donc à sortir de l'Italie ;
ce qu'il fit le 1. Mai 1549. Il se retira
d'abord chez les Grisons, où il fut
quelque temps Ministre, de même
que dans la Valteline. Appellé ensuite en 1553. à *Tubinge* par le Duc de
Wirtemberg, il passa le reste de sa
vie dans cette Ville, où il composa
un grand nombre d'Ouvrages.

Il y mourut le 4. Octobre 1565.
dans un âge assez avancé.

Catalogue de fes Ouvrages.

1. *De Republica Veneta Liber.* Roma, 1526. *in-4°.* Il promet fur la fin
un fecond Livre fur les Loix & les
Magiftrats de *Venife* ; mais il ne l'a
point donné. *Gefner* a mis cet Ouvrage au nombre de ceux de *Verge-*
rio l'Ancien ; c'eft une faute que fes
Abbreviateurs ont eu foin de corriger.

2. *Ad Oratores Principum Germa-*
niæ, qui Vormatiæ convenerunt, de
Unitate & pace Ecclefiæ. Venetiis,
1542. *in-40.*

3. *Dodici Trattatelli. in Bafilea,*
1549. *&* 1550. *in-8°.* Ce Livre eft
extrêmement rare, de même que la
plûpart des Ouvrages de *Vergerio*, &
je ne fçais quels font les traités particuliers qu'il contient, & s'il ne s'y
en trouve point quelqu'un de ceux
dont je parlerai plus bas. J'apprends
feulement par une note de M. *de la*
Monnoye fur les *Jugemens des Sça-*
vans de *Baillet*, qu'on y trouve des
Lettres Italiennes de *Bonino de' Boni-*
ni, faites en apparence pour juftifier
la Cour de *Rome*, mais qui en effet
s'en mocquent & la condamnent.

P.P.VER- dont le véritable auteur est *Vergerio*,
GERIO. qui s'y est caché sous ce nom.

4. *Le Otto diffesioni del Vergerio , o
vero trattato delle superstitioni d'Italia ,
e delle ignoranza de' Sacerdoti , &c.
publicato da Celio secundo Curione. in
Basilea ,* 1550. *in-*8°.

5. *Epistola delle cose della Cita e della Chiesa di Geneva. in Geneva,* 1550.
*in-*8°. Il passa par *Geneve* , en allant
chez les Grisons , & ce fut alors qu'il
composa cet Ouvrage.

6. *In Francisci Spieræ casum P. P.
Vergerii Apologia ex Italico Sermone
in Latinum conversa , Francisco Nigro
Bassianate interprete.* Cette Apologie
qui est datée de *Padoüe* , se trouve à
la p. 125. d'un recueil intitulé : *Francisci Spieræ , qui quod suscepta semel
Evangelicæ veritatis professionem abne-
gasset , damnassetque , in horrendam in-
cidit desperationem , historia à quatuor
summis Viris summa fide conscripta.
Basilea ,* 1550. *in* 8°.

7. *Al Ser. Re d'Inghilterra Eduardo
VI. della creatione del nuovo Papa
Giulio terzo , e cio che di lui sperare si
possa.* 1550. *in-*8°. pp. 26. non chiff.
Cette Lettre de *Vergerio* est datée du

15. Février 1550. *Jules III.* avoit été P. P. VER-
élu le 8. de ce mois.

8. *La ſontuoſiſſima Feſta fatta in Ro-*
ma per la Coronatione di Papa Giulio
terzo. Con la Solennità & Ceremonia
uſata nello aprire la porta ſanĉta del
Jubileo. Col commento. 1550. *in-8°.*
feiiill. 14. Le même Ouvrage eſt imprimé en Latin ſous ce titre : *Qua*
pompa & magnificentia Julius III. Pon-
tifex Romanus coronatus eſt. Simul
quanta Ceremonia & Religione Jubilei
porta , quam ſanĉtam appellant, pate-
facta fuerit. Autore Vergerio. Anno
1550. *in-8°.* pp. 31.

9. *A Principi d'Italia.* 1550. *in-8°.*
pp. 40 non chiffrées. Il attaque dans
cette Lettre la dévotion à la Sainte
Vierge , les miracles qu'on lui attribuë , & le culte des Saints.

10. *A quelli Venerabili Padri Do-*
menicani , che difendono il Roſario per
coſa buona. 1550. *in-8°.* feiiill. 34.

11. *Il Vergerio à Papa Giulio terzo ,*
che ha approvato un Libro del Muzio ,
intitolato : Le Vergeriane. *in-8°.* pp.
195. La premiere Epitre de ce Livre ,
qui eſt adreſſée aux Freres d'Italie ,
c'eſt - à - dire , à ceux qui y profeſ-

P. P. VER-foient la Religion Proteftante, eft
GIRIO. datée de *Vicofoprano*, le 1. Mai 1551.
Vergerio fe propofe ici de refuter
l'Ouvrage de *Muzio*. Il marque à la
p. 67. les Livres qu'il avoit faits jufqu'alors, mais dont quelques-uns
feulement ont été imprimés depuis.
Il nous apprend à la p. 188. que l'E-
vêque de *Pola*, fon frere, étoit mort
entre fes bras, avec un grand foup-
çon de poifon, & qu'il lui avoit con-
feillé de fortir au plûtôt de l'Italie :
Confeil qu'il avoit fuivi le premier
de Mai, comme il le témoigne plus
haut, p. 76.

12. *Demoftratione del Bullingero,
che il Concilio di Trento non fia ordi-
nato per haver à cercare & illuftrare la
verita con la Sacra Scrittura, ma per
fovertirla & per iftabilire gl'errori della fedia Romana, traduita dal Vergerio.* 1551. *in-*8°. feüill. 34. Avec une
Epitre du traducteur à la tête.

13. *Bolla della Indittione & Convo-
catione del Concilio che fi ha da incomin-
ciare in Trento al primo di Maggio nell'
anno* 1551. *in-*8°. feüill. 8. A la fuite
font cinq Dialogues Italiens, où l'on
critique cette Bulle. p. 95. non chiffrées.

14.

14. *Bulla Julii III. Rom. Epifcopi*, P.P.VER-
quâ Concilium ad Kal. Maii rurfus fuit GERIO.
convocatum Tridentum. Cum Commen-
tariolo D. Vida , verfo ex Italica Lin-
gua. Anno 1551. *in-*8°. pp. 24. Cette
premiere édition a été faite à *Bafle*
chez *Oporin* , comme il nous l'apprend à la fin de la feconde. It. *Tu-*
bingæ , 1553. *in-*80. p. 21. non chiff.
On lit à la fin de celle-ci : *D. Pe-*
trus Paulus Vergerius Commentario-
lum hunc Italice fcripferat ; *at D. Ot-*
tonellus Vida Latinum fecerat. Ce *Vi-*
da , qui eft qualifié dans le titre de
cette feconde édition *Jureconfultus*
Juftinopolitanus n'eft apparemment
autre que *Vergerio.*

15. *Al Ser. Duce Donato , & alla*
Eccel. Rep. di Venetia Oratione & di-
fenfione del Vergerio. Nell' anno 1551.
*nel mefe d'Aprile. in-*80. pp. 63. non
chiffrées. Ce difcours eft daté de *Vi-*
cofoprano le 10. Avril 1551.

16. *Operetta nuova del Vergerio*
nella qual fi dimoftrano le vere ragioni,
che hanno moffo i Romani Pontefici ad
inftituir le belle Ceremonie della Setti-
mana Santa. Zurich , 1552.

17. *Rifpofta del Vefcovo Vergerio ad*

P.P.Ver- uno libro del *Nausea*, *Vescovo di Vien-*
GERIO. na, *scritto in lode del Concilio Tri-*
dentino. in *Poschiavo*, 1552. *in-8°.*

18. *Confessione della pia dottrina,*
la quale in nome dell' Ill. Principe
Christoforo, *Duce di Wirtemberg*, *fu*
per gli suoi Ambasciatori alli 24. *di*
Gennaro presentata nel Concilio di Tren-
to. 1552. *tradutta dal Latino. in Tubin-*
ga. in-8o. pp. 175. *non chiff.* On voit
à la fin une Epitre du Traducteur,
qui est *Vergerio*, datée de *Tubinge*
le 25. Juin 1553.

19. *Descrittione di quello che in No-*
me dell' Ill. Principe Christoforo, Du-
ca Wirtembergense, *è stato fatto da*
suoi Ambasciatori nel Concilio di Tren-
to nell' anno 1552. *in-8o.* pp. 243.
non chiff. On trouve à la tête une
Epitre de *Vergerio*, datée de *Tubin-*
ge le 19. Juin 1553.

20. *Le Copie delle Commissioni di*
Salvi condutti, di Giuramenti, di De-
creti, delle Protestationi, delle Indit-
tioni, & d'altre Bolle, delle quali è
mentione nella Historia di Maneggi
fatti in Trento in nome dell' Ill. Duca
di Wirtemberga. 1553. *in-8°.* pp. 40.
non chiff. On lit à la fin ces mots :

Collecta à *D. Vergerio.* C'est un recueil P. P. VER-
des piéces justificatives de l'Histoire GERIO.
précédente.

21. *Ludovico Raforo alla Abbadeſſa
delle Moniſtero di Santa Giuſtina di
Venetia, ſopra un libro intitolato :* Luce di Fede*, ſtampato nuovamente in
Milano per Gio. Antonio da Borgo in
laude della Meſſa. Nell' anno* 53. *in-*
8°. pp. 47. Dans un Recueil de pluſieurs Ouvrages de *Vergerio*, qui eſt
dans la Bibliotheque de *Sainte Gene-
vieve*, & qui a appartenu à *Theodore
de Beze*, on voit au bas du titre de
celui ci ces mots, écrits de la main
même de *Vergerio : Cl. V. Theod. Be-
zæ D. Vergerius Autor.* Ainſi il n'y a
point de doute qu'il ne ſoit de cet
Auteur, qui y a pris le nom de *Louis
Raforo.* Le *Jerôme de Pola*, de *Capodiſtria*, qui a ſigné l'Epitre datée de *Trieſ-
te* le 25. Juin 1553. n'eſt pas apparemment different non plus de *Vergerio.*

22. *Fondamento della Religione Chriſtiana per uſo della Valtelina. Nell' anno* 1553. *in* 8°. pp. 14. non chiff.
C'eſt un petit Catechiſme.

23. *Concilium, non modo Tridenti-
num, ſed omne Papiſticum perpetuo fu-*

P.P. VER-
GERIO.

giendum esse omnibus piis. *Auctore Ver-*
gerio. Anno 1553. in-4°. pp. 47. non
chiff. C'est un Recueil de différentes
piéces, qui ont rapport aux Conciles, & sur-tout à celui de *Trente,* avec
des notes malignes de *Vergerio.* Cette édition a été faite à *Berne* en Suisse.
L'ouvrage a été réimprimé à *Tubinge.*

24. *Risposta del Vergerio ad una Am-*
basciata del Cardinal di Trento. Nell'
anno 1553. in-8o.

25. *Che cosa sia e da cui prima stata*
ordinata l'Acqua Santa. in-8o. pp. 8.
C'est une Lettre datée du 20. Janvier ; mais on a omis l'année.

26. *Stanze del Berna con tre Sonetti*
del Petrarca, dove si parla dell' Evan-
gelio & della Corte Romana. Nell' an-
no 1554. in-8o. pp. 15. non chiff. Les
Stances de *François Berni,* Poëte
Italien, qui vivoit sous le Pape Clement *VII.* & les Sonnets de *Petrarque*
sont accompagnés d'un discours, dont
l'Auteur n'est point nommé, mais qui
est de *Vergerio,* comme on peut l'apprendre des Epitomes de *Gesner.*

27. *Athanasii Scholia ad Reginaldi*
Poli orationem ad Cæsarem, quâ illum
ad arma contra eos, qui Evangelio no-

men dederunt , inſtigat 1554. *in-*4°.
Vergerio s'eſt caché ici ſous le nom
d'*Athanaſe* , qu'il a pris dans quelques autres Ouvrages.

28. *Catalogo del Arcimboldo , Archi-*
veſcovo di Milano , ove egli condanna
e diffama per Heretici la maggior parte
de' figlivoli di Dio, & membri di Chriſ-
to , i quali ne' loro ſcritti cercano la ri-
formatione della Chieſa Chriſtiana.
1554. *in-*8°. *Vergerio* a publié ce Catalogue avec ſes notes.

29. *Fra Aleandro Bologneſe in un*
ſuo libro ſtampato in Bologna nell' an-
no 1550. *ha tolto à celebrare per coſe*
veriſſime , Catholice , & Sante , il con-
corſo de' Popoli alla Statua & a i mu-
ri di Loreto , il ſangue uſcito fuor dell'
hoſtia di Bolſena , gli altari fatti &
conſecrati per mano di S. Michaele Ar-
cangelo ſul Monte Gargano , & altre
ſimili facende. Et Papa Julio terzo ha
tutto cio approvato & confermato , on-
de ogn' huom potra far giudicio lui &
la ſua Chieſa Romana eſſer riſoluta di
volerſi mantenere in tutte le conſuete ſue
ſuperſtitioni , buggie , idolatrie , & er-
rori , in diſprezzo degli huomini , & di
Dio. 1554. *in-*8°. pp. 16. non chiffr.

P.P. Ver-*Vergerio* a pris ici le nom d'*Atanasio,*
GERIO. *servo di Jesu Christo.*

30. *Heus! Germani, cognoscite ex*
hac Epistola, quid de vobis sentiat &
prædicet Beatissimus Papa; tum etiam
videte quale Concilium cum suis Creatu-
ris celebraturus sit. in 80. pp. 23. sans
date.

31. *Illustri atque optimæ spei Puero.*
D. Eberhardo, Illustris. Principis
Christophori, Ducis Wirtembergensis,
filio primogenito Munusculum Verge-
rii exulis Jesu Christi. Anno 1554. *in*
80. C'est une traduction d'un Ouvrage Espagnol de *Jean Valdes* sur
l'instruction des enfans, que *Cælius*
Secundus Curion dans une Lettre écrite à *Jean de Lasco*, datée du 1. Novembre 1558. & inserée dans le Recueil de *Simon Abbes Gabbema*, dit
que *Vergerio* a voulu faire passer pour
son Ouvrage, ajoutant qu'après l'a-
voir dedié au fils du Duc de *Wirtem-*
berg, il en changea le titre dans un
voyage qu'il fit en Pologne, & le dedia comme quelque chose de nouveau au fils du Duc d'*Olika*. Il se
trompe cependant, quand il dit qu'-
il l'offrit au premier sous le titre de
Lac Spirituale.

'32. *Delle commiffioni & faculta che* P. P. VER-
Papa Giulo III. ha dato à M. Paolo GERIO.
Odefcalco , Comafco , fuo Nuncio &
Inquifitore in tutto il Paefe di Magni-
fici Signori Grifoni. A Signor P. An-
tonio di Naffale Atanafio. Nell' anno
1554. in-8o.

.33. *Della Camera & Statua della*
Madonna, chiamata di Loreto, la qua-
le è ftata nuovamente diffefa da Fra
Leandro Alberti , Bolognefe , & da Pa-
pa Giulio III. con un folenne Privilegio
approbata. Nell' anno 1554. in-8o. p.
131. non chiffr. Cet Ouvrage a été
traduit en Latin par le neveu de *Ver-*
gerio , qui y a ajouté quelque chofe.
Sa traduction eft intitulée : *De Idolo*
Lauretano, quod Julium III. Romanum
Epifcopum non puduit in tanta luce
Evangelii undique erumpente , veluti
in contemptum Dei atque hominum ap-
probare. Vergerius Italice fcripfit ; Lu-
dovicus ejus Nepos Latine vertit. An-
no 1554. in-4o. pp. 85. *Pierre-Paul*
Vergerio a mis à la tête de cette traduction une Epitre datée de *Tubinge*
le 1. Septembre 1554. Celle qui eft à
la tête de l'Original Italien , l'eft du
15. Octobre de la même année.

P.P. Ver-
gerio.

34. *Che cosa sieno le XXX. Messe, chiamate di S. Gregorio, & quando prima incominciarono ad usarsi. L'anno 1555. in-8°. pp. 32.* non chiff.

35. *Reginaldi Poli, Cardinalis Britanni, pro Ecclesiastica veritatis defensione libri quatuor, in quibus conatus est maximo studio Ecclesiæ Romanæ Primatum constabilire ; nunc primum in Germania editi, qui tamen antea in Italia fuerant excusi, sed latitarunt diu & ad paucorum manus perveniebant. Adjectum est etiam quorumdam aliorum gravissimorum Virorum de Pontificis Romani Primatu Judicium. 1555. in-fol.* Vergerio, qui a donné cette édition, a mis à la tête une Préface. Les piéces, qu'il a ajoutées à l'Ouvrage principal, tendent toutes à attaquer l'autorité du Pape, & sont de *Luther, Melanchthon, Flacius, Brentius, François de Villiers,* & *Calvin.*

36. *Judicio sopra le Lettere di tredeci huomini illustri, publicate da M. Dionigi Atanagi. 1555. in-8°.*

37. *Retrattatione del Vergerio. Nell' anno 1556. in-8°. pp. 55.* non chiffr. L'Auteur a adressé cet écrit, qui est daté du 1. Avril 1556. à la Ville de

Capodiftria, dont il avoit été Evêque, P.P. Ver-
pour retracter tout ce qu'il avoit fait Gerio.
pendant fon Epifcopat, fuivant les
Rits & les ufages de l'Eglife Romaine. On y apprend qu'en même temps
il avoit reçu les quatre Ordres Mineurs, le Soûdiaconat, le Diaconat,
la Prêtrife, & avoit été facré Evêque ;
& que c'étoit l'Evêque de *Pola*, qui
avoit fait toutes ces cérémonies.

38. *Actiones duæ Secretarii Pontificii, quarum altera difputat an Paulus
Papa IV. debeat cogitare de inftauran-
do Concilio Tridentino, (magna eft
enim fpes de pace) Altera vero an vi &
armis poffit deinde imperare Proteftan-
tibus ipfius Concilii Decreta.* 1556. *in-*
80. Ces piéces font de la façon de *Vergerio*, qui y a ajouté une troifiéme
Action fur les mêmes fujets, dans une
édition de l'an 1559. *Curion* a prétendu dans la lettre que j'ai citée ci-deffus N°. 31. que *Vergerio* avoit volé
cet Ouvrage dans une Bibliotheque,
& l'avoit publié comme le fien ; mais
c'eft une chofe qu'il paroît avoir avancée fans fondement.

39. *De Gregorio Papa ejus nominis
primo, quem cognomento Magnum ap-*

P. P. Ver-pellant, *& inter præcipuos Ecclesiæ Ro-*
gerio.   *manæ Doctores annumerant. Invenies*
hic, Candide Lector, primum Mira-
cula circiter quinquaginta verbum ver-
bo ex Dialogis, quos ille in ipso adeo
Pontificatu scripsit, excerpta; postremo
vitam ejus à Jacobo à Voragine des-
criptam. Regiomonti Borussorum 1556.
*Mense Octobri. in-*4°. pp. 106. non
chiffrées. L'Epitre est datée de *Konis-*
berg le 1. Octobre 1556.

40. *Ordo eligendi Pontificis & ratio.*
De Ordinatione & Consecratione ejus-
dem. De Processione ad Ecclesiam La-
teranensem. De Solemni Convivio, quo
Cardinales, Episcopos atque alios exci-
pit. Tum de Pallio de corpore Beati Pe-
tri sumpto, in quo est plenitudo Ponti-
ficalis Officii. Omnia excerpta verbum
verbo ex libro cui titulus : S. Romanæ
Ecclesiæ Ceremoniarum libri sex,
qui in Vaticana Secretiore Bibliotheca
magna religione & reverentia conserva-
tur. Tubingæ, 1556. *in-*40. pp. 78.
non chiffrées. L'Epitre de *Vergerio* est
datée de *Stutgard* le 15. Mars de cette année.

41. *Vide quid Papatus sentiat de il-*
lustrissimis Germaniæ Principibus, ac

de liberis civitatibus , quæ Evangelio P.P.VER-
nomen dederunt ; in primis quid de to- GERIO.
*ta noſtra doctrina , & de Miniſtris Ec-
cleſiarum. Anno* 1556. *in-8°. Vergerio*
rapporte ici des extraits d'un écrit
Italien de *Jacques Moroneſſa* , Céleſ-
tin , imprimé à *Venise* l'année précédente 1555. dans lequel cet Auteur
faiſoit le portrait de *Luther* d'une maniere extrêmement violente & em-
portée.

42. *Duæ Epiſtolæ , altera Aloyſii Li-
pomani , Epiſcopi Veronæ , Pontificis
Romani in Polonia Legati ad Ill. Principem Nicolaum Radzivilum , Palatinum Wilnenſem : altera vero ejuſdem
Principis Radzivili ad Epiſcopum &
Legatum illum. Cum Petri Pauli Vergerii Præfatione , & Joannis Aurifabri
ad Vergerium Epiſtola. Adjuncta ſunt
Chriſtiani Liberii Veracis & aliorum
in Aloyſium Lipomanum Carmina. Necnon Virilæi Muſæi Hyporeadis Elegia,
de S. Evangelii in ditione Regis Poloniæ , poſt revelatum Anti-Chriſtum ,
origine , progreſſu , & incremento. Regiomonti Boruſſiæ.* 1556. *in-*4°.

43. *Hiſtoria di Papa Giovanni VIII.
che fu femmina.* 1556. *in-*8°.

44. *Summa earum rerum, quas Vergerius ex Auſtria rediens (de habito
cum Maximiliano Rege Romanorum
Colloquio) Chriſtophoro Duci Wirtem-
bergenſi renunciavit.* Cet écrit anecdo-
te ſe trouve à la p. 121. de *Ludovici
Melchioris Fiſchlini Supplementa ad
Memorias Theologorum Wirtembergenſium. Ulmæ*, 1710. *in-*4°. *Vergerio* fut long-temps en commerce de
Lettres avec *Maximilien* Roi des Romains, qui le fit venir ſecretement
à *Vienne* en 1557. avec la permiſſion
du Duc de *Wirtemberg*, qui lui donna auparavant le titre de ſon Conſeiller. La relation abregée qu'il fit
de ce qui ſe paſſa dans ce voyage,
eſt apparemment de la même année.

45. *Petri Pauli Vergerii Præfatio in
Confeſſionem Fratrum Bohemiæ, edita
Tubingæ* 1557. *verſa ex Germanica.*
Dans *Joachimi Camerarii Hiſtorica
Narratio de Fratrum Orthodoxorum
Ecclefiis in Bohemia, Moravia & Po-
lonia. Heidelbergæ*, 1605. *in-*8°. à la
p. 279. Elle eſt datée de *Tubinge* le 1.
Août 1557. & *Vergerio* l'avoit miſe à
la tête de cette Confeſſion, qu'il avoit
fait imprimer.

46. *Cur & quomodo Chriſtianum Concilium debeat eſſe liberum, & de conjuratione Papiſtarum. Cum Præfatione Petri Pauli Vergerii. Regiomonti,* 1557. *in-*8o. Cet Ouvrage d'un Anonyme avoit déja été imprimé à *Wittemberg* en 1537. *Vergerio* étant allé en Allemagne en 1541. pour empêcher la tenuë d'un Concile National, par la promeſſe d'un Général, & voyant qu'il tendoit à renverſer ſes deſſeins, en raſſembla le plus qu'il put d'exemplaires, & les jetta au feu. Mais ayant depuis changé de Religion, il tâcha de le rendre commun, en le faiſant réimprimer. C'eſt ce qu'il nous apprend dans une Epitre dédicatoire à *Aurifaber.*

47. *Articuli contra Cardinalem Moronum de Lutheraniſmo accuſatum, & in carcerem conjectum, à Procuratore Fiſci & Cameræ Apoſtolicæ, & nomine Officii Sanctæ Inquiſitionis inſtituti. Cum Scholiis. Anno D.* 1558. *in-*8o. Les Scholies ſont de *Vergerio*, qui a fait imprimer ces Articles, avec une Préface de ſa façon. Cette Préface ſe trouve avec les Articles, & la Scholie de *Vergerio* ſur le premier des Articles,

P.P. VER-
GERIO.

dans le 12e. tome des *Amœnitates Litterariæ* de Schelhorn p. 568. *Vergerio* a répandu beaucoup de fiel & d'emportement dans ses Scholies, de même que dans tous ses autres Ouvrages. C'étoit son style ordinaire ; & toutes les remontrances du Duc de *Wirtemberg*, qui tâchoit de lui inspirer de la moderation, ne purent jamais le changer à cet égard. Ce Prince lui écrivoit un jour en ces termes : *Cuperemus itaque vos in scriptis & sermonibus vestris (quoad ejus fieri potest) moderatiorem non nihil & cautiorem esse, maxime hisce adhuc temporibus, & in hoc rerum & Ecclesiarum nostrarum difficili statu* ; comme *Fischlin* le rapporte dans le Supplément de ses *Memoriæ Theologorum Wirtembergensium*. p. 116.

48. *Epistola ad Ser. Poloniæ Regem Sigismundum Augustum de Legato Papæ in Poloniam destinato, ut Colloquium à sua Sacra Majestate Regia in causa Religionis instituendum impediat.* 1558. *Mense Septembri in-8o.* Cet Ouvrage est imprimé à *Tubinge* de même que le précédent.

49. *Dialogi quatuor de libro, quem*

Stanislaus Osius , Germano-Polonus , P. P. VER-
proximo superiore anno contra Brentium GERIO.
*& Vergerium Coloniæ edidit , deque
aliis duobus ejusdem Osii libellis Dilingæ impressis , quorum alteri est titulus* : De expresso Verbo Dei , *alteri
vero* : Num Calicem Laicis, &c. *anno* 1559. *Mense Martio. in-*40. feüill.
104. L'Epitre dédicatoire est datée
de *Tubinge* le 1. Mars de cette année.
Le principal Ouvrage d'*Osius* , qui
est attaqué ici , a pour titre : *Veræ ,
Christianæ , Catholicæque Doctrinæ foli-
da propugnatio ; una cum illustri confu-
tatione Prolegomenorum , quæ primùm
Johannes Brentius adversus Petrum So-
to Theologum scripsit , deinde vero Petrus Paulus Vergerius apud Polonos te-
mere defendendu suscepit. Coloniæ ,
*1558. *in-*40.

50. *P. P. Vergerio à gli Inquisitori
che sono per l'Italia , del Catalogo di libri Eretici , stampato in Roma nel pre-
sente anno* 1558. *in-*8°. Ceci se trouve
en Latin dans le Recueil de ses Oeuvres.

51. *Risposta de gli studiosi delle buone
Arti che sono in Germania ; da P. P.
Vergerio.* 1559. *in-*8°.

52. *In che modo si portino nel tempo di morire quei che ritingono l'obedienza della sedia Romana, e in che modo quei che Lutherani, o vero Heretici si chiamano: con la confessione della fede d'un servo di Giesu Cristo.* 1560. *in-8o.*

53. *Della declinazione, che ha fatto il Papato solamente da XI. anni.* 1562. *in-8o.*

54. *Primus Tomus Operum Vergerii adversus Papatum. Tubingæ,* 1563. *in-4o.* feüill. 401. L'Epitre, qui est de *Vergerio,* est datée de *Tubinge* le 1. Septembre de cette année. Voici la Liste des Ouvrages contenuës dans ce Recueil, dont il n'a point paru d'autre volume.

Secretarii Pontificii Actiones tres. J'en ai parlé au n°. 38.

Consilium quorumdam Episcoporum Bononiæ Congregatorum, quod de ratione stabiliendæ Romanæ Ecclesiæ Julio III. P. M. datum est. C'est une piéce Satyrique de la façon de *Vergerio.* Elle est datée de *Boulogne* le 20. Octobre 1553.

Epistola ad Ser. Poloniæ Regem Sigismundum. Rapportée ci-dessus n°. 48.

Dialogi IV. de libro quem Stanislaus

Osius

Ofius edidit, &c. V. n°. 49. P.P.VER-

Poftremus Catalogus Hæreticorum GERIO.
Romæ conflatus 1559. *continens alios*
quátuor Catalogos, qui poft decennium
in Italia, nec non eos omnes, qui in
Gallia & Flandria poft renatum Evan-
gelium fuerunt editi. Cum annotationi-
bus Vergerii. 1560. L'Epitre liminai-
re eft datée de *Tubinge* le 12. Septembre 1559. On apprend ici que le premier Catalogue femblable que les Papes ayent fait faire eft de l'an 1548.
& imprimé à *Venife*, mais qu'il contient à peine 70. Auteurs. *Vergerio*
écrivit quelque chofe en Italien contre ce premier Catalogue. Il en parut
un autre à *Florence* en 1552. On en
donna un 3ᵉ. à *Milan* en 1554. Un
4e. fut publié à *Venife* la même année
1554. & *Vergerio* l'attaqua encore par
un écrit Latin. Enfin ce 5e. fut imprimé à *Rome* en 1559. Il renferme
les quatre autres précédens.

De Idolo Lauretano. V. ci-deffus n°.
33.

Scholia in binas Pauli Papæ IV. Lit-
teras; alteras ad Ill. D. Joannem Co-
mitem à Tarnou, Caftellanum Craco-
vienfem; alteras ad Magnificos Regni

Tome XXXVIII. H

P.P. VER-
GERIO.

Poloniæ senatores Laicos. L'Epitre de *Vergerio* est du 13. Septembre 1563. Il y dit qu'il avoit composé ces remarques quelques années auparavant étant à *Varsovie.*

Quod Pius-Papa IV. licet Consilium indixerit, nihil tamen minus in animo habet, quam profligatam ex Ecclesiis, quæ illum adhuc agnoscunt, Jesu Christi doctrinam restituere, sed pristinos abusus atque idolomanias retinere & confirmare autoritate Concilii. Anno D. 1563. Ce sont là toutes les piéces contenuës dans le Recueil, dont il s'agit.

55. *Risposta à una invettiva di fra Ippolito Chizzuola, da Brescia.* 1565. *in-40.* C'est apparemment une réponse à l'Ouvrage intitulé : *Risposta d'Ippolito Chizzuola alle bestemmie contenute in tre scritti di Paolo Vergerio contra l'indizione del Concilio, publicata da Pio IV. in Venetia*, 1562. *in-40.*

Vergerio a fait encore plusieurs autres Ouvrages, comme on le peut voir dans les Epitomes de *Gesner* ; mais je n'en ai pas une connoissance assez distincte, pour pouvoir en parler.

V. *Melchioris Adami Vitæ Theolo-*

gorum exterorum. Joh. Verheiden Præſtantium aliquot Theologorum Elogïa. p. 151. Bayle, Dictionnaire. Les Epitomes de Geſner. Czvittingeri Hungaria Litterata. p. 400. Le Journal de Veniſe, tom. 4. p. 201. Ludovici Melchioris Fiſchlini Supplementa ad Memorias Theologorum Wirtembergenſium.

P. P. VER-GERIO.

ABRAHAM DE WICQUEFORT.

ABraham de *Wicquefort* naquit vers l'an 1598. dans la Province de Hollande. Je ne trouve perſonne qui marque le lieu précis, ſi ce n'eſt *Joachim Frederic Feller*, qui dans ſes *Monumenta Varia inedita*, p. 433. le dit natif d'*Amſterdam*. Cela me paroit d'autant plus probable, que *Gaſpar Barlée* dans ſon Epitre de conſolation à *Joachim de Wicquefort* ſur la mort de *Gaſpar Wicquefort* ſon pere, & celui de nôtre Auteur, arrivée en 1634. à l'âge de 70. ans, fait entendre qu'il étoit Marchand de cette Ville.

Il quitta fort jeune ſa patrie, pour venir s'établir en France, où il s'ap-

A. DE WICQUE-FORT.

H ij.

A. DE
WICQUE-
FORT.

pliqua beaucoup à la Politique , &
chercha à s'avancer par là.

S'étant fait connoître par ses talens
en ce genre à l'Electeur de Brandebourg , ce Prince le nomma son Résident à la Cour de France , vers l'an
1626.

Il conserva ce poste pendant trente-deux ans ; après lesquels il tomba
dans la disgrace du Cardinal *Maza-
rin* , qui l'accusa d'avoir écrit en Hollande & ailleurs plusieurs choses se-
cretes sur sa famille , & differentes
historiettes de la Cour , & qui d'ailleurs ne l'aimoit pas , parce qu'il paroissoit trop attaché à la Maison de
Condé.

On lui signifia donc en 1658. un
ordre de quitter la Cour & le Royaume , lorsque M. *de Brand* lui eut été
donné pour successeur dans la qualité de Résident de l'Electeur de Brandebourg.

Mais avant qu'il en sortît , il fut arrêté & conduit à la Bastille , où il demeura jusqu'à l'année suivante 1659.
qu'une escorte le conduisit à *Calais.*
M. *le Tellier* écrivit alors à l'Electeur de Brandebourg pour justifier

cette action, en lui apprenant que
ſon Miniſtre étoit un Nouveliſte aux
gages de pluſieurs Princes.

Wicquefort paſſa de *Calais* en Angleterre, & de là en Hollande, &
arriva la même année à *La Haye*, où
il trouva un puiſſant protecteur dans
la perſonne de M. *de Witt* Penſion-
naire de la Province de Hollande,
dont il avoit été en quelque maniere
la victime, puiſqu'il avoit entretenu pendant ſon ſéjour en France une
correſpondance ſecrete avec lui, &
qu'on l'y avoit découverte par quelques lettres interceptées.

Il ſe reconcilia dans la ſuite avec
la France, dont il ſoutint les interêts
avec chaleur, ſoit par eſprit de van-
geance contre le Prince d'Orange,
ſoit par quelque autre motif. Le
Comte d'*Eſtrades* l'employoit auprès
de Dom *Eſtevan de Gamarra*, & ſe
repoſoit avec tant de confiance ſur
lui, qu'il renvoyoit de M. *de Lionne*
aux Lettres de *Wicquefort*, afin de ne
le pas fatiguer par des repetitions inutiles de ce qui ſe paſſoit en Hollande.

Le Duc de *Brunſwic-Lunebourg* lui
donna dans ce temps là la qualité de

son Résident à *La Haye*, & il fut fait outre cela Tranflateur de l'Etat, c'est-à dire, Secretaire Interprete des Etats Généraux pour les depêches étrangeres.

Le miniftere de M. *de Witt* étant chargé de grands évenemens, l'honneur de la Republique & celui du Penfionnaire demandoient qu'on les écrivît, & l'on jetta pour cela les yeux fur *Wicquefort*. Il auroit été difficile de choifir un homme plus capable : l'entaffement de faits dont il a compofé fon *Ambaffadeur*, prouve qu'il en avoit fait un recueil prodigieux ; & s'ils ne paroiffent pas affez digerés, c'eft peut-être plûtôt le défaut de la matiere, que fa propre faute. Mais ayant écrit une partie de fon hiftoire fous les yeux & fous la protection d'un homme auffi habile que l'étoit M. *de Witt*, qui lui fourniffoit les Mémoires dont il avoit befoin, on ne doit s'en former qu'une idée avantageufe.

L'impreffion en étoit commencée, lorfque fur des accufations de correfpondances fecretes avec les ennemis de la Republique, il fut arrêté pri-

ſonnier à *La Haye* le 25. Mars 1675. A. D E
L'emploi de Réſident qu'il avoit alors W I C Q U E-
ne le garantit pas plus de cette diſ- F O R T.
grace, qu'il avoit fait en France, parce qu'on ne le regarda pas comme un
titre qui pût ſouſtraire à la Juſtice de
l'Etat un homme né dans le Pays , &
qui étoit à ſes gages.

La Cour de Juſtice de *La Haye* ,
après avoir employé près de huit
mois à l'inſtruction de ſon procès ,
prononça le 20. Novembre de cette
année 1675. ſa ſentence , qui le con-
damna à une priſon perpetuelle , &
à la confiſcation de tous ſes biens.

Son fils fit imprimer en Allemagne l'année ſuivante 1676. cette ſentence avec des remarques , & l'adreſ-
ſa aux Plénipotentiaires aſſemblez
alors à *Nimegue* , pour y traiter de la
paix , qui fut concluë en ce temps là.
Mais cela ne produiſit rien , & ces
Plénipotentiaires revêtus de caracteres beaucoup plus relevés , ne crurent
pas devoir prendre part à cette affaire. Il paroît ſeulement ſurprenant ,
que la Maiſon de *Brunſwic* ne s'inte-
reſſât pas davantage pour lui.

Il ſoulagea l'ennui de ſa priſon par

le travail, & y continua son *Histoire des Provinces-Unies* : mais son cœur irrité contre les auteurs de sa disgrace, & contre le Prince d'Orange, qu'il haïssoit personnellement, y eut beaucoup de part, il sema dans son histoire des traits satyriques, non-seulement contre lui, mais encore contre tous ceux du Gouvernement qui lui étoient attachés. La Cour de Justice, qui l'avoit condamné, n'y fut point épargnée, & il déchira sans pitié tous ceux qui la composoi ent.

Il demeura en prison jusqu'au onze Février 1679. qu'il trouva le moyen de se sauver, par le moyen d'une de ses filles, qui hazarda sa liberté pour procurer la sienne, en lui donnant ses habits & prenant les siens. On songeoit alors à le transferer à *Louwestein*.

Il se refugia à la Cour du Duc de *Zell*, d'où il se retira en 1681. fort choqué de la molesse avec laquelle ce Prince s'employoit à faire revoquer la sentence, que la Cour de Justice de *La Haye* avoit prononcée contre lui.

On ne sçait où il se retira depuis, ni

ni où il mourut. *Feller* nous apprend A. D E
feulement dans fes *Monumenta varia* W I C Q U E-
inedita qu'il mourut l'année fuivante FORT.
1682. âgé de 84. ans.

Il ne faut pas le confondre avec
Joachim de Wicquefort, fon frere,
mal appellé dans le Supplément de
Morery de l'an 1735. *Jacques.* Celui-
ci étoit Chevalier de l'Ordre de *S.
Michel*, Confeiller de Mde. la Land-
grave de *Heffe*, & fon Réfident auprès de MM. les Etats des Provinces-
Unies. On a de lui quelques Lettres
Latines écrites à *Gafpar Barlée*, imprimées avec la Traduction Françoife
à *Amfterdam* 1696. *in*-12. & à *Utrecht*
1712. *in*-12.

Catalogue de fes Ouvrages.

1. *Relation du voyage de Mofcovie*,
Tartarie, *& de Perfe*, *fait à l'occafion*
d'une Ambaffade envoyée au Grand-
Duc de Mofcovie & du Roy de Perfe
par le Duc de Holftein, *depuis l'an*
1633. *jufques en l'an* 1639. *Traduite*
de l'Allemand du fieur Olearius, *Se-*
cretaire de ladite Ambaffade, par L. R.
D. B. (le Réfident de Brandcbourg.)
Paris, 1656. *in*-4°. En un feul volume de 543. pages, & non point en

Tome XXXVIII. I

A. DE deux, comme on le marque dans le
WICQUE- Supplément du *Morery*. La relation
FORT. est divisée dans cette édition en trois
parties, au lieu qu'elle l'est en six livres dans la suivante. It. *Avec le*
Voyage de Jean-Albert de Mandeslo
aux Indes Orientales; contenant une
description particuliere de l'*Indosthan*,
de l'*Empire du Mogul*, des *Isles de l'O-*
rient, du *Japon*, de la *Chine*, &c. &
des révolutions qui y sont arrivées de-
puis quelques années. Le tout traduit de
l'Allemand & augmenté par A. de
Wicquefort, Résident de Brandebourg.
Paris, 1659, *in*-4°. deux tomes. It.
Ibid. 1666. *in*-4°. deux tomes. It.
Nouvelle édition, revûë & corrigée
exactement, augmentée considerable-
ment tant dans le corps de l'Ouvrage,
que dans les Marginales. A quoi l'on a
joint des Cartes Geographiques, des re-
présentations de Villes, & autres tailles-
douces. Leyde. Pierre van der Aa. 1719.
in-fol. deux vol. dont l'un contient
le voyage d'*Olearius*, & l'autre celui de *Mandeslo*.

2. *Relation du Voyage de Perse &*
des Indes Orientales, traduite de l'*An-*
glois de Thomas Herbert; avec les ré-

volutions arrivées au Royaume de Siam   A. D E
l'an 1647. *traduites du Flamand de* W I C Q U E-
Jeremie van Vliet. Paris, 1663. *in-4o.* FORT.
Ces traductions sont encore de *Wic-*
quefort.

3. *L'Ambassade de D. Garcias de*
Silva Figueroa en Perse , contenant la
politique de ce grand Empire , les
mœurs du Roy Schach Abbas , & une
relation exacte de tous les lieux de Per-
se , & des Indes , où cet Ambassadeur a
été l'espace de huit années qu'il y a de-
meuré. Traduite de l'Espagnol par M.
de Wicquefort. Paris , 1667. *in-4o.*
Toutes ces Relations que *Wicquefort*
a pris soin de traduire , sont curieu-
ses , interessantes , & fidelles.

4. *Discours Historique de l'élection*
de l'Empereur & des Electeurs de l'Em-
pire , par le Résident de Brandebourg.
Paris , 1658. *in-4o.* It. *Roüen ,* 1711.
*in-*12. pp. 612. It. dans quelques éditions de l'*Ambassadeur.*

5. *Thuanus restitutus , sive sylloge lo-*
corum variorum in Historia Jacobi Au-
gusti Thuani hactenus desideratorum.
Item Francisci Guicciardini Paralipo-
mena , quæ in ipsius Historiarum libris
3. 4. & 5. *non leguntur, Latinè , Ita-*

A. D E licè, & *Gallicè edita. Amstelod.* 1663.
WICQUE- *in* 12. Ce Recueil que *Wicquefort* a
FORT. donné au Public, est non seulement
fort confus, mais encore très-défec-
tueux.

6. *Mémoires touchant les Ambassadeurs & les Ministres Publics. Par L.
M. P. Cologne,* 1677. *in-*12. p. 627.
Les lettres initiales de ce titre signi-
fient *le Ministre prisonnier,* c'est-à-dire, *de Wicquefort,* qui étoit alors en
prison à *La Haye.* Il y a bien des faits
curieux dans cet Ouvrage, qu'il
composa dans le dessein de faire voir
que le traitement qu'on lui avoit fait
étoit contraire aux Privileges des Ministres Publics. Un Wallon, nommé
Gallardi, entreprit de le réfuter, mais
il le fit fort mal. Sa réponse est intitulée : *Réflexions sur les Mémoires
pour les Ambassadeurs, & réponse au
Ministre prisonnier ; avec d'exemples
curieux, & d'importantes recherches.
Villefranche,* 1677. *in-*12. C'est fort
peu de chose, au jugement de *Bayle.*

7. *L'Ambassadeur & ses fonctions,*
par *M. de Wicquefort. La Haye,* 1681.
*in-*40. deux vol. It. *Edition augmentée
de réflexions sur les Mémoires pour les*

Ambassadeurs, de la réponse à l'Auteur, & du discours de l'élection de l'Empereur & des Electeurs, par le même. Cologne: *Pierre Marteau.* 1690. *in*-4o. Deux vol. It. sous le même titre & avec les mêmes piéces. *Cologne*, 1715. *in* - 4°. deux vol. Cette derniere édition a été faite en France, & la précédente en Hollande. It. *Traduit en Allemand par Jean Leonard Sauter. Lipsic* , 1682. *in*-4o. Cette traduction est mal faite. It. *Traduit en Anglois par Digby. Londres* , 1716. *in-fol.* Cet Ouvrage est fort bon, mais il doit être lû avec discernement. Il y a beaucoup d'érudition , mais fort peu d'ordre , & les faits n'y font pas assez digerés. D'ailleurs l'Auteur y confond souvent les faits avec les Droits , & décide presque tout par des exemples plûtôt que par des principes certains fondés sur la loi naturelle & sur le droit des gens ; défaut d'autant plus considerable , que ses exemples ne font pas toujours assez justes, & qu'il se contredit quelquefois.

8. *L'Histoire des Provinces-Unies des Pays-Bas, depuis le parfait établis-*

A. DE
WICQUE-
FORT.

fement de cet État par la Paix de Munf-
ter. *Tome I. La Haye*, 1719. *in-fol.* p.
1174. Cet Ouvrage devoit compofer
deux volumes d'Hiftoire & fix de
piéces pour lui fervir de preuves, &
il y en avoit déja 246. pages d'imprimées, lorfque *Wicquefort* fut arrêté.
Cette difgrace fufpendit l'impreffion ; mais l'Auteur ne laiffa pas de
continuer fon Hiftoire dans fa prifon,
& y répandit bien des traits fatyri-
ques, qui empêcherent qu'on ne la
donnât au Public, lorfqu'il fut mort.
On a cependant permis dans la fuite
la publication de ce premier volume,
où l'Auteur n'en avoit point repan-
du, l'ayant compofé avant fa prifon.

V. *Bafnage*, *Préface de fon Hiftoire de Hollande.* p. 5. *Felleri Monumenta Varia inedita.* p. 433. Il y eft mal
appellé *Adam. L'Avertiffement à la
tête de fon Hiftoire.*

FRONTON DU DUC.

FRonton *du Duc*, en Latin *Ducæus*, naquit l'an 1558. à *Bourdeaux*, où ſon pere étoit Conſeiller au Parlement. Quelques-uns l'ont nommé *le Duc*, & dans la *Conférence du Droit François avec le Droit Romain*, pag. 451. on lit ces paroles : « Par Arrêt de » *Bourdeaux* du 20. Mars 1567. don-» né au rapport de M. *le Duc*, pere » de *Fronto le Duc*, Jeſuite, qui eſt » un des plus doctes perſonnages de » notre temps, comme nous voyons » par les doctes Commentaires qu'il » a faits ſur *S. Jean Chryſoſtome*, *S.* » *Athanaſe*, *S. Gregoire de Nazianze*; » & puis-je dire de ſon pere, ce que » diſoit *Ciceron* d'un prand perſonna-» ge de ſon temps : *Ut enim cæteri ex* » *patribus, ſic hic, qui illud lumen pro-* » *genuit, ex filio eſt nominandus.*

Fronton entra au Noviciat des Jeſuites à *Verdun* le 12. Octobre 1577. c'étoit la 19e. année de ſon âge. Le 13. Octobre 1579. il fit ſes premiers vœux à *Pont-à-Mouſſon*. Dès l'année pré-

FRONTON
DU DUC.

cédente 1578. il y avoit été envoyé pour êtie Régent du soir en Rhétorique: ce qu'il fit pendant quatre ans.

Il eut le même emploi dans le College de *Clermont* à *Paris* pendant quatre autres années ; & il s'en acquitta avec tant de capacité , que *Matthieu Bossulus* , plus célèbre alors , qu'il ne l'a été depuis , grand Orateur , dit *Bayle* , & qui professoit l'éloquence dans le College de *Boncour* , disoit à ses Ecoliers , & à quiconque vouloit l'entendre , qu'il n'avoit jamais vû que deux hommes, qui parlassent bien Latin , lui *Bossulus* , & Maître *Fronton*, Régent de Rhétorique chez les Jesuites.

Pendant les quatre années qui suivirent , *Fronton* étudia en Theologie dans le College de sa Compagnie à *Paris* ; sans negliger ni la Scholastique , ni les Peres Latins, il s'appliqua beaucoup alors à la lecture des Peres Grecs.

Après ces quatre années d'études Theologiques , & une troisième année de Noviciat , qui les suit parmi les Jesuites , *Fronton* fut envoyé au College de *Pont-à-Mousson*, pour y enfeigner la Theologie pofitive.

En 1594. il fut choifi pour remplir le même emploi à *Paris*. Il commença à y profeffer au mois d'Octobre, mais il ne le fit pas plus de trois mois. Dès les premiers jours de l'année 1595. les Jefuites ayant été obligés de quitter leur College de *Paris*, *Fronton* par l'ordre de fes Superieurs. retourna à *Pont-à-Mouffon*, & y continua fes leçons fur la Theologie pofitive.

La même année 1595. il fut chargé d'une commiffion importante : ce fut celle de revoir les Commentaires de *Maldonat* fur les quatre Evangiles. Comme l'Auteur n'avoit pas mis la derniere main à cet Ouvrage, & qu'il avoit fouhaité qu'il fût imprimé à *Pont à-Mouffon*, fuppofé qu'on voulût le donner au Public, *Claude Aquaviva*, Général de la Compagnie, affuré de la bonté du Livre, fuivit les intentions de l'Auteur, & en fit envoyer une copie aux Jefuites de *Pont-à-Mouffon* : mais il ordonna qu'avant l'impreffion tout l'Ouvrage fut exactement revû : il prefcrivit même la maniere dont il vouloit que fe fît la révifion.

FRONTON DU DUC. Le P. *Fronton du Duc* y fut employé avec quatre de ses Confreres, tous gens habiles. Parmi les Manuscrits du College de *Pont à-Mousson* on conserve un cayer, où l'on voit tous les endroits des Commentaires de *Maldonat* changés ou retranchés par les cinq Reviseurs, avec leurs corrections & les motifs qui les ont déterminés. Il paroit que leur sage & judicieuse critique n'a fait aucun tort à l'excellent Ouvrage qui leur étoit confié.

Je remarque en passant que la Préface & l'Epitre dédicatoire du premier tome, sont de *Clement du Puy*, un des-cinq Reviseurs, oncle du fameux *Pierre du Puy*. On sçait que l'érudition étoit comme héréditaire dans cette famille.

En 1597. le P. *Fronton* passa de *Pont-à-Mousson* à *Bourdeaux*. Là pendant quelques années il fit des leçons de Theologie Morale, & expliqua l'Ecriture Sainte, mais à ses Confreres seulement, & dans l'interieur du College, qui n'étoit pas encore ouvert aux externes.

Ce fut proprement à *Bourdeaux*

qu'il commença à communiquer au FRONTON
Public les fruits de fes études. Outre DU DUC,
quelques volumes de *S. Chryfoftome*
traduits de fa façon avec des notes ,
il y fit imprimer trois tomes pleins
d'excellentes recherches , & qui feroient plus connus & plus utiles s'ils
étoient en Latin , mais que les cir-
conftances & l'utilité de l'Eglife déterminerent l'Auteur à écrire en François.

Le Livre *de l'inftitution , ufage &*
doctrine du S. Sacrement de l'Eucharif-
tie en l'Eglife ancienne , par Philippe
de Mornay , Seigneur du Pleffis-Mar-
li parut en 1598. imprimé à *la Ro-*
chelle, in-4°. Jules Cefar Boulenger &
Guillaume du Puy, Chanoine & Theo-
logal de *Bazas* y répondirent. Leurs
réponfes ne parurent pas fuffifantes :
peut-être avoient-elles été faites trop
vîte. Des perfonnes zelées engagerent le P. *Fronton* à écrire fur le même fujet. *Florimond de Rémond* , Confeiller au Parlement de *Bourdeaux* ,
annonça cette nouvelle réponfe au
fieur *de Mornay* , qui lui récrivit en
ces termes le 3. Février 1599. » Bien
» vous dirai-je que je ne tiens point

FRONTON
DU DUC.

» des deux écrits (de *J. C. Boulen-*
» *ger* , & de *G. du Puy*) pour juftes
» réponfes ; qui ne font qu'efcumer
» legerement fans rien enfoncer ;
» monftrant affez les Auteurs, que ce
» n'eft leur deffein, ny de preffer pied
» contre pied , ny de venir main à
» main , mais de tenir les champs ;
» pour évader plus aifément, *fundi-*
» *tores vere , non haftati.* C'eft pour-
» quoy auffi je ne fay eftat de leur re-
» pondre par exprès, mais bien à cet-
» te reponfe dont vous me menacez.»
» Et pourtant c'eft à vous à folliciter
» l'entrepreneur , felon les parties
» que vous recommandez en lui, de
» hafter fon œuvre.

L'œuvre fut mife au jour en 1599.
fous le titre d'*Inventaire des faultes ,*
contradictions, & faulfes allegations;
remarquées par les Theologiens de Bour-
deaux. Ce premier volume réimprimé la même année avec des additions , fut fuivi d'un fecond en 1601.
Le fieur *de Mornay* fentit que cette
réponfe étoit plus preffante, & *enfon-*
çoit. Il l'avoüa dans fa *Réponfe aux*
Theologiens de Bourdeaux , à laquelle le P. *Fronton* oppofa en 1602. un

troiſiéme volume , qui termina la
diſpute.

Lorſqu'en 1604. les Jeſuites eurent
obtenu la liberté de rentrer dans leur
College de *Paris* , le P. *Fronton du
Duc* y fut placé en qualité de Bibliothecaire , afin qu'il recueillît les dé-
bris de leur Bibliotheque , qui avoit
été diſperſée dans le temps de leur
départ. Il y travailla , & ce ne fut
pas ſans ſuccès.

Vers ce temps-là *Iſaac Caſaubon*
avoit inſpiré au Roi *Henri IV.* la
penſée de faire imprimer les Manuſcrits de la Bibliotheque Royale ; &
s'étoit aſſocié quelques Sçavans pour
travailler à l'édition des Ecrivains
profanes. Le Clergé de France dans
une de ſes Aſſemblées avoit chargé
les Jeſuites du ſoin de revoir les
écrits des Peres Grecs. La capacité
du P. *Fronton* étoit trop connuë ,
pour qu'on ne jettât pas les yeux ſur
lui. Auſſi fut-il le premier que les Superieurs deſtinerent à cette occupation , dans laquelle il paſſa le reſte
de ſa vie , ſans autre diſtraction que
celle que lui donna la chaire de la
Theologie poſitive , qu'il remplit en

FRONTON 1618. au renouvellement du Colle-
DU DUC. ge de fa Compagnie à *Paris*.

Ses infirmités l'obligerent de la
quitter à la fin de 1623. mais elles
ne lui firent pas abandonner fes études. Il les continua malgré les douleurs aiguës de la pierre , qui ne lui
donnoient aucune relâche, ni le jour
ni la nuit, & dont il mourut le 25.
Septembre 1624. La pierre qu'il portoit dans la veffie , & qui lui caufa la
mort, étoit du poids de cinq onces.

Alegambe, *Sotwel*, *Philippe Labbe*, *Morery*, *du Pin*, &c. mettent
fa mort en 1623. C'eft un manque
d'exactitude. Le P. *Petau* dans la Lettre 19. du fecond Livre de fes Epitres, écrivant le 12. Décembre 1624.
à *Heribert Rofweïde*, dit : *Quæ de
Frontonis noftri obitu renunciata tibi effe fcribis, nimium vera funt. Mortuus
eft Septembri menfe jam affecto.*

C'eft *Alegambe* qui a induit tous
les autres en erreur. Mais fi l'on eût
voulu y faire quelque attention, l'on
auroit vû qu'il fournit lui-même de
quoi corriger fa fauffe date. Car
ayant marqué l'entrée de *Fronton du
Duc* chez les Jefuites en 1577. &

ayant ajouté qu'il avoit paſſé 47. ans
dans la Compagnie ; il falloit conclure , que ſi dans la même phraſe il le
fait mourir en 1623. c'eſt une faute
de l'Imprimeur , ou une mépriſe de
l'Auteur.

M. *de Marolles* , p. 59. de ſes *Mémoires* parle ainſi de lui. " Comme
" j'étois en Touraine , ſur la fin de
" l'Eté de 1624. j'y reçus la nouvelle
" de la mort d'un ſçavant homme ,
" c'étoit du P. *Fronton du Duc* , Je-
" ſuite , l'un des plus célebres Theo-
" logiens de ſon temps... J'avouë que
" la perte m'en fut ſenſible : car ce
" bon vieillard, qui me faiſoit le bien
" de m'aimer , ou du moins de ſouf-
" frir patiemment que j'allaſſe quel-
" quefois profiter de ſon entretien ,
" avoit l'ame tout-à-fait ſincere , &
" je lui ſuis obligé de beaucoup de
" ſentimens pour les matieres Theo-
" logiques , que ſa facilité me fit con-
" cevoir , & qu'il avoit confirmez
" dans mon ame par un ſolide raiſon-
" nement. Il mourut à *Paris* en la 66.
" année de ſon âge , le 25. jour de
" Septembre 1624.

Il avoit fait ſa Profeſſion ſolemnel-

le des quatre vœux à *Pont-à-mousson*
en 1596.

　　" Il s'appliqua particulierement,
" dit, M. *Du Pin*, à l'étude de la
" Langue Grecque & à la critique
" des Auteurs, & a passé pour un
" des meilleurs Traducteurs, & des
" plus justes critiques de son temps.
" Il a été estimé, tant pour son éru-
" dition, sa justesse d'esprit, & la so-
" lidité de son jugement, que pour
" sa sagesse & sa modestie exemplai-
" re. Son mérite a été également re-
" connu par les Catholiques & par
" les Hérétiques ; & il n'y a pas eu
" presque un Sçavant parmi les uns
" & les autres, avec lequel il n'ait
" eu commerce de Lettres. Il avoit
" une grande connoissance de la Lan-
" gue Grecque & écrivoit bien en
" Latin ; cependant il s'est plus ap-
" pliqué à corriger les versions des
" autres qu'à en faire de nouvelles,
" quoiqu'il y en ait quelqu'une de sa
" façon dans les Oeuvres de *S. Chry-*
" *sostome.*

　　La vérité est que dans les six premiers volumes de *S. Chrysostome* l'on
a soixante-six Lettres, & plus de cent
Dif-

Diſcours, ou Homelies, dont la tra- FRONTON
duction eſt toute entiere du P. Fron- DU DUC.
ton. M. *Huet* le loüe d'avoir uſé de
beaucoup de diligence, & d'avoir
apporté une grande fidelité dans ce
qu'il a traduit de *S. Chryſoſtome*. *Baillet* ajoute, que le Public a jugé qu'il
n'avoit pas été moins exact dans les
autres traductions qu'il a faites; &
que dans tout ce que nous avons de
lui on remarque une grande connoiſſance de la Langue Grecque, & un
grand fond d'érudition Eccleſiaſti-
que.

Ses Contemporains ont toujours
parlé de lui comme d'un *grand Religieux*, (c'eſt l'expreſſion d'*André
Valladier*) encore plus attaché à ſes
devoirs de pieté qu'à ſes études, &
parfaitement detaché de toutes les
douceurs de ſa vie. Par mortification
encore plus que pour conſerver ſa
memoire, & menager ſon temps au
profit du travail litteraire, il n'uſa
jamais de vin dans ſes repas, & ſe ré-
duiſit de bonne-heure à n'en faire
par jour qu'un ſeul bien modique.
Mais le caractere de ces Mémoires
ne comporte pas les détails où il fau-

FRONTON droit entrer, si je voulois m'étendre
DU DUC. sur ses vertus Chrétiennes & Reli-
gieuses.

Catalogue de ses Ouvrages.

1. *L'Histoire tragique de la Pucelle de
Dom Remy, autrement d'Orleans, nouvellement départie par actes, & représentée par personnages, avec chœur des
Enfans & Filles de France, & un
avant-jeu en vers, & des Epodes chan-
tées en Musique, dédiée par Jean Bar-
net à Monseigneur le Comte de Salm,
Seigneur de Dom Remy la Pucelle, de
Nancy. Nancy, veuve de Jean Jan-
son. 1581. in-4°.* Il paroît par un Sonnet de *C. Vallée,* qui est joint à cette
piéce, & par le propre aveu de *Bar-
net,* Conseiller & Secretaire ordinaire du Duc de Lorraine, qu'il n'est que
le Reviseur & l'Editeur de cette piéce dont l'Auteur n'est point nommé.
Mais il est sûr qu'elle est de *Fronton
du Duc.* Voici ce que je trouve sur ce
sujet dans l'Histoire manuscrite du
College de *Pont à-Mousson,* composée
en Latin par *Nicolas Abram,* Jésui-
te connu par d'autres Ouvrages imprimés. *Anno supra sesquimillesimum
octogesimo cum Rex Henricus ac Regina*

Ludovica ftatuiffent fub menfem Maium FRONTON
ad thermas Plumberianas accedere, M. DU DUC.
Fronto Tragœdiam Gallicam de Joan-
na puella Lotharinga, Regni Chriftia-
niffimi liberatrice, in theatrum inducen-
dam paraverat. Sed lues diverfis in par-
tibus graffata profeffionem difcuffit. La
Tragedie fut repréfentée le 7e. jour
de Septembre devant *Charles III.*
Duc de Lorraine. L'Hiftorien ajoute :
Tragœdia quæ deinceps fuppreffo Auto-
ris nomine lucem adfpexit, fereniffimo
Duci tantopere placuit, ut Poëta, quem
detritâ togâ, paupertatem Evangelicam
redolente, amiftum videbat, aureos cen-
tum, novæ veftis, ut aiebat, compa-
randæ caufa, jufferit continuo numera-
ri.

2. *Inventaire des faultes, contradic-*
tions, faulfes allegations du fieur du
Pleffis, remarquées en fon Livre de la
Sainte Euchariftie, par les Theologiens
de Bourdeaux. A Bourdeaux, 1599.
in-8o. Cette premiere édition fe trouve difficilement : les Curieux peuvent s'en confoler, elle n'a rien qui
doive la faire préferer à la feconde.

3. *Inventaire des faultes... remar-*
quées... par M. Fronton du Duc.

K ij

FRONTON DU DUC. *Bourdelois, de la Compagnie de Jesus; seconde édition revûë & augmentée. Bourdeaux, Simon Millanges.* 1599. *in* 80. La premiere édition parut à la fin de Janvier. La seconde fut achevée le 12. Juillet. Dans ce premier tome il est traité ; 1. des Liturgies ou Messes de l'Eglise Catholique Grecque ; 2. des Temples & Autels ; 3. des Saintes Images ; 4. du pain sans levain, & du vin mêlé d'eau, qui font la matiere de l'Eucharistie ; 5. de la Sainte Ecriture & du Service Divin en langue vulgaire ; 6. des Pasteurs de l'Eglise & de leurs vêtemens ; 7 du Celibat des Ecclesiastiques ; 8. du Sacrifice de *Melchisedec* ; 9 du Purgatoire & des prieres pour les Morts ; 10. de l'invocation des Saints.

4. *Second tome de l'Inventaire des faultes, calomnies & fausses allegations du Capitaine du Plessis remarquées en son Livre de la Sainte Eucharistie par* M. *Fronton du Duc... Bourdeaux,* 1601. *in*-8°. Les titres sont ; 1. de l'Invocation des Saints ; 2. du peché Originel ; 3. de la concupiscence après le baptême ; 4. si la Loi de Dieu est im-

poſſible ; 5. de la juſtification par la FRONTON
Foy ; 6. de la juſtice imputative ; 7. DU DUC.
du franc arbitre ; 8. du mérite des
bonnes œuvres.

5. *Réfutation de la prétenduë vérifi-*
cation & réponſe du ſieur du Pleſſis à
l'inventaire de ſes faultes & fauſſes al-
legations , par Fronton du Duc. Bour-
deaux , 1602. *in-*8°. Comme le ſieur.
du Pleſſis n'avoit répondu qu'au premier tome , auſſi la réfutation ne touche que les matieres qui y ſont traitées.

6. *Bibliotheca Veterum Patrum , ſeu*
Scriptorum Eccleſiaſticorum , tomus pri-
mus Græco-Latinus , qui varios Græco-
rum Auctorum libros , anteà Latinè
tantum , nunc verò primum utraque lin-
gua editos in lucem , complectitur. Pa-
riſ. 1624. *in-fol. Tomus ſecundus. Pa-*
riſ. même année & même forme. Les
deux tomes ſont quelquefois nom-
més par les Bibliothecaires *Auctarium*
Ducæanum , parce qu'ils ſervent de
Supplément aux éditions purement
Latines de la *Bibliotheque des Peres.*

Les Ouvrages du P. *Fronton du Duc,*
qui reſtent à détailler , n'étant que
des éditions, ou des notes, & des re-

FRONTON viſions, il eſt, ce ſemble, plus natu-
DU DUC. rel de ranger par ordre alphabetique
les noms des Auteurs ſur leſquels il a
travaillé.

Æneæ Gazæi Theophraſtus, ſive de
animarum immortalitate, & *corporum
reſurrectione Dialogus.* Bibl. Patr. tom.
2. pag. 373. Il s'agit ici des deux volumes donnés par *Fronton du Duc.*

*Agapeti Diaconi expoſitio Capitum
admonitoriorum ad Juſtinianum Imperatorem.* B. P. tom. 2. p. 363.

Amphilochii, *Epiſcopi Iconii, de oc-
curſu domini noſtri Jeſu Chriſti & de
Deipara, item de Symeone*, *Oratio.* B.
P. tom. 2. p. 857.

Andreæ, *Hieroſolymitani Archiepiſ-
copi, in S. Mariæ ſalutationem Oratio.*
B. P. tom. 2. p. 430.

Antiochi, *Monachi*, *Pandectes
ſcripturæ divinitus inſpiratæ, ſeu compendium totius Religionis Chriſtianæ.* B.
P. tom. 1. p. 1019.

*Ariſteæ, de legis divinæ ex Hebraïcâ
lingua in Græcam tranſlatione per 70.
Interpretes Hiſtoria.* B. P. tom. 2. p.
854.

Aſterii, *Amaſeæ Epiſcopi*, *Homi-
liæ.* B. P. tom. 2. p. 561.

Nota in Homilias Afterii. B. P. tom. FRONTON
2. à la fin du volume.   DU DUC.

*Athenagoræ, Atheniensis, Apologia
pro Chriftianis.* B. P. tom. 1. p. 50.
*Ejufd. Liber de Refurrectione Mortuó-
rum.* Ibid. p. 81.

Nota in Athenagoram. A la fin du
même tome ; & dans l'édition d'*A-
thenagoras* faite à *Oxford* en 1700.
in-8°.

Nota in Opera S. Bafilii Magni.
Dans l'édition Latine des Oeuvres de
S. Bafile. Paris, 1603. *in-fol. Anvers*,
1616. *in-fol. Cologne,* 1618. *in - fol.*

*Nota in editionem Græco-Latinam
Operum S. Bafilii Magni. Parif.* 1618.
Ces notes font dans le troifiéme tome, intitulé : *Appendix ad S. Bafilii Magni Opera* ; & dans l'édition
de *S. Bafile*, donnée par *D. Julien
Garnier. Paris*, 1721. 1722. 1730.
in-fol.

S. Bafilii Magni Liturgia. B. P.
tom. 2. p. 42.

*Cæfarii, Fratris S. Gregorii Nazian-
zeni, de variis quæftionibus Dialogi
quatuor.* B. P. tom. 1. p. 545.

*Canones Apoftolorum & Conciliorum.
Græc. Lat. Parif.* 1618. *in fol.*

FRONTON DU DUC. *Chrysippi, Presbyteri Hierosolymitani, Homilia de S. Deipara.* B. P. tom. 2. p. 424.

Collectanea in Clementem Alexandrinum. Ces notes se trouvent à la suite des Oeuvres de *Clement Alexandrin*, imprimées à *Paris* 1629. *in-fol.* Réimprimées peu correctement, là même 1641. *in-fol.* à *Cologne*, ou plûtôt à *Wittemberg*, 1688. *in-fol.*

Constantini Harmenopuli Liber de opinionibus Hæreticorum, qui singulis temporibus extiterunt, & de fide Orthodoxa. B. P. tom. 1. p. 533.

Cyrilli, Archiepiscopi Hierosolymitani, Oratio de occursu Domini & Symeonis. B. P. tom. 1. p. 849.

Dionysii, Archiepiscopi Alexandrini, Epistola adversum Paulum Samosatensem. B. P. tom. 1. p. 273. *Ejusdem Epistola ad Basilidem Episcopum.* Ibid. p. 306. L'on voit dans cette Lettre quelle est l'ancienne discipline sur le jeûne du Samedi Saint.

Dorothei, Archimandritæ, Præceptiones diversæ & utiles, de vita recte & pie instituenda. B. P. tom. 1. p. 742.

Euthymii, Monachi, Ismaelitarum confu-

confutatio. B. P. to. 2. p. 292. L'Au- FRONTON
teur donne ici le nom d'Ifmaëlites DU DUC.
aux Mahometans.

*Germani , Archiepifcopi Conftantino-
politani , Encomium in S. Deiparam.*
B. P. tom. 2. p. 445. *Ejufd. Oratio in
S. Virginis Deiparæ Nativitatem.* Ibid.
p. 450. *Ejufd. Oratio in S. Virginis
Mariæ dormitionem.* Ibid. p. 459.

*Gregentii , Archiepifcopi Tephrenfis,
difputatio cum Herbano Judæo.* B. P.
tom. 1. p. 194.

S. *Gregorii Papæ I. Liturgia.* B. P.
tom. 2. p. 325.

*Gregorii Papæ II. Epiftolæ duæ de Sa-
cris Imaginibus ad Leonem Ifauricum...
Notæ in priorem Epiftolam.* Dans le
IX. tome des Annales du Cardinal
Baronius , ann. 726. no. 28. Dans le
XIX. tome des Conciles du Louvre,
p. 10. Dans le VII. tome du P. *Labbe,*
col. 7. Ces deux Lettres furent écrites en Latin & traduites en Grec. L'o-
riginal fe perdit : une copie de la traduction fe confervoit dans la Bibliotheque du Cardinal *Charles de Lorraine,* Archevêque de *Reims.* Le P. *Fronton* l'y trouva , remit les deux Lettres

Tome XXXVIII. L.

FRONTON en Latin , & les envoya au Cardinal
DU DUC. *Baronius.*

S. Gregorii , Episcopi Nysseni , opus-
cula ; Græc. Lat. interprete Frontone
Ducæo. Ingolstadii, 1596... *in-* 8°. 1599.
*in-*80. Quelques Catalogues mettent
ce second Recueil en 1598.

S. Gregorii , Episcopi Nysseni, opera.
Paris. 1603. *in-fol.* Cette édition est
purement Latine. *Ejusdem Opera ,*
Græc. Lat. Paris. 1615. *in-fol.* deux
tomes. Il est dit dans la Préface : *Li-*
cet editione operum S. Joannis Chrysos-
tomi adhuc distineretur vir doctissimus
Fronto Ducæus , suo tamen subsidio nos
juvare non destitit , cum & delectus ha-
bendus esset codicum MSS. & varian-
tes lectiones cum judicio aliæ præ aliis
amplectendæ , & notæ in varios libros
olim emendatos recognoscendæ , atque
huic editioni adaptandæ essent.

Addenda notis Frontonis Ducæi in S.
Gregorii Nysseni opera : Dans l'*Ap-*
pendix ad S. Basilii opera. Paris. 1618.
in-fol.

S. Gregorii Nysseni Opera Græc.
Lat. Paris. 1638. *in-fol.* 3. tomes. Cette édition est moins belle que celle

de 1615. mais elle eſt plus ample & Fronton
plus commode, en ce qu'elle renfer-du Duc.
me tous les Ouvrages de *S. Gregoire*
de Nyſſe, & qu'on trouve toutes les
notes bien rangées. Du reſte elle eſt
peu correcte.

Nota ad Metaphraſim S. Gregorii
Thaumaturgi in Eccleſiaſten. Dans l'é-
dition des Oeuvres de ce Pere. *Pa-*
riſ. 1622. & 1632. *in-fol.*

Hermiæ, Philoſophi Chriſtiani, Gen-
tilium Philoſophorum irriſio. B. P. tom.
1. p. 187.

Heſychii Presbyteri Sermo de tempe-
rantia & virtute. B. P. tom. 1. p. 985.
Ejuſdem Homilia de S. Maria. Ibid.
tom. 2. p. 424.

Nota in quædam Hieronymi loca.
Dans l'édition de *S. Jerôme. Paris*,
1609. *Francfort*, 1684. 10. vol.

S. Hippolyti, Epiſcopi & Martyris,
Liber de conſummatione Mundi & de
Antichriſto. B. P. tom. 2. p. 342.

S. Jacobi Apoſtoli, Hieroſolymita-
ni Epiſcopi, divina Liturgia. B. P. tom.
2. p. 7.

S. Ignatii Martyris Epiſtolæ. B. P.
tom. 1. p. 1.

S. Joannis Chryſoſtomi Opuſcula, Lat.

FRONTON *Græc. Ingolstadii , 1593. in-8°.*

DU DUC.   *Panegyrici Tractatus XVII. de Sanctis Apostolis , Martyribus & Patriarchis ; Græc. Lat. cum notis. Burdigalæ, 1601. in-80.*

Tractatuum Decas de diversis novi Testamenti locis. Burdigalæ , 1604. in-8°.

Tractatus de Negatione Petri & de Cruce , &c. Paris. 1606. in-4°.

Laudatio Sanctorum omnium , qui Martyrium toto terrarum orbe sunt passi. Paris. 1606. in 4°.

S. Joannis Chrysostomi Opera omnia, nunc primum Græcè & Latinè edita. Fronto Ducæus variantes lectiones è MSS. codicibus erutas selegit, veterem interpretationem editarum olim Homiliarum recensuit , aliarum novam addidit , utramque notis illustravit. Paris. in-fol. tom. 1. 1609. tom. 2. 3. 4. 1614. tom. 5. 1616. tom. 6. 1624. It. *Paris.* 1636. It. *Francofurti ,* 1698. Les tomes 1. 4. & 6. sont enrichis de notes , que les personnes intelligentes prisent beaucoup.

En 1613. il procura une édition de S. Jean *Chrysostome* purement Latine. *Paris ,* 1613. *in-fol.* 6. tomes. It. *An-*

vers, 1614. *in-fol.* 5. tom. It. *Lyon*, FRONTON
1687. *in-fol.* 6. tomes. Voici le ſen- DU DUC.
timent de M. *Simon* ſur le travail du
P. *Fronton*. Après avoir obſervé que
l'édition de *Savill*, qui eſt toute
Grecque, ne peut être à l'uſage d'u-
ne infinité de perſonnes, il ajoute :
» L'édition Grecque & Latine du P.
» *Fronton du Duc* eſt preſque la ſeule
» qui ſoit recherchée. Mais comme ce
» ſçavant Jeſuite ne nous a donné
» que les ſix premiers tomes, on eſt
» obligé d'avoir recours pour les au-
» tres tomes à l'édition de *Morel*,
» ou à celle de *Commelin*. Vous ſça-
» vez qu'il y a deux éditions des ſix
» volumes du P. *Fronton*, & que la
» premiere eſt la meilleure. S'il avoit
» mis des notes ſur-tout S. *Chryſoſto-*
» *me*, comme il en a mis ſur quelques
» tomes, & principalement ſur le
» ſixiéme, ſon édition ſeroit encore
» plus eſtimable... Elles renferment
» une critique judicieuſe, & d'excel-
» lentes recherches, tant ſur les li-
» vres MSS. que ſur les imprimés.
» Il ſeroit à ſouhaiter que nous euſ-
» ſions un S. *Chryſoſtome* entier de la
» main de ce Jeſuite «

FRONTON
DU DUC.

M. *Simon* dit ailleurs : » le Biblio-
» thecaire (M. *Du Pin*) a eu raison
» de loüer l'édition Latine de *Fron-*
» *ton du Duc*, imprimée à *Paris* en
» 1613. En effet c'est la plus exacte
» que nous ayons de toutes les édi-
» tions Latines des Ouvrages de *S.*
» *Chrysostome*, comme le P. Labbe
» l'a remarqué. *Ex Latinis*, dit ce
» Pere, *quæ hoc sæculo emerserunt, ea*
» *mihi maxime probatur*, *utpote om-*
» *nium absolutissima, quæ anno 1613.*
» *Parisiis prodiit castigata studio R. P.*
» *Frontonis Ducæi.* M. *Du Pin* a enco-
» re raison de blâmer l'édition Lati-
» ne, qui a été imprimée depuis peu
» d'années à *Lyon*, avec quelques ad-
» ditions, parce que tout y est con-
» fus & sans ordre, qu'elle est char-
» gée de plusieurs choses inutiles...
» & pleine de fautes d'impression...
» Il devoit ajouter que les notes de
» ce sçavant Jesuite sont excellentes,
» & qu'elles donnent une grande
» connoissance des Ouvrages de *S.*
» *Chrysostome*, étant remplies d'une
» infinité de belles remarques criti-
» ques.

S. Joannis Damasceni Opera. Pa-

riſ. 1603. *in-fol.* It. *Pariſ.* 1619. *in-*FRONTON *fol.* Ces éditions ſont plus correctes DU DUC. & plus amples que les précédentes. L'Editeur y ajouta quelques Ouvrages nouvellement découverts, & des notes ſur le Livre *de Hæreſibus*, dans lequel il remplit une lacune conſiderable.

Joannis Moſchi Pratum Spirituale. B. P. tom. 2. p. 1055.

Notæ in Librum I. S. Irenæi de Hæreſibus. Ces notes ne vont pas au-delà du Chapitre 18. Elles ſe trouvent dans les éditions de *S. Irenée* faites par *François Feuardent. Cologne,* 1596. *in fol. Paris,* 1675. *in-fol.* & dans la belle édition de D. *René Maſſuet. Paris,* 1710. *in-fol.*

S. Leonis Magni Epiſtola ad Flavianum, Græc. Lat. B. P. tom. 1. p. 485.

S. Marci Evangeliſtæ Liturgia. B. P. tom. 2. p. 24.

Marci Eremitæ Opera quæ extant. B. P. tom. 1. p. 869.

S. Maximi Liber de Eccleſiaſtica Myſtagogia, ſive Liturgiæ expoſitio. B. P. tom. 2. p. 166.

Nemeſii, Epiſcopi Emiſſeni, Liber de Natura Hominis. B. P. tom. 2. p. 464.

FRONTON DU DUC.

Nicephori Callisti Ecclesiasticæ Historiæ Libri XVIII. in duos tomos distincti, ac Græcè nunc primum editi: adjecta est Latina interpretatio Joannis Langi à Frontone Ducæo, cum Græcis collata & recognita. Parif. Cramoify. 1630. *in-fol.* Cette édition, dit un Critique, est la seule qui soit estimée. L'Epitre dédicatoire au Cardinal *de Richelieu* est de *Nicolas Rigault.* Le Manuscrit Grec sur lequel elle a été faite, étoit dans la Bibliotheque de *Matthias Corvin*, Roy de Hongrie & de Boheme. A la prise de *Bude* par les Turcs, il fut porté avec le reste du butin à *Constantinople* & vendu. Un Hongrois, qui aimoit les Livres, l'acheta, & le porta en son Pays. Là il tomba entre les mains de *George Log*, homme de Lettres, & Conseiller de *Ferdinand*, Roy des Romains. Ce Prince instruit de l'utilité de ce Livre pour l'Histoire Ecclesiastique, voulut qu'il fût traduit en Latin. *Jean Lang*, Allemand, fit la traduction, & le Manuscrit fut deposé dans la Bibliotheque Imperiale à *Vienne.* Comme il étoit unique, le P. *Fronton du Duc* souhaitoit passionnément

de le voir imprimé, afin que l'Ou- FRONTON
vrage multiplié par l'impreſſion, ne DU DUC.
fût plus en danger de périr.

Le célebre *Jacques Auguſte de Thou*,
qui ſe faiſoit honneur de contribuer
au progrès de la Litterature, entra
dans les vûës du P. *Fronton*, & employa ſon credit & ſes offices pour
faire venir le Manuſcrit à *Paris*. *Se-*
baſtien Tengnagel, Bibliothecaire de
l'Empereur, obtint l'agrément de ſon
Maître pour cet envoi. Il en donna
avis au P. *Fronton* en 1614. & exigea
que le Manuſcrit fût renvoyé ſans
delay; qu'avant l'impreſſion la verſion de *Lang* ou *Langus*, que l'on
vouloit joindre au Texte Grec, fût
exactement revûë & corrigée; & que
l'Imprimé fût dedié à l'Empereur.
Ces conditions parurent équitables;
on les accepta, & le P. *Fronton* pro-
mit de les remplir. Il reçut le Manuſcrit le 29. d'Avril 1615. & le jour
même il le porta à M. *de Thou*, qui
étoit dans une grande impatience de
le voir. Il avoit donné parole que
l'Ouvrage ſeroit imprimé chez les
Cramoiſys, ſous la direction du P.
Fronton, & aux conditions propo-

FRONTON ſées par le Bibliothecaire de *Vienne.*
DU DUC. Quand il ſe vit maître du MS. il
changea abſolument, & voulut que
la copie & l'impreſſion fuſſent faites
par *Henri Eſtienne*, fils de *Charles*,
aux frais & profit de *Jerôme Drouart*,
ſon Libraire; que la Verſion de *Langus* fût donnée telle qu'elle étoit, &
ſans être revûë ni retouchée; que *Nicolas Rigault* prît ſoin de l'édition;
enfin que le Livre lui fût dedié à lui-
même, & non à l'Empereur.

La mort de M. *de Thou* arrivée le
17. Mai 1617. ne leva pas toutes les
difficultés. *Henri Eſtienne* ſaiſi du MS.
ne voulut pas le rendre, de peur que
l'impreſſion ne ſe fît par un autre. Il
fallut que *Sebaſtien Cramoiſy* lui comp-
tât cinq cens écus d'or, pour retirer
l'original & la copie, & pour avoir le
Privilege. Ce ne fut que ſur la fin de
l'an 1620. que le MS. revint au P.
Fronton. Après la mort de ce Pere,
il fut confié au P. *Sirmond* avec les
autres Papiers du défunt. En 1627. le
volume fut rendu à *Sebaſtien Tengnagel* le 1. de Février. Les *Crumoiſys* commencerent à imprimer ſous la conduite de *Nicolas Rigault* la même année 1627.

L'édition feroit fans contredit plus eftimable, fi elle s'étoit faite fous les yeux du P. *Fronton* ; fi les tracaffaries arrivées au fujet du MS. ne l'avoient pas empêché de donner plus de temps à le revoir, ou fi du moins dans l'impreffion on avoit eu égard à toutes fes notes.

On ne fut pas content à *Vienne*, que le Livre n'eût pas été dedié à l'Empereur. *Lambecius* fe plaignit auffi, que l'on n'eût donné aucune marque de reconnoiffance à *Sebaftien Tengnagel*, ni à *Robert Scheilder*, à qui l'on avoit obligation de l'envoi du Manufcrit. Ces plaintes immortalifées par *Lambecius*, qui les a inferées dans le plus confiderable de fes Ouvrages, ne peuvent tomber que fur celui qui voulut fe charger du foin de l'édition de l'Hiftoire de *Nicephore*. Il eft vrai que dans le temps de l'impreffion la France étoit en guerre avec la Maifon d'Autriche, & que ce n'étoit pas la faifon de dédier à *Paris* des Livres à l'Empereur, ou de publier les obligations qu'on lui avoit. *Nicolas Rigault* étoit grand Courtifan du Cardinal *de Richelieu* ;

FRONTON
DU DUC.

& l'on peut croire que dans cette circonstance toutes ses démarches furent réglées par ce Miniftre, à qui rien n'échapoit.

Frontonis Ducæi Epiftolæ ad Sebaf-tianum Tengnagelium. Il faut voir *Petri Lambecii Commentar. de Bibliotheca Cæfar. Windob. liv.* 1. *p.* 155. & fuivantes. Ces Lettres font au nombre de trois, la premiere & la derniere en Latin, l'autre en François. Je les place ici, parce qu'elles concernent l'édition dont je viens de parler. La troifiéme ne doit point être negligée par un fçavant, qui voudroit travailler fur l'Hiftoire de *Nicephore Callifte.*

Nicetæ Commentarius de ordine qui tunc obfervatur, cum quis è Saracenif-mo ad Chriftianorum Fidem transfugit. B. P. tom. 2. p. 233.

Nicolai Cabafilæ compendiofa expofi-tio Sacræ Liturgiæ. B. P. tom. 2. p. 200.

Nicolai, Epifcopi Methonenfis, refponfio ad eos qui hæfitant, aiuntque confecratum panem & vinum non effe corpus & fanguinem Domini noftri Je-fu Chrifti. B. P. tom. 2. p. 272.

Nili , Monachi , Capitula paræne- FRONTON
tica. B. P. tom. 2. p. 1168.   DU DUC.

Olympiodori Commentarius in Eccle-
siasten. B. P. tom. 2. p. 602.

Palladii Historia Lausiaca. B. P.
tom. 2. p. 893.

Notæ in Palladii Historiam Lausia-
cam. B. P. tom. 2. A la fin du Volume.

Pantaleonis, Diaconi , Sermo de lu-
minibus Sanctis. B. P. tom. 2. p. 442.

In S. Paulinum notæ amœbeæ Fron-
tonis Ducæi & Heriberti Rosweydi.
Dans l'édition des Oeuvres de *S. Pau-*
lin donnée par *Heribert Rosweyde.*
Paulini , Episcopi Nolani , Opera.
Antuerpiæ. Plantin. 1622. *in-*8°. à la
page 743.

Philothei Laudatio trium Pontificum,
orbis terræ Doctorum , Basilii Magni ,
Gregorii Theologi , & Joannis Chrysos-
tomi. B. P. tom. 2. p. 313.

Procli , Archiepiscopi Constantino-
politani, Epistola de fide ad Armenios.
B. P. tom. 1. p. 309.

Pselli expositio Cantici Canticorum ,
versibus Politicis. B. P. tom. 2. p.
681. On sçait que parmi les Grecs
modernes, les vers *Politiques* sont des

Fronton du Duc. vers, où l'on garde le nombre des syllabes, sans égard à leur quantité, c'est-à-dire, sans faire attention, si elles sont longues ou breves.

Samonæ, Gazæ Archiepiscopi, disceptatio de Eucharistia cum Saraceno. B. P. tom. 2. p. 277.

Sententiæ Veterum Patrum, de usu Venerandarum Imaginum, in VII. Synodo comprobatæ. B. P. tom. 1. p. 725.

Tatiani, Assyrii, Oratio ad Græcos. B. P. tom. 1. p. 160.

Notæ in Tatianum. B. P. tom. 1. à la fin du volume, & dans l'édition de *Tatien* faite à *Oxford*, 1700. *in-8°.*

Thalassii, Abbatis, Centuria IV. de Caritate & Continentia. B. P. tom. 2. p. 1179.

Theodoreti, Episcopi Cyri, Opera. Le P. *Fronton* écrivoit à *Sebastien Tengnagel* le 13. Février 1621. *Scito à nobis prælo adornari Theodoreti Opera, quæ accitis Italorum auxiliis exscribi cuncta curavimus.* Le P. *Sirmond* écrivoit au même *Tengnagel* le 2. Septembre 1626. *Theodoretum magna ex parte confectum habebat. Quod deerat supplere ipse, licet impar, institui; si Deus mihi, post Concilia Gallicana,*

quibus adhuc diſtineor, vitam vireſque FRONTON
conceſſerit. DU DUC.

Theodori Abucaræ Opuſcula contra
Hæreticos, Judæos & Saracenos. B. P.
tom. 1. p. 367.

Theodori Balſamonis expoſitio in Ca-
nones. Pariſ. 1618. *in-fol.*

Theodori, Raythenſis Presbyteri,
exercitatio de Incarnatione Domini. B.
P. tom. 1. p. 319.

Theophili, Antiocheni, ad Autoly-
cum Libri tres, contra calumniatores
Chriſtianæ Religionis. B. P. tom. 1. p.
104.

Notæ in Libros Theophili ad Autoly-
cum. B. P. tom. 1. à la fin du volume, & dans l'édition d'*Oxford,* 1700.
*in-*8o.

Theoriani Diſputatio cum Catholico
Armeniorum. B. P. tom. 1. p. 439.

Timothei, Presbyteri Hieroſolymita-
ni, Oratio de Propheta Symeone, Dei
ſuſceptore. B. P. tom. 2. p. 844.

Titi, Boſtrorum Epiſcopi, expoſitio
in Evangelium ſecundùm Lucam. B. P.
tom. 2. p. 762.

Zachariæ, Mitylenes Epiſcopi, Li-
ber de Mundi Opificio, contra Philoſo-
phos. B. P. tom. 1. p. 331.

FRONTON
DU DUC.

Notæ in Librum Zachariæ. B. P.
tom. 1. à la fin du volume.

Zonaras in Canones Apoſtolorum &
Conciliorum. Pariſ. 1618. *in-fol.*

Le P. *Fronton du Duc* avoit formé le
plan d'une édition de la Bible Grecque , felon la Verfion que *S. Jerôme*
nomme *Commune,* diftinguée de la verfion des *Septante.* C'eft l'idée qu'il donna de fon Ouvrage à *Tengnagel,* en lui
écrivant le 13. Janvier 1621. *Græco-*
rum Bibliorum editionem communem no-
bis fufcipiendam duximus , additis obe-
lis & afteriſcis , in iis locis in quibus à
textu feptuaginta interpretum diſſentit.
Il regardoit cet Ouvrage comme fon
capital. *In Bibliis Sacris ,* dit le P. *Sir-*
mond dans fa Lettre à *Tengnagel ,* que
j'ai déja citée , *multum ac diligenter la-*
borarat , unumque hoc opus præ cæteris
urgebat. Sed vereor ut in poſterum fpe-
rare liceat , propter novam editionem
Græco-Latinam , quæ hic jam inchoatâ
eſt , curante , ut audio , Joanne Mori-
no , è Congregatione Oratorii , viro doc-
to. Dans une Lettre manufcrite de *L.*
Holftenius à M. *de Peireſc ,* datée de
Rome le 7. Mars 1637. on lit ces paroles. *Quæ P. Fronto Ducæus in editio-*
nem

nem Romanam ſeptuaginta interpretum FRONTON
obſervavit, Pariſiis adſervantur, & ac- DU DUC.
*curate olim de iis mihi narravit optimus
ille & doctiſſimus Sirmondus.*

Ces extraits montrent que *Sarrau*
étoit mal informé, lorſqu'en 1648.
il écrivit à *Jacques Uſſerius* ſa Lettre
189. où il ſuppoſe que le P. *Fronton*
avoit travaillé à une nouvelle édition
des *Septante* ; ce qui eſt démenti par
Fronton lui-même. Mais *Sarrau* cite le
P. *Sirmond* ; *Guy Patin* cite auſſi ſouvent, & n'en eſt pas plus cru.

Le P. *Fronton* avoit encore en tête
une édition des Conciles Grecs. Il
s'en expliquoit ainſi à *Tengnagel*, en
lui écrivant le 24. Février 1615. après
l'avoir entretenu de ſa Bibliotheque
des Peres, Grecque & Latine. *Concilia
Græca prius, ut ſpero, prælo ſubjicien-
tur.* Les amas qu'il avoit faits pour
cet Ouvrage, n'ont pas été inutiles
au P. *Labbe.*

Enfin le P. *Fronton du Duc* penſoit
à une édition des Oeuvres de *S. Cyrille d'Alexandrie.* Le P. *Sirmond* dit :
*Ad Cyrillum pauciora collegerat, quæ
uſui tamen eſſe poſſint, ſi quis hîc ali-
quando ad eam curam animum adjiciet.*

Tome XXXVIII. M

FRONTON
DU DUC.

Il écrivoit lui-même : *Cyrilli fragmenta non pauca ex Libris quatuor in Joannem, qui perierunt, ope Catenarum Nicetæ Heracliensis recuperare conati sumus.* Les quatre Livres perdus sont les 5. 6. 7. & 8. *Jean Aubert*, dernier éditeur de *S. Cyrille*, eut de *Luc Holstenius* les 4e. & 5e. Livres. *Holstenius* les avoit filoûtés à un Jesuite Sicilien, nommé *Jean Baptiste Giattini*, qui les avoit trouvés dans l'Isle de *Chio*, & apportés à *Rome* pour les faire imprimer. *Holstenius* raconte cette avanture dans ses Lettres, qui sont encore manuscrites seulement.

Antoine Teissier attribuë au P. *Fronton du Duc* une vie de *S. Gregoire le Grand.* C'est à faux.

V. *L'éloge du P. Fronton du Duc imprimée en Latin dans le Mercure François, tom.* 10. *p.* 783. *Baillet, Jugemens sur les Grammairiens No.* 469. *&* 909. *Du Pin, Bibliotheque des Auteurs Ecclefiastiques du* 18e. *siécle, tom.* 1. *Richard Simon, Lettre* IX. *édition d'Amsterdam,* 1700. *& Critique de la Bibliotheque de Du Pin. Petri Lambecii Comm. de Bibliotheca Cæs. Vindobon. Lib.* 1. *Addit.* 4. *Les Bibliothecaires des Jesuites.*

Cet article vient de la même main que ceux d'Antoine Pieyra, de Denis Petau & de Melchior Inchofer.

JACQUES LE QUIEN DE LA NEUFVILLE.

Jacques le Quien de la Neufville naquit à *Paris* le 1. Mai 1647. d'une ancienne famille du Boulle-nois, qui dans les titres eſt quelque-fois appellé *le Chien*, & plus ſouvent *le Quien*, ſuivant la prononciation vulgaire du Pays.

Pierre le Quien de la Neufville, ſon pere, étoit Capitaine de Cavalerie ; mais ſes bleſſures l'ayant obligé de bonne-heure de quitter le Service, il crut que ſon fils ſeroit plus heureux que lui, & le fit entrer à l'âge de 15. ans, Cadet dans le Régiment des Gardes Françoiſes.

Ses eſperances furent trompées ; le jeune *de la Neufville* ne put ſoutenir les fatigues d'une ſeconde campagne, & on attribua à la délicateſſe du tem-perament, ce qui pouvoit n'avoir d'autre principe que la foibleſſe de l'âge. M ij

J. LE Q. DE LA NEUF-VILLE.

Comme il avoit assez bien fait ses Humanités, & conservé du goût pour les Lettres, il n'eut pas de peine à se déterminer à un autre état, & à prendre le parti de la Robbe. Il s'appliqua sérieusement dans ce dessein à la Philosophie & au Droit; mais lorsqu'il étoit sur le point de se faire recevoir à une charge de Judicature, dont il avoit traité, on fit à son pere une banqueroute, qui derangea tous ses projets, & qui le réduisit à chercher dans les travaux particuliers de son Cabinet, de quoi se consoler d'une vie obscure & privée.

M. *Pellisson*, qui l'aimoit, & qui croyoit avoir remarqué dans son style & dans le caractere de son esprit, de quoi former un bon Historien, lui conseilla de s'attacher à cette partie de la Litterature. Il le fit, & dès-lors il se proposa d'écrire l'Histoire de Portugal, qui manquoit en notre langue.

Les préparatifs en furent un peu longs; il lui fallut d'abord travailler à se rendre familieres les Langues Espagnole & Portugaise, dont il n'avoit qu'une legere teinture, pour

être en état de puifer dans les four-J. le Q. de
ces ; il établit enfuite diverfes corref-LA Neuf-
pondances , pour tirer des Archives VILLE.
du Pays des copies ou des extraits
des piéces manufcrites neceffaires à
fon deffein,

Une partie de cette Hiftoire parut
enfin en 1700. & lui procura une
place dans l'Academie des Infcriptions , où il fut reçu Affocié au commencement de l'année 1706.

Il travailla alors à l'*Hiftoire des Poftes*, qu'il publia en 1708. M. le Marquis *de Torcy* , a qui il dédia cet Ouvrage , lui fit donner peu de temps
après la direction d'une partie de celles de la Flandre Françoife. *La Neufville* , pour l'exercer avec plus de liberté , demanda à l'Academie des
Infcriptions des Lettres d'Academi-
cien Veteran , & alla s'établir au
Quefnoy, où il demeura jufqu'en 1713.
que la Paix concluë à *Utrecht* ayant
fait rétablir les Ambaffades dans les
Cours Etrangeres, M. l'Abbé *de Mornay* nommé à celle de Portugal , fou-
haita que *la Neufville* fît le voyage
avec lui. On n'eut pas de peine à l'y
déterminer , car il defiroit fort con-

J. LE Q. DE noître par lui-même la nation, dont
LA NEUF- il avoit écrit l'Histoire.

VILLE.   Sa réputation l'avoit précédé dans
ce Pays ; & M. *de Mornay* n'eut pas
la peine de l'y annoncer. Le Roy de
Portugal lui donna bientôt des marques de son estime, en le faisant Chevalier de l'Ordre de *Christ* , & en lui
accordant une pension de 1500. livres, payable en quelque lieu qu'il
fût. *La Neufville* n'accepta l'un &
l'autre qu'après en avoir obtenu la
permission expresse du Roy , & il en
fit aussi-tôt part à l'Academie des Inscriptions.

     Le Roy de Portugal méditoit alors
l'établissement de l'Academie d'Histoire , qu'il fonda bientôt après à
Lisbonne ; il faisoit pour cela examiner par differentes personnes le plan
de presque toutes les autres Academies de l'Europe ; *la Neufville* , qui
avoit communiqué les Statuts & Réglemens de celle des Inscriptions,
eut l'honneur d'entretenir ce Prince
sur ce sujet , & le plaisir de les voir
suivre en plusieurs choses dans le nouvel établissement.

     La Neufville demeura toujours de-

puis à *Lisbonne* ; & il y mourut le 20.
Mai 1728. âgé de 81. ans.

Il avoit été marié fort jeune ; &
l'âge de 34. ans il s'étoit trouvé veuf,
& pere de neuf enfans, dont il pré-
fera l'éducation à toutes les vûes de
fortune, qui auroient pû le détour-
ner de cet objet principal. De tous ces
enfans, deux feulement lui ont fur-
vêcu, l'un Major du Régiment Dau-
phin Etranger Cavalerie, & Chevalier de *S. Louis*, & l'autre Directeur
Général des Poftes à *Bordeaux*.

Catalogue de fes Ouvrages.

1. *Hiftoire Générale du Portugal.* *Paris*, 1700. *in-*4°. deux tomes. Cette
Hiftoire s'étend depuis les premiers
temps jufqu'à la mort du Roi *Ema-
nuel I.* en 1521. Il avoit promis de la
poufler jufqu'à notre temps ; mais il
n'a point exécuté cette promeffe
avant apparemment reconnu qu'il eft
plus difficile de travailler fur l'Hiftoire Moderne, que fur l'Ancienne,
parce que quand il s'agit des temps
éloignés, on en dit ce que l'on peut,
& fouvent ce que l'on veut, ce qui
eft toujours bientôt fait, au lieu que
quand on eft arrivé à un temps qui

approche du nôtre, il se présente une infinité d'évenemens, dont la mémoire s'est trop conservée, pour qu'on puisse en omettre aucun, & il faut alors que l'Ecrivain, outre le soin de ramasser tous ces évenemens, ait encore celui de concilier sans cesse la fidelité de l'Histoire, avec les égards dûs aux puissances qui y sont interessées. Au reste quoique l'Histoire de *la Neufville* soit bien écrite, elle n'est pas exacte; comme le reconnoissent les Academiciens de *Lisbonne* dans le premier volume de leurs Mémoires, en observant qu'il est difficile qu'écrivant une Histoire étrangere, un Auteur arrive jamais à cette perfection, que l'on peut à peine esperer de l'élite des Sçavans du Pays, rassemblés dans la Capitale, sous les yeux & sous la protection immédiate du Prince.

2. *Origine des Postes chez les Anciens & chez les Modernes. Paris, 1708. in-12. pp. 448.* It. avec des augmentations sous ce titre : *L'usage des Postes chez les Anciens & les Modernes. Paris, 1734. in-12. La Neufville* à son entrée dans l'Academie

des

des Inscriptions, choisit l'origine des
Postes pour l'objet de ses recherches;
après y en avoir lû differens morceaux, il les rassembla en un corps,
auquel joignant tous les Réglemens
faits sur les Postes depuis *Louis XI.*
qui en fut de restaurateur en France,
jusqu'en 1708. il forma du tout un
Traité digne de la curiosité des Sçavans, & une espece de Code neces-
saire à ceux qui veulent s'instruire à
fond de cette portion singuliere de
notre Droit public.

V. *Son Eloge par M. de Boze dans*
l'Histoire de l'Academie des Inscri-
ptions & Belles-Lettres, tome 7.

MICHEL MERCATI.

Ichel *Mercati* naquit le 8.
Avril 1541. à *San-Miniato*,
Ville de la Toscane, de *Pierre Mer-*
cati, fameux Medecin de ce lieu, &
d'*Alfonsine Flaminga.*

Sa famille étoit une des plus considerables du Pays, & son pere & son
ayeul se sont distingués par leur érudition.

Tome XXXVIII. N

Michel Mercati, son ayeul, étoit
lié d'amitié avec *Marsile Ficin* ; &
c'est à lui qu'on attribuë ce que j'ai
rapporté dans l'article de *Ficin*, tome 5e. de ces Mémoires, p. 218.

Pierre Mercati, son pere, s'est procuré par son mérite un accès auprès
des Souverains Pontifes, comme il
paroît par son Epitaphe, que ses enfans lui firent dresser à *San-Miniato*
dans l'Eglise de *S. François*, où il fut
enterré, & qu'il faut rapporter ici.

Petro Mercato, Philosopho & Medico præstantissimo, qui bonas artes prudentia, fide & Religione ornavit, domi clarus fuit, foris honoratus, Pio V. & Gregorio XIII. summis Pontificibus, cognitus & gratus, Michaël & Franciscus filii parenti optimo posuere.

Vixit annos 71. dies 13.

Obiit Idibus Maii 1585.

Michel Mercati, dont il s'agit ici,
ayant fait ses Humanités dans sa patrie, avec un succès, qui fit concevoir de grandes esperances de lui,
alla à *Pise* étudier en Philosophie &
ensuite en Medecine, & s'y fit recevoir Docteur en ces deux Facultés. Il
acquit dans cette Ville une si grande

réputation de capacité, que non-feu- MICHEL
lement ses condisciples le regardoient MERCATI,
avec admiration , mais qu'il s'y fit
même estimer de ses Professeurs , entre autres d'*André Cesalpin* , qui se
glorifioit d'avoir eu un tel disciple.

Toutes ses études Academiques
étant finies , il passa à *Rome* , où le
Pape *Pie V.* lui donna l'Intendance
du Jardin des Plantes du Vatican ,
lorsqu'il n'avoit encore gueres plus
de 20. ans.

Il commença dès-lors à former un
Cabinet de Metaux & de Fossiles
dans le voisinage de ce Jardin , & à
composer de sçavantes dissertations
sur ces curiosités , dans le dessein de
les donner au Public.

Il étoit âgé de 27. ans , lorsque le
Grand Duc *Ferdinand I.* voulant lui
donner des marques de son estime &
de sa bienveillance , le mit au nombre des Nobles Florentins; honneur
que le Senat de *Rome* lui fit aussi l'année suivante, en lui accordant la No-
blesse Romaine.

Gregoire XIII. ne lui témoigna pas
moins de bienveillance, qu'avoit fait
Pie V. Ce fut lui qui assista ce Souve-

MICHEL rain Pontife dans sa derniere maladie,
MERCATI. & qui lui administra les remedes, qui
lui furent prescrits.

Sixte V. le fit Protonotaire Aposto-
lique , & lui accorda des pensions
considerables. Il voulut même qu'il
accompagnât le Cardinal *Hippolyte
Aldobrandin* , lorsqu'il l'envoya en
Pologne , pour ménager la paix entre le Roy *Sigismond III.* & *Maximilien* Archiduc d'Autriche , & *Mercati* se fit admirer dans ce voyage par
la solidité de son esprit, & par sa pé-
nétration dans les affaires.

Il profita aussi des occasions qu'il
trouva pour ramasser de quoi augmenter son Cabinet de Metaux & de
Fossiles , & fit dans ce dessein quelques voyages à differentes Mines des
pays où il passa.

Le Cardinal *Aldobrandin* ayant été
élevé au Pontificat sous le nom de *Clement VIII.* choisit *Mercati* pour son
premier Medecin. Mais ce sçavant ne
le servit pas seulement en cette qualité ; ce Pape l'employa encore en
diverses affaires importantes , aussi-
bien que *Ferdinand I.* Duc de Toscane. Ce Prince se servit de lui pour

adoucir l'efprit du Pontife, & l'en- MICHEL
gager à ufer de douceur à l'égard MERCATI.
d'*Henri* Roi de Navarre, qui étoit
encore dans le fein de l'héréfie, &
lui écrivit plufieurs fois pourcefujet.

Le Pape le deftinoit à de plus grands
honneurs, & l'avoit même défigné
Commandeur du S. Efprit *in Saxia* à
Rome, lorfqu'il fentit des douleurs
de la pierre qui le conduifirent en
peu de temps au tombeau.

Il fut affifté dans fes derniers mo-
mens par *S. Philippe de Neri*, qui lui
adminiftra les Sacremens, & il mourut le 25 Juin 1593. âgé de 52. ans.
On ouvrit fon corps, où l'on trouva
un grand nombre de pierres.

Sa douceur, fon défintereffement,
fes manieres obligeantes, fon érudition & fa pieté lui avoient acquis l'eftime & la confiance des Cardinaux,
des Prélats de la Cour de *Rome*, de
plufieurs Princes, & des Sçavans de
fon temps.

Catalogue de fes Ouvrages.

1. *Inftruttione fopra la Pefte*, *nella*
quale fi contengono i piu eletti & appro-
vati rimedii, *con molti nuovi e potenti*

N iij

MICHEL
MERCATI. *secreti, cofì da preservarfi, come da cu-
rarfì. Aggiuntevi tre altre inftruttioni
fopra i veleni occultamente miniftrati,
Podagra e Paralifi. In Roma, 1576.
in-4°.* Cet Ouvrage plut tellement à
plufieurs perfonnes, que *Cofme II.*
Duc de Tofcane, ayant eu une attaque de paralyfie, *Mercati* fut conful-
té fur les remedes qu'il lui falloit
faire.

2. *Degli Obelifchi di Roma. In Roma, 1589. in-4°.* Il compofa cet Ouvrage dans fon voyage de Pologne
de feule mémoire, fans le fecours
des Livres, & le dedia au Pape *Sixte
V. Latinus Latinius* l'ayant critiqué
en quelque chofe, *Mercati* lui répondit par l'Ouvrage fuivant.

3. *Confiderationi fopra gli Auverti-
menti del fignor Latino Latini intorno
ad alcune cofe fcritte nel libro de gli
Obelifchi di Roma. Infieme con alcuni
fopplimenti al medefimo libro. In Roma, 1590. in-4°.*

4. *Metallotheca. Opus Pofthumum,
auctoritate & munificentia Clementis
XI. P. Max. in lucem eductum; opera
autem & ftudio Joannis Mariæ Lan-
cifii, Archiatri Pontificii, illuftratum,*

Roma, 1717. *in-fol.* pp. 378. Avec Michel un grand nombre de figures. Le Pape Mercati. *Clement XI.* ayant appris que le manuscrit de cet Ouvrage étoit à *Florence*, le fit acheter, & chargea *Lancisi* de le faire imprimer. Pour exécuter cet ordre, il a fallu graver plusieurs planches qui n'étoient encore que deffinées, & compofer des notes critiques fur plusieurs endroits, parce qu'on a fait depuis *Mercati* de grandes découvertes fur la Phyfique & fur les curiofités naturelles. *Lancisi*, à qui fes grandes occupations & le projet d'autres Ouvrages ne permettoient point de travailler à ces notes, s'eft dechargé de ce foin fur *Pierre Affalti*, Profeffeur de Botanique, qui s'en eft fort bien acquitté.

5. *Appendix ad Metallothecam Vaticanam Michaëlis Mercati, in quâ Lectoribus exhibentur* 19. *Icones ex typis æneis nuper Florentiæ inventis, quorum* 14. *Pontificia liberalitate fuppleti jam fuerant ; quinque vero penitus defiderabantur. Additis notis & novis iconibus Cochlearum cornu Ammonis forma. Roma*, 1719. *in·fol.* pp. 53. Le Pape *Clement XI.* ayant fçu après la

N iiij

MICHEL
MERCATI.
publication de la *Metallotheca*, qu'-
il y avoit à *Florence* quinze planches
gravées de cet Ouvrage, les fit retirer, & voulut qu'on les donnât au
Public, quoiqu'on y en eût mis d'autres pour suppléer à la plûpart de cel-
les-ci qu'on n'avoit point ; dans le
cours de l'impreffion on en a retrou-
vé cinq autres qu'on y a jointes, avec
des notes de *Pierre Affalti*, faites de
concert avec *Lancifi* ; & c'eft ce qui
compofe cet Appendix.

V. *Son Eloge par Charles Magelli*,
Camerier d'honneur du Pape, *à la tête*
de la Metallotheca, *& dans le Journal*
de Venife, *tom.* 29. *p.* 187. *Profperi*
Mandofii Theatrum Archiatrorum
Maximorum Chriftiani orbis Pontifi-
eum, *p.* 164.

JEAN DLUGOSS.

JEan *Dlugoſſ*, mal appellé par quel- JEAN ques Auteurs *Dugloſſ*, naquit l'an DLUGOSS. 1415. à *Brzeznick*, Ville de Pologne, de *Jean Dlugoſſ*, qui en étoit Gouverneur, & de *Beatrix*, ſortie d'une famille noble.

On lui donna au baptême le nom de *Jean*, que l'on donna auſſi à di de ſes freres, qui vinrent après lui, parce que ceux qui étoient nés auparavant, & en avoient reçu un autre, étoient morts dans l'enfance, & que l'aîné qui le portoit étoit le ſeul qui fût demeuré. On y joignit dans la ſuite le ſurnom de *Longin*, qui ſignifie en Latin ce que *Dlugoſſ* ſignifie en Polonois.

Il n'avoit que ſix ans, lorſque ſon pere ayant été fait Gouverneur de *Korczyn*, l'y tranſporta avec toute ſa famille; & ce fut là qu'il commença ſes études; il les continua avec beaucoup d'ardeur dans les differentes Villes que ſon pere gouverna ſucceſſivement, juſqu'à ce qu'enfin on l'envoya à *Cracovie*.

JEAN
DLUGOSS.

On le mit là sous la conduite d'un Précepteur, dont la séverité excessive le rébuta. Il en écrivit à son pere ; mais voyant qu'il ne tenoit aucun compte de ses plaintes , & qu'on le traitoit encore plus rigoureusement, il abandonna de lui-même ce Maître, & trouva moyen d'entrer dans le College des Riches , où il s'appliqua pendant trois ans à la Dialectique & à la Philosophie.

Cependant son pere ayant perdu sa premiere femme s'étoit remarié ; le jeune *Dlugoss* se ressentit de ce nouveau mariage , il se vit bientôt négligé , & on discontinua de fournir à ses besoins , comme on avoit fait jusques-là.

Il songea alors à sortir de la misere où il se trouvoit , & il n'en trouva point de plus convenable , que de se mettre au service de l'Evêque de *Cracovie , Zbigne ,* qui affectionnoit les gens de Lettres , & étoit d'un caractere doux & humain. Son pere approuva en cela sa conduite , & le recommanda même à cet Evêque.

Dlugoss se fit bientôt aimer de son Maître , qui le connoissant capable

de plusieurs choses, lui donna d'a- JEAN
bord la conduite de sa Chancellerie, DLUGOSS.
ensuite celle de sa Maison, enfin le
chargea de l'administration de tous
ses biens.

Il s'acquitta de tous ces emplois
avec tant de fidelité & d'exactitude
pendant l'espace de vingt-deux ans,
que le Prélat l'aima toujours cons-
tamment, & fit voir à sa mort l'estime qu'il faisoit de lui, en le nommant un de ses exécuteurs testamen-
taires.

Tant de marques de distinction
exciterent la jalousie des Domesti-
ques de l'Evêque, qui le voyoient
avec peine témoigner tant de confiance à un jeune homme ; car il n'a-
voit que dix-sept ans, lorsqu'il entra à son service, & ils tâcherent de
le lui rendre suspect ; mais ils ne purent y réussir, & *Dlugoss* eut dans la
suite l'adresse de s'en faire aimer par
sa patience & sa douceur.

Il fut ordonné Prêtre à l'âge de 25.
ans par son Prélat, qui lui donna en
divers temps differens Benefices.

Il lui donna d'abord la Cure de *S.*
Martin de *Klobuczk*, & le fit ensuite

JEAN Chanoine de *Cracovie.* La Prebende Dlugoss. qu'il eut dans le commencement étoit peu confiderable , mais il paffa depuis à de meilleures, & parvint enfin à la plus riche.

Il fut nommé outre cela à la dignité de Chantre & enfuite à celle de Tréforier de l'Eglife de *Vislicza* , à un Canonicat de *Sendomir* , & à quelques autres Benefices moins confiderables.

Cette multitude de Benefices le fit paffer dans l'efprit de quelques-uns pour un homme intereffé & avide de biens. Mais fouvent il ne les recevoit , que pour les donner à des perfonnes vertueufes & capables. D'ailleurs il employoit fes revenus au foulagement des pauvres , à l'embelliffement des Temples , & à diverfes œuvres pieufes.

Il rebâtit l'Eglife de *S. Martin* de *Klobuczk* dont il étoit Curé , & fe dépoüilla de ce Benefice pour le faire paffer aux Chanoines Réguliers de *S. Auguftin.*

Eugene IV. avoit nommé *Zbigné* , Evêque de *Cracovie*, au Cardinalat ; mais il fallut un temps confiderable

pour vaincre les difficultés qui l'em- JEAN
pêchoient d'accepter cette dignité. DLUGOSS,
Dlugoſſ fit dans cette vûë un voyage
à *Rome* en 1449. & parvint à termi-
ner cette affaire. Il fut même chargé
par le Pape *Nicolas V.* qui ſiégeoit
alors, de porter la Barette au nouveau Cardinal, & il la lui donna en
grande pompe dans l'Egliſe Cathedrale de *Cracovie* le 1. Octobre de
cette année.

L'année ſuivante 1450. il retourna
à *Rome* pour gagner les Indulgences
du Jubilé de l'Année Sainte, & pour
ſatisfaire le déſir qu'il avoit de paſſer
dans la Paleſtine. Il ſe rendit dans ce
deſſein à *Veniſe*, où il s'embarqua,
& arriva heureuſement dans le lieu
déſiré. Il viſita avec beaucoup de fer-
veur la Terre-Sainte, & parcourut
tous les lieux conſacrés par quelque
Myſtere.

De retour en Pologne, le Roi *Ca-
ſimir IV.* le chargea de l'inſtruction
des Princes, ſes enfans; & il s'occupa de ce ſoin pendant pluſieurs années avec beaucoup de ſuccès.

Le Cardinal *Zbigne*, ſon protecteur, étant mort le 1. Avril 1455,

JEAN DLUGOSS. *Dlugoss* se vit attaqué par le frere du Prélat, qui l'accusa d'avoir abusé de sa confiance, & de l'avoir volé ; mais il n'eut point de peine à faire connoître son innocence.

S'étant depuis déclaré pour *Jacques Syennenski*, que le Pape avoit nommé à l'Evêché de *Cracovie*, il encourut l'indignation du Roy, qui y avoit nommé *Jean Grusczinski*. Il fut exilé, & son exil dura trois années. Il demeura pendant tout ce temps dans le Château de *Melztyn*, pour y être plus en sûreté contre les embuches de ses ennemis.

Lorsque les differends eurent été terminés par la cession de *Syennenski*, *Dlugoss* fut rappellé, & le Roy ne lui témoigna aucun ressentiment de ce qui s'étoit passé ; il lui donna au contraire plusieurs marques de bienveillance, & le consulta même depuis sur plusieurs affaires importantes.

Il fut employé en diverses conjonctures à quelques négociations que son adresse fit réussir ; & fit pendant le cours de sa vie plusieurs voyages en differentes parties de l'Europe pour les interêts de la Pologne.

Il fut nommé à l'Archevêché de   J E A N
Leopold , mais ſa mort arrivée dans Dlugoss.
ces entrefaites empêcha qu'il ne fût
ſacré.

Il mourut le 29. Mai 1480. âgé
de 65. ans.

Catalogue de ſes Ouvrages.

1. *Joannis Dlugoſſi , ſeu Longini*
Hiſtoria Polonica in tres tomos digeſta.
Tomus I. Dobromili. 1615. *in-fol.* Cette édition ne contient que les ſix premiers Livres , qui vont juſqu'à l'an
1240. Le reſte de cette Hiſtoire a été
long-temps enſevelie dans l'obſcuri-
té , d'où elle a été enfin tirée. *J.*
Dlugoſſi Hiſtoriæ Polonicæ Libri 12.
quorum ſex poſteriores nondum editi ,
nunc ſimul cum prioribus ex manuſcri-
pto rariſſimo in lucem prodeunt ex Bi-
bliotheca & cum præfatione Henrici L.
Baronis ab Huyſſen Ruſſorum Cæſari à
Conſiliis. Præmittitur præter vitam Au-
toris , & Doctorum de eo teſtimonia ,
Samuelis Joachimi Hoppii Schediaſma
de Scriptoribus Hiſtoriæ Polonicæ , plu-
rimis annotationibus auctum Gabrielis
Groddeckii. Francofurti , 1711. *in-fol.*

Le douziéme Livre finit à l'an 1444.
La vie qui eſt à la tête de cette édi-

JEAN
DLUGOSS. tion, se trouve aussi dans la premiere. On en ignore l'Auteur, car quoique quelques-uns l'ayent attribué à
Philippe Callimachus, & d'autres à
Felix Herbultus, qui a donné la premiere édition; diverses circonstances font voir que cette attribution a
été faite sans fondement. Elle est fort
étenduë, mais il n'y a point d'ordre, & il n'y est point fait mention
de la mort de *Dlugoss*. *Jean-Gottlieb
Krause* a suppleé à ce qui y manque,
dans la Préface du 13e. Livre de l'Histoire de *Dlugoss*, qui restoit encore à
imprimer, & qu'il a publié sous ce
titre: *Joannis Dlugossi Historia Polonica Liber 13. & ultimus, in MSS.
Codicibus tantum non omnibus desideratus, nunc tandem in lucem publicam
productus, ex Bibliotheca Henrici L.
B. ab Huyssen. Accedunt ob materia
affinitatem. I. Vincentii Kadlubkonis
Historia Polonica, cum Commentario
Anonymi. II. Stanislai Sarnicii Annales; seu de origine & rebus gestis Polonorum & Lithuanorum Libri octo, III.
Stanislai Orichovii, Okszi, Annales
Polonici ab excessu Sigismundi, cum
vita Petri Kmithae. IV. Illustrium Vi*
rorum

rorum *Epiſtolæ, in tres libros digeſtæ,* JEAN
opera *Staniſlai Carncovii. V. Staniſlai* DLUGOSS.
*Sarnicii deſcriptio veteris & novæ Polo-
niæ, itemque Ruſſiæ & Livonia. Tomus
II. Lipſiæ,* 1712. *in-fol.* Avec des tables fort amples, de même que dans
lé premier volume. Le treiziéme Livre de l'Hiſtoire de *Dugloſſ,* qu'on
voit ici, s'étend juſqu'à l'année 1480.
qui fut celle de ſa mort. Son Ouvrage eſt eſtimable principalement pour
ce qui regarde ſon temps, puiſqu'il
a été témoin de la plûpart des évenemens qu'il rapporte, & qu'il s'exprime avec ſincerité. Mais ſon ſtyle ſe
ſent de la rudeſſe & de la barbarie
de ſon ſiécle.

2. *Vita S. Staniſlai Epiſcopi & Martyris. Cracoviæ,* 1611. Elle a été réim-
primée en 1666. ſous le titre de *Decus Polonorum.* On a adouci dans cette édition la rudeſſe du ſtyle de *Dlugoſſ. Surius* l'a inſerée dans ſes *Vitæ
Sanctorum* au 8e. Mai, mais ſeulement en abregé, parce qu'elle eſt
extrêmement étenduë. On la fait auſſi entrer, telle que *Dlugoſſ* l'a com-
poſée, dans les *Acta Sanctorum* d'*Anvers* au 7e. Mai, jour auquel la fête

Tome XXXVIII.   O

JEAN DLUGOSS. de S. Stanislas a été transferée.

3. *Plocensium Episcoporum Vitæ.* Dans *Stanislai Lubienski Opera Posthuma. Antuerpiæ, 1643. in-fol.*

4. *Posnaniensium Episcoporum series, à Jacobo Brzemezkio continuata. Brunsbergæ, 1604. in-40.* Publiée par *Thomas Treterus,* Chanoine de *Warmie.*

5. *Episcoporum Smogorzoviensium & Pitzinensium, quæ nunc Vratislaviensis, Ecclesiarum Historiæ & Acta.* A la p. 158. du 2e. volume des *Silesiacarum Rerum Scriptores aliquot adhuc inediti. Cura Frid. Wilh. de Sommersberg. Lipsiæ, 1730. in-fol.*

Il avoit aussi composé une Vie de Sainte Cunegonde ; mais je ne sçai si elle a été imprimée.

V. Sa Vie à la tête de son *Histoire de Pologne, & plusieurs endroits de cette Histoire. Matthias à Michovia Chronica Polonorum.* La plûpart de ceux qui ont parlé de lui, ont fait des fautes grossieres.

MATTHIAS GLANDORP.

MAtthias *Glandorp* naquit à *Co-logne* l'an 1595. de *Louis Glan-dorp*, Chirurgien de cette Ville, qui étoit originaire de *Breme*.

M. GLAN-DORP.

Il fit ses premieres études dans cet-te derniere Ville ; & de retour à *Co-logne*, il s'y donna à la Philosophie, & ensuite à la Medecine & à la Chi-rurgie. Il étudia ces Sciences pendant quatre années sous *Pierre Holtzem*, Medecin de l'Electeur de *Cologne*, & Professeur en Medecine dans cette Ville, & apprit en même-temps la pratique de la Chirurgie de son pere.

Il passa après cela en Italie pour s'y perfectionner dans ses connoissan-ces, & fit quelque séjour à *Padoüe*, où il prit des leçons de *Jerôme Fa-bricius d'Aquapendente*, *d'Adrien Spi-gelius* & de *Sanctorius*, & reçut le bonnet de Docteur.

Après avoir visité les principales Villes de l'Italie, il retourna dans sa patrie l'an 1618. âgé de 23. ans, & alla s'établir à *Breme*, où il se donna

O ij

M.GLAN-
DORP.

à la pratique de la Medecine & de la Chirurgie avec tant de succès, que l'Archevêque de cette Ville le prit en 1628. pour son Medecin. Il fut depuis fait Physicien de la République de *Breme.*

On ignore le temps de sa mort. Le Dictionnaire des Sçavans de *Menexen,* la met le 29. Janvier 1626. mais il est sûr qu'il se trompe, puisqu'il vivoit encore le 8. Octobre 1632. qui est la date de l'Epitre Dédicatoire qu'il mit à son dernier Ouvrage.

Catalogue de ses Ouvrages.

1. *Speculum Chirurgorum ; in quo quid in unoquoque vulnere faciendum, quidve omittendum ; præmissa partis affectæ Anatomica explicatione, observationibusque ad unumquodque vulnus pertinentibus adjunctis, conspicitur ac pertractatur. Bremæ,* 1619. *in-*8°.

2. *Methodus medendæ Paronychiæ. Cui accessit decas observationum. Bremæ,* 1623. *in* 8°.

3. *Tractatus de Polypo Narium affectu gravissimo, observationibus illustratus. Bremæ,* 1628. *in-*40.

4. *Gazophylacium Polyplusum Fonticulorum & Setonum, reseratum per*

Matthiam Glandorp. E quo variæ illo- M. GLAN?
rum dotes, loca, inſtrumenta, modi in- DORP.
figendi diverſi, conſervandique depro-
muntur; ſimulque 4. tabulis æri inſcul-
ptis explicantur. Bremæ, 1633. in-4°.

5. *Matthiæ Glandorpii Opera omnia,*
nunc ſimul collecta & plurimum emen-
data. Londini, 1729. in-4°. C'eſt un
Recueil des quatre Ouvrages précédens.

V. *Son Eloge à la tête de ce Recueil.*
Il eſt tout tiré des Epitres dédicatoires de *Glandorp.*

PAUL HAY DU CHASTELET.

P Aul Hay, Seigneur *du Chaſtelet,* P. H. DU
naquit l'an 1592. CHASTE-
Il étoit d'une ancienne Maiſon de LET.
Hay en Bretagne, qui ſe vante d'être
ſortie il y a plus de ſix cens ans de celles des Comtes de *Carlile,* l'une des
plus illuſtres d'Ecoſſe.

Il fut d'abord Avocat Général au
Parlement de *Rennes,* puis Maître
des Requêtes, & enfin Conſeiller
d'Etat ordinaire.

Il eut auſſi des emplois fort hono-

P. H. DU
CHASTE-
LET.

rables ; comme en 1621. la commiſ-
ſion d'établir le Parlement à *Pau* , &
en l'année 1635. l'Intendance de la
Juſtice dans l'Armée Royale , où le
Roi *Louis XIII*. le Comte de Soiſſons , & le Cardinal *de Richelieu*
étoient en perſonne.

Il fut nommé pour être un des
Commiſſaires au procès du Maréchal
de Marillac : mais ce Maréchal le ré-
cuſa, comme ſon ennemi capital, qui
avoit fait une Satyre Latine en proſe
rimée , tant contre lui que contre le
Garde des Sceaux , ſon frere. On dit
que voulant ſe tirer du nombre des
Juges , il avoit fait ſuggerer lui-même cette récuſation au Maréchal , &
que ſon artifice ayant été découvert
par des perſonnes puiſſantes , qui lui
étoient ennemies , excita la colere du
Roy. Ce qu'il y a de certain, c'eſt qu'-
après la derniere Requête de récuſation qui fut préſentée contre lui à
Ruel , où ſe faiſoit la procedure, il fut
mandé par le Roy à *Saint Germain* ,
& enſuite arrêté , & conduit le même jour à *Villepreux* ; & que durant
ſa priſon il fit , pour ſe reconcilier
avec la Cour , des obſervations ſur le

procès du Maréchal de *Marillac*, qui fervirent à l'en faire fortir.

Il fut de l'Academie Françoife dès fes premiers commencemens, & il en aimoit paffionément les exercices. Auffi ne lui furent-ils pas inutiles, & l'on remarque une très-grande difference entre les Ouvrages qu'il avoit faits auparavant, & ceux qu'il fit depuis l'établiffement de ce corps.

Il fut le premier qui y lut un difcours, fuivant le Réglement qu'on fit alors. Ce difcours qui roula *fur l'Eloquence Françoife* eft du 5. Février 1635. Quoiqu'il fût accoûtumé à parler en public, il affura que jamais Affemblée ne lui avoit paru plus redoutable que celle de l'Academie, & fe fervit de la permiffion que le Réglement donnoit à tous les Academiciens de lire leurs harangues, s'ils vouloient, au lieu de les prononcer.

Il mourut le 6. Avril 1636. âgé de 45. ans & cinq mois, d'une fiévre quarte, par la faute des Medecins, à ce qu'on prétend, & pour avoir été trop faigné.

C'étoit un homme de bonne mine, d'un efprit ardent, & fort réfolu,

P. H. DU qui parloit & écrivoit bien. On lui at-
CHASTE- tribuë quelques bons mots, qui me-
LET. ritent d'être rapportés.

Lorsqu'on fit le procès à M. *de Bou-*
teville, il composa pour lui un Factum, qui fut trouvé également éloquent & hardi. Le Cardinal *de Riche-*
lieu lui ayant reproché que c'étoit
pour condamner la Justice du Roy ;
Pardonnez-moi, lui dit-il, *c'est pour*
justifier sa misericorde, s'il a la bonté
d'en user envers un des plus vaillans
hommes de son Royaume.

Un jour qu'il étoit avec M. de
Saint-Preuil, qui sollicitoit auprès du
Roi la grace du Duc de *Montmoren-*
cy, & qu'il temoignoit beaucoup de
chaleur pour cela, le Roi lui dit : *Je*
pense que M. du Chastelet voudroit avoir
perdu un bras pour sauver M. de Mont-
morency. Il répondit : *Je voudrois, Si-*
re, les avoir perdu tous deux, (car ils
sont inutiles à votre Service,) & en
avoir sauvé un, qui vous a gagné des
batailles, & qui vous en gagneroit en-
core.

Au sortir de sa prison le Cardinal
de Richelieu lui faisant quelque excuse sur sa détention : *Je fais*, lui ré-
pondit-il,

pondit-il , *grande difference entre le* P. H. DU
mal que Votre Eminence fait , & *celui* CHASTE-
qu'elle permet , & *n'en ſerai pas moins* LET.
attaché à ſon ſervice. Et un peu après
ayant été mené à la Meſſe du Roi ,
qui ne le regardoit point , & affec-
toit , ce ſemble , de tourner la tête
d'un autre côté , comme par quelque eſpece de honte, de voir un homme qu'il venoit de maltraiter ; il s'ap-
procha de M. *de Saint-Simon* , & lui
dit : *Je vous prie , Monſieur , de dire*
au Roi que je lui pardonne de bon cœur,
& *qu'il me faſſe l'honneur de me regar-*
der. M. *de Saint-Simon* le dit au Roi ,
qui en rit , & le careſſa enſuite.

Catalogue de ſes Ouvrages.

1. *Obſervations ſur la vie* & *la con-*
damnation du Maréchal de Marillac.
Paris , 1633. *in-*40. It. Dans le Recueil ſuivant.

2. *Recueil de diverſes piéces pour ſer-*
vir à l'Hiſtoire. 1635. *in-fol.* It. *Paris,*
1635. 1643. *in-*40. *Du Chaſtelet* compoſa ce Recueil de piéces faites par
differens Auteurs pour la défenſe du
Roi & de ſes Miniſtres , & mit à la
tête une fort longue Préface , qui eſt
comme une Apologie du Cardinal

Tome XXXVIII. P

de *Richelieu* ; mais dont le style est pompeux jusqu'à l'excès. Parmi les differentes piéces qu'on trouve ici, il y en a quelques-unes qui sont attribuées à *du Chastelet*, & qu'il faut spécifier ici. Telles sont les suivantes.

P. 222. de l'édition *in fol. Les Entretiens des Champs Elisées.* Imprimée en 1631. *in*-8°. L'Abbé de *Saint Germain* dans sa remontrance du *Caton Chrétien* les donne à *du Chastelet* ; mais *Varillas* croit que *Louis de Guron* en est l'Auteur.

P. 440. *Discours au Roi*, touchant *les Libelles faits contre le gouvernement de son Etat.* 1631. *in*-8°. Le P. le Long l'attribuë à *du Chastelet* de même que l'Ouvrage suivant.

P. 465. *L'innocence justifiée en l'administration des affaires.* 1631. *in* 80.

3. *Factum pour Messire François de Montmorency, Comte de Luz & de Boutteville ; & Messire François de Rosmadec, Comte des Chapelles. in fol.* p. 8.

4. *Histoire de Bertrand du Guesclin, Connetable de France,* composée nouvellement & enrichie de piéces originales pour servir de preuves. Par *P. H.*

Seigneur D. C. Paris, 1666. *in-fol.* It. **P. H.** DU
Ibid. 1693. *in-4°.* L'Hiſtoire de *Ber-* CHASTE-
trand du Guesclin paſſe dans l'eſprit LET.
de pluſieurs perſonnes pour fabuleuſe ; mais quand on pourroit douter
de quelques circonſtances qui s'y
trouvent , au moins faut-il tomber
d'accord qu'il a fait une infinité d'ac-
tions, qui lui ont acquis la réputation
du plus brave homme de ſon temps ,
& l'eſtime même de ſes ennemis. On
avoit déja une ancienne Hiſtoire de
ce Héros , écrite en 1387. en vers
François par un Auteur contempo-
rain , & miſe en proſe & publiée par
Claude Menard. Paris , 1618. *in-4°.*
Mais celle de *du Chaſtelet* eſt rédigée
en un meilleur ordre , & le diſcours
en eſt incomparablement plus pur &
plus élegant.

5. *Avis aux abſens de la Cour.* Piéce d'environ 150. Vers, qui eſt ad eſ-
ſée à ceux, qui étoient alors à *Bruxel-*
les avec la Reine Mere *Marie de Me-*
dicis , & Monſieur , frere unique du
Roy.

6. Une Satyre aſſez longue *contre*
la vie de la Cour , qui commence par
ces mots : *Sous un calme trompeur* ;

&c. & qu'on a faussement attribuée à *Theophile*, sous le nom duquel elle se trouve dans les Recueils de *Sercy*, tom. 1. p. 89. est de *du Chastelet*.

7. *Prose impie contre les deux freres Marillacs.* Cette piéce, qui est en prose Latine rimée, se trouve dans le Journal du Cardinal de *Richelieu*.

9. M. *Pellisson* met encore au nombre de ses Ouvrages une Satyre cruelle & sanglante contre un Magistrat, sous le nom de . . . . Je ne sçai ce que c'est.

V. *L'Histoire de l'Academie Françoise de M. Pellisson.*

JEAN CABASSUT.

J Ean *Cabassut* naquit à *Aix* en Provence l'an 1604.

Il entra dès l'âge de 16. ans dans la Congrégation de l'Oratoire, où il a donné pendant toute sa vie de grands exemples d'humilité, de retraite, de mortification & de désinteressement.

Il s'appliqua beaucoup au Droit Canonique, dans lequel il se rendit

fort habile, & qu'il professa à *Avi-
gnon.*

Le Cardinal *Grimaldi*, Archevêque d'*Aix*; le choisit pour son Directeur, le mena avec lui à *Rome*, où il
fut fort estimé, & le détermina à
donner quelque Ouvrages au Public.

C'étoit un homme laborieux, qui
étoit toujours appliqué au travail;
mais il interrompoit sans peine ses
études, dès qu'on venoit lui propo-
ser des cas de conscience, ou des difficultés. Il les décidoit avec une clar-
té, une précision & une modestie,
qui lui gagnoit tous les cœurs. D'ailleurs il ne faisoit acception de qui
que ce fût, & les personnes de la
condition la plus basse avoient audience de lui aussi-tôt que les plus
distinguées.

Il mourut à *Aix* le 25. Septembre
1685. âgé de 81. ans.

Catalogue de ses Ouvrages.

1. *Notitia Conciliorum. Lugduni*,
1667. *in-*8°. It. 2a. *Editio aucta. Ibid.*
1670. *in-*8°. Le premier dessein de
Cabassut dans cet Ouvrage, a été de
donner une notice des Conciles, d'en
expliquer les Canons, de même que

J. CA-les Rits anciens & nouveaux de l'E-
BASSUT. glife , & les principales parties de
l'Hiftoire Ecclefiaftique. Il lui a donné depuis une autre forme , & y a
raffemblé en abregé tout ce qui regarde l'Hiftoire & la Difcipline Ecclefiaftique , ajoutant de temps en
temps des differtations fur plûfieurs
points importans. C'eft dans cette
forme qu'elle a paru fous ce titre :
Hiftoriarum , Conciliorum & Canonum
invicem collatorum , veterumque Eccle-
fiæ rituum ab ipfis Ecclefiæ Chrifti incu-
nabulis ad noftra ufque tempora Noti-
tia Ecclefiaftica. Lugduni , 1680. *in-*
fol. Queique cette édition foit fort
augmentée , il faut cependant avoir
auffi celle de 1670. où l'on trouve
quelques differtations , qui ne font
point dans cette derniere , entre autres une fur les empêchemens diri-
mans des Ordres.

2. *Juris Canonici Theoria & Praxis*
ad forum tam Sacramentale , quàm con-
tentiofum , tum Ecclefiafticum , tum fe-
culare. Lugduni , 1675. *in-*4°. Les éditions fuivantes font meilleures que
cette premiere. Telles font celles de
1685. 1696. 1698.

Du Pin dit qu'il a compofé auffi J. CA-
un Traité de l'Ufure, imprimé à *Aix*, BASSUT.
& qu'il a laiffé quelques décifions
fur diverfes queftions fous le titre
d'*Horæ fubcifivæ.* Je ne fçai ce que
c'eft.

V. *La Bibliotheque des Auteurs Ecclefiaftiques de M. du Pin. Traité de
l'étude des Conciles de M. Salmon* , p.
270.

CORNEILLE LOOS.

C Orneille Loos naquit à *Gouda* ou C. Loos.
Tergou , Ville de la Hollande.
En latinifant fon nom de famille, qui
fignifie en Flamand adroit & rufé ,
& en Grecifant celui de fa patrie , qui
veut dire de l'or , il prit le nom de
Cornelius Callidius Chryfopolitanus.

Ayant embraffé l'état Ecclefiaftique , il fe fit recevoir Docteur en
Theologie à *Mayence* , & fut enfuite
Chanoine dans fa patrie. Mais les
Guerres de Religion , qui trouble-
rent ce Pays-là , l'ayant obligé d'en
fortir , il fe retira à *Mayence* , où il
demeura plufieurs années.

P iiij

C. Lcos. Il employa le temps de son exil à composer divers Ouvrages, tant de Controverse & d'Histoire, que de Pieté. Mais il y en eut qui lui attirerent bien des chagrins.

Il ne croyoit rien de tout ce qu'on raconte des Sorciers, & il trouvoit fort étrange qu'on fît mourir tant de personnes accusées d'avoir fait un pacte avec le démon, & d'aller aux assemblées nocturnes du Sabbat. Il ne se contenta pas d'ouvrir là-dessus son cœur en conversation, & d'écrire plusieurs lettres qui tendoient à faire cesser les procedures des Magistrats contre les Sorciers, il composa aussi un Livre *de vera & falsa Magia*, & l'envoya secretement à *Cologne* à un Libraire pour le faire imprimer.

Son dessein ayant été découvert, il fut mis en arrêt par ordre du Nonce du Pape, dans le Monastere de *S. Maximin* près de *Treves*, & on l'obligea de se dédire ignominieusement. Dans sa retractation il reconnoît qu'il a soutenu plusieurs propositions erronées & scandaleuses, suspectes d'héréfie & de leze-Majesté,

féditieuses & témeraires, & que fon
Livre eft plein de calomnies impu-
demment & infolemment répanduës
fur les Magiftrats Séculiers & Ecclefiaftiques. Il eft bon de rapporter ici
les articles de fa retractation , pour
faire connoître ce que l'on penfoit
alors fur cette matiere. Ils font au
nombre de feize conçus en ces termes.

1. *In primis revoco , damno , reji-*
sio, ac improbo (quod fæpe fcriptis ver-
bifque pertinaciter apud multos afferui ,
quodque tanquam hujus difputationis
meæ caput ac palmarium effe volui) ni-
mirum fantafticam effe, & tanquam fu-
perftitionem vanam pro figmentis haben-
dam, quæ de corporali Magorum & Sa-
garum eveêtione , five tranflatione fcri-
buntur ; tum quod hæreticam pravita-
tem prorfus fuboleat ; tum quod feditio-
nibus hæc opinio admixta , proindeque
læfæ Majeftatis crimen fapiat.

2. *Nam (quod fecundo loco revoco)*
miffis ad diverfos clam litteris , contra
Magiftratum pertinaciter abfque folidis
rationibus divulgavi, curfum Magicum
falfum effe & imaginarium : afferendo
infuper tortura acerbitate miferas cogi

C. Loos. ea fateri, quæ numquam fecerunt, dura laniena fanguinem innoxium fundi,
nova alchimia ex humano fanguine au-
rum & argentum elici.

3. *Ex quibus & id genus aliis, partim in vulgus per privata colloquia,
partim diverfis ad utrumque Magiftratum datis epiftolis, fuperiores ac Judi-
ces apud fubditos tyrannidis notavi.*

4. *Et confequenter cum Rev. & Ill.
Archiepifcopus & Princeps Elector Tre-
virenfis non folum magos & fagas in
fua Diœcefi fuppliciis dignis affici finat,
fed etiam leges de ordine fcriptibufque
judiciariis Maleficarum ediderit, incon-
fulta temeritate præfatum Electorem Tre-
virenfem tyrannidis tacite infimulavi.*

5. *Revoco præterea & damno conclu-
fiones hafce meas : non effe maleficos,
qui Deo abrenuncient, dæmoni cultum
exhibeant, tempeftates inducant, opera
diaboli & fimilia opera perpetrent, fed
omnia effe fomnia.*

6. *Ad hæc Magiam non dici Male-
ficium, nec magos maleficos, & locum
Exodi XXII. Maleficos non paticris vi-
vere, intelligi de iis qui veneno natura-
li naturaliter applicato occidant.*

7. *Pactum nullum effe, nec exiftere*

posse inter dæmonem & hominem.

8. *Dæmones non assumere corpora.*

9. *Vitam Hilarionis à D. Hierony-mo scriptam non esse authenticam.*

10. *Nullum concubitum dæmonis cum homine.*

11. *Nec dæmones, nec magos posse tempestates, pluvias, grandinem, &c. ciere, & mera esse somnia, quæ de his dicuntur.*

12. *Spiritus ad formam à materia separatam posse videri ab homine.*

13. *Temerarium esse affirmare, quod quidquid dæmones possunt, etiam magi possint eorum operâ.*

14. *Sententiam illam, quod dæmon superior inferiorem possit expellere, esse erroneam, & inferre injuriam Christo. Lucæ XI.*

15. *Pontifices in suis bullis non dicere, quod Magi & Malefici talia opera (ut supra dictum est) perpetrent.*

16. *Pontifices Romanos dedisse facultatem inquirendi in Maleficos, ne si contra fecissent, fictæ magiæ insimularentur, quemadmodum antecessores eorum aliquot vere magiæ fuerunt insimulati.*

Cette rétractation fut revêtuë de tou-

C. Loos. tes les formes juridiques. Un Notaire
affiſté de deux témoins en dreſſa l'acte dans le Couvent de *S. Maximin* le
15. Mars 1592. Cet acte eſt devenu
public par les ſoins de *Martin Delrio*,
Jeſuite, qui ayant ſçu où étoit l'original, en fit tirer une copie, qu'il a
inſerée dans le 1. *Appendix* du 5e. Livre de ſes *Diſquiſitiones Magicæ*. La
crainte qu'il avoit que les Tribunaux
ne diminuaſſent leur vigilance à faire
brûler les Sorciers & Sorcieres lui faiſoit regarder l'Ouvrage de *Loos*, comme très-dangereux ; & il apprehendoit qu'il ne fût enfin imprimé par
les ſoins de quelque diable ; c'eſt
pourquoi il s'empreſſa de rendre publique la retractation de cet Auteur,
afin qu'elle ſervît d'antidote, au cas
que ce malheur arrivât.

Il nous inſtruit lui-même de cette
particularité, qui ne donne pas une
grande idée de ſa bonne foy & de ſon
jugement. Car il ſembloit ſuppoſer
par là que les raiſons de *Loos* étoient
ſuffiſantes pour faire revenir les Juges
de la prévention où ils étoient, &
pour leur faire changer de conduite.
Si cela n'avoit pas été ainſi, il n'avoit

qu'à publier lui - même l'Ouvrage , C. Loos.
& à y répondre folidement. Sa réponfe auroit produit plus d'effet qu'une
retractation forcée , & qu'il reconnoît lui-même avoir été faite contre
les fentimens de *Loos*. Mais il avoit
pris fon parti fur cette matiere , & il
ne vouloit plus rien examiner. Bien
different en cela de fon confrere,
Frederic Spée , Jefuite Allemand, qui
ayant , en qualité de Confeffeur , ac-
compagné au fupplice un grand nombre de prétendus Sorciers , fans en
avoir jamais pû trouver un qui le fût
véritablement , tâcha de faire ceffer
les pourfuites des Magiftrats contre
eux , en publiant en 1632. un Ouvrage intitulé : *Cautio Criminalis ; feu*
de proceffibus contra fagas liber.

Loos mis en liberté après fa retractation, fe retira à *Bruxelles* , où il fut
Vicaire de l'Eglife de Nôtre-Dame
de la Capelle. Accufé depuis de per-
fifter dans fes premieres opinions ,
il fut emprifonné comme relaps , &
ne fortit de prifon qu'après une affez
longue captivité.

Une troifiéme accufation étoit prê-
te à éclore contre lui , lorfqu'il mou-

C. Loos. rut à *Bruxelles* le 3. Février 1595. Il
fut enterré dans le Cimetiere de Nô-
tre Dame de la Capelle , comme il
l'avoit ordonné par son testament.

Catalogue de ses Ouvrages.

1. *Apologia in Orationem Philippi*
Marnixii pro Matthia Archiduce Aus-
triæ & Ordinibus Belgicis , Wormatiæ
habitam. Luxemburgi , 1578. *in*-4°.

2. *De tumultuosa Belgarum rebellio-*
ne sedanda ; sive spiritus vertiginis
utriusque Germaniæ in Religionis dissi-
dio , (unde cunctæ calumnitates) vera
origo , progressus ac indubitatus curan-
di modus, cum rejectione inefficacium ad
hoc remediorum , adductis huc pruden-
tissimis quorumdam consultationibus.
Moguntiæ , 1579. *&* 1582. *in*-8°.

3. *Illustrium Germaniæ Scriptorum*
Catalogus. Quo doctrina simul & pieta-
te illustrium vita & opera celebrantur ;
quorum potissimum ope Litterarum stu-
dia Germaniæ ab anno 1500. *usque* 81.
sunt restituta , & sacra Fidei Dogmata
à profanis Sectariorum novitatibus , &
resuscitatis veteribus olim damnatis hæ-
reseon erroribus vindicata. Cornelio Loos
Callidio auctore. Moguntiæ , 1581. *in-*
8°.

4. *Defenſio Urbis & Orbis adverſus* C. Loos. *Chriſtianum Franckenium cæteroſque Sectarios,* ἀπολατρείαν *impie aſſerentes. Moguntiæ,* 1581. *in-8°.*

5. *Thuribulum aureum ſanctarum precationum. Ibid.* 1581. *in-8°.*

6. *Duellum fidei & rationis : an in Euchariſtiæ Sacramento vere ſit corpus Domini, adverſus Paradoxa VI. Franckenii. Ibid.* 1581. *in-8°.*

7. *Scopæ Latina, ad purgandam linguam à barbarie ; Alphabetica Serie. Moguntiæ,* 1582. *in 80.*

8. *Eccleſiæ Venatus, ſeu altera ejus functio, circa Fidei Miniſterium in reducendis deviis. Coloniæ,* 1585. *in-80.*

9. *Apparatus menſæ Dominicæ, pia exercitia, tum ſelectas preces & pulchras meditationes continens. Coloniæ,* 1591. *in-8°.*

10. *Officium S. Sacramenti, cum precibus. Ibid.* 1591. *in-80.*

11. *Epitome Melchioris Cani de locis Theologicis. Moguntiæ. in-8°.*

V. *Sweertii Athenæ Belgicæ. Valerii Andreæ Bibliotheca Belgica. Martin. Delrio, Diſquiſitiones Magicæ, Liv.* 5. *& l'Appendix* 1.

ORONCE FINÉ.

Oronce Finé naquit l'an 1494. à *Briançon* dans le Dauphiné, de *François Finé*, Medecin de cette Ville.

Ayant perdu son pere dans sa premiere jeunesse, il vint à *Paris* dans le dessein de s'y donner entierement à l'étude. Le peu de bien que son pere lui avoit laissé ne lui permettoit pas de le faire sans le secours de quelque Patron; mais il en trouva heureusement un en la personne d'*Antoine Silvestre*, qui étoit comme lui de *Briançon*, & qui régentoit les Belles-Lettres au College de *Montaigu*.

Etant entré par son moyen au College de *Navarre*, il y fit ses Humanités & son cours de Philosophie. Il s'appliqua avec soin à toutes les parties de cette derniere Science, telle qu'on l'enseignoit alors; mais il s'attacha plus particulierement aux Mathematiques, ausquelles il étoit porté par une inclination naturelle.

Il ne fut point rebuté par le peu d'estime qu'on faisoit alors de cette Science,

Science, & par la necessité où il se ORONCE
voyoit réduit de s'y avancer de lui-FINE'.
même, & sans le secours d'autrui.
Ces obstacles ne l'empêcherent point
d'y faire d'assez grands progrès pour
le temps où il vivoit. Il se rendit habile dans la Méchanique, & comme
il avoit également l'esprit propre à
l'invention des instrumens & la main
adroite à y travailler, il acquit beaucoup de réputation par les essais qu'il
donna de son industrie en ce genre.

Le Roi *François I.* ayant envoyé en
1517. le Concordat à l'Université
pour l'y faire recevoir, il y eut de
grandes oppositions, & les choses
allerent si loin, que ce Prince fit arrêter au mois de Mai de l'année suivante 1518. plusieurs de ses Membres
qui s'opposoient avec le plus de vi-
vacité à sa réception. *Finé* fut de leur
nombre, & demeura plusieurs années
en prison, où il étoit encore le 27.
Octobre 1524. Car on voit par les
Actes de la Faculté des Arts, qu'on
y proposa ce jour-là de présenter une
Requête à la Reine Mere, qui gou-
vernoit pendant la captivité du Roi,
pour demander son élargissement,

Tome XXXVIII. Q

ORONCE & que la Nation d'Allemagne se
FINE'. chargea de ce soin. Il est à présumer
que les sollicitations eurent leur effet, puisqu'on le voit l'année suivante 1525. donner au Public quelques
Ouvrages.

Il fit depuis des leçons particulieres de Mathematiques, & enseigna
ensuite publiquement cette Science
dans le College de *Maître Gervais.*
Il s'en acquitta avec tant de réputation, qu'on le proposa à *François I.*
comme le sujet le plus capable d'enseigner les Mathematiques dans le
nouveau College qu'il fonda alors à
Paris.

Il fut chargé de ce nouvel emploi
vers l'an 1532. & le remplit jusqu'à
sa mort. Son assiduité à instruire ses
Auditeurs ne l'empêcha pas de publier un grand nombre de Livres,
sur presque toutes les parties des Mathematiques. Il se fit par tout cela un
si grand nom, que les personnes les
plus qualifiées, & même les Ambassadeurs des Princes étrangers, se faisoient un plaisir de l'aller visiter, pour
voir ses machines de Mathematique,
& pour l'entendre.

Mais tout cela ne l'enrichit pas; Oronce il fut au contraire obligé de lutter Fine. toute fa vie contre la pauvreté, n'ayant pour tout bien que fes gages de Profeffeur Royal, quoiqu'il fût chargé d'une nombreufe famille. C'eft une chofe dont il s'eft plaint fouvent dans fes Epitres dédicatoires, quoique fans aucun fruit.

Il mourut auffi pauvre qu'il avoit vêcu le 6. Octobre 1555. âgé de 61. ans, & fut enterré aux Carmes de la Place Maubert. Il avoit enfeigné les Mathematiques à *Paris* pendant plus de trente ans.

C'eft fans doute de lui que *Corneille Agrippa* a voulu parler dans fa Lettre 62. du 4e. Livre, datée de *Lyon* le 3. Novembre 1526. où après s'être plaint de fa difgrace, qu'il attribue à un horofcope qu'il avoit fait du Connetable de *Bourbon*, il ajoute qu'il n'avoit pas fongé à l'avanture d'un grand Mathematicien, qui avoit été long-temps en prifon pour un femblable fujet. *Nefciebam*, dit-il, *me prædario Aftrologum conductum, quodque mihi, quod ars illa dictat, monendi dicendique jus relictum non effet; vo-*

Q iij

ORONCE
FINÉ. *curitque extemplo Orintius Parrhisiorum insignis Mathematicus & Astrologus, qui dum veriora, quàm poterat, vaticinaverat, iniquissima captivitate diutine vexatus est.* Agrippa, qui avoit sçu l'emprisonnement de *Finé*, & qui sçavoit qu'il s'appliquoit aux Mathematiques & à l'Astrologie, s'étoit imaginé que cette disgrace lui étoit arrivée, parce qu'il avoit prédit des choses qui ne plaisoient point à la Cour : mais il en ignoroit la veritable cause, que *du Boulay* nous a apprise, dans son Histoire de l'Université.

Finé avoit pris pour devise ces mots : *Virescit vulnere virtus*, apparemment pour faire allusion à sa prison, ou aux persécutions de ses envieux, qui devoient le tourmenter continuellement, puisqu'il s'en plaint dans la plûpart de ses Ouvrages, qu'il a terminés par cette devise.

Il laissa en mourant sa femme *Denise Blanche*, chargée de six enfans, cinq garçons & une fille, & outre cela de beaucoup de dettes. Le triste état où il s'étoit vû avec sa famille, & les sollicitations inutiles qu'il avoit

faites à la Cour, pour obtenir les re- ORONCE
compenfes qu'on lui avoit promifes FINE'.
plufieurs fois, lui avoient même cau-
fé la maladie dont il mourut, comme nous l'apprenons de l'Epitre dédicatoire que *Jean Finé* fon fils a mife à la tête de fon Livre *de Solaribus*
Horologiis. Mais le fouvenir de fon
mérite fit pour fes enfans ce que fon
mérite n'avoit pû faire pour lui. Il fe
trouva plufieurs *Mecenes*, qui en fa
confideration foulagerent l'indigen-
ce de fa famille.

Deux de fes fils prirent le parti des
Sciences, & fe firent recevoir Doc-
teurs, l'un en Droit, & l'autre en
Theologie.

Jean Finé, qui eft le plus connu,
fit fes études d'Humanités, de Philofophie & de Theologie au College
de *Navarre*, & profeffa enfuite pendant quelques années la Philofophie
au College d'*Harcourt*. Il fut reçu
Docteur en Theologie en 1565. &
devint dans la fuite Chanoine de l'E-
glife de *Meaux*. Il étoit en 1608.
Doyen de la Faculté de Theologie de
Paris. Dès l'an 1564. Il avoit été Procureur de la Nation de France, &

ORONCE avoit été élû l'année suivante 1565.
FINÉ. Recteur de l'Université. Il est nommé en quelques endroits *Jean-Oron-*
ce Finé.

Catalogue de ses Ouvrages.

1. *Joannis Martini Salicei, Hispa-*
ni, Arithmetica, Theorica & Practi-
ca, edita & correcta ab Orontio Fineo.
Parif. 1514. *in-4°.* De Launoy s'est
trompé en mettant l'année 1519. Cet
Espagnol, devenu depuis Cardinal,
est mort en 1557.

2. *Margareta Philosophica, rationa-*
lis & moralis Philosophiæ principia XII.
Libris Dialogice complectens, olim ab
ipso Autore recognita, nuper correcta
& aucta; una cum Appendicibus iti-
dem emendatis. Parif. 1523. *in-4°.* It.
Basileæ, 1533. *in-4°.* L'Ouvrage est
originairement de *Gregoire Reisch,*
Allemand, qui le composa avant que
de se rendre Chartreux. On en faisoit
autrefois beaucoup de cas; mais il est
maintenant tombé entierement dans
l'oubli.

3. *Theorica novæ Planetarum, id est,*
septem errantium siderum, nec non oc-
tavi orbis, seu firmamenti; auctore Geor-
gio Purbachio, Germano. Nuper sum-

ma diligentia Orontii Finæi emendata , ORONCE
figuris item oportuniſſimis & ſcholiis non FINE'.
*aſpernandis illuſtrata, longeque caſtiga-
tius quam antea ipſo curante coimpreſſæ.
Pariſ. 1525. in-4º.* feüill. 44. *Finé*
commença à ſe faire connoître en publiant & corrigeant les Ouvrages des
autres.

4. *Nouvelle deſcription de la France.
Pariſ,* 1525. & 1557. It. *Veniſe,* 1566.
En une grande feüille. C'eſt une Car-
te Geographique.

5. *Protomatheſis ; opus varium ac ſci-
tu non minus utile quàm jucundum ;
nunc primum in lucem emiſſum. Pariſ.*
1532. *in-fol.* feüill. 207. L'Epître dédicatoire au Roi *François I.* eſt datée
du 1. Janvier 1531. c'eſt-à-dire, 1532.
ſuivant notre maniere de compter.
On trouve ici quatre Ouvrages differens de *Finé* , qui ſont les ſuivans.

De Arithmetica practica Libri IV.

De Geometria Libri duo. Cet Ouvrage a un titre particulier qui porte l'an 1530. Cependant les chiffres
des feüillets de tout le Recueil ſont
ſuivis.

*De Coſmographia, ſive Mundi Sphæ-
ra Libri V.* propriis ejuſdem *Orontii*

ORONCE
FINÉ.

Commentariis elucidati. Leur titre particulier porte aussi l'année 1530.

De Solaribus Horologiis & Quadrantibus Libri IV. De l'an 1531.

Ces quatre Ouvrages avec un autre que *Finé* donna depuis sur les Miroirs ardens, ont été traduits en Italien, & publiés sous ce titre : *Opere di Orontio Fineo, divise in cinque parti, Aritmetica, Geometria, Cosmografia, e Orivoli tradotte da Cosimo Bartoli, Academico Fiorentino; & gli Spechi tradotti dal Caval. Ercole Brottigaro, Gentilh. Bolognese. In Venetia, 1587. in-4o.* It. *Ibid.* 1670. *in-4o.* pp. 776.

6. *Epitre en rime présentée au Roy François I. touchant la dignité, perfection, & utilité des Sciences Mathematiques; en laquelle est introduite Philosophie parlant audit Seigneur. Paris, 1531. in-8o.* It. A la tête de *la Sphere du Monde* de *Finé* dont je parlerai plus bas. *Ibid.* 1551. *in-4o.*

7. *Quadrans Astrolabicus, omnibus Europæ regionibus inserviens; ex recenti & emendata ipsius Autoris recognitione in ampliorem ac longe fideliorem redactus cognitionem. Parif.* 1534. *in-fol.* feüill. 18.

8. *Nova deſcriptio terrarum, ad in* ORONCE
telligentiam utriuſque Teſtamenti maxi- FINE'.
me conducentium. Pariſ. 1536. C'eſt
une Carte Geographique.

9. *Orbis totius recens & integra deſ-*
criptio ad cordis humani effigiem. Ibid.
1536. C'eſt une autre Carte Geographique.

10. *In ſex priores Libros Geometri-*
corum Elementorum Euclidis, Mega-
renſis, demonſtrationes, Græcè & La-
tinè ; cum interpretatiòne Latina Bar-
*tholomæi Zamberti, Veneti. Pariſ.*1536.
in-fol. It. Recens auctæ & emendatæ.
Ibid. 1544. *in fol.* C'eſt la 2e. édition.
Finè ne s'eſt appliqué ici qu'à expliquer le plus clairement qu'il lui a été
poſſible la penſée d'*Euclide*, ſans en-
treprendre de donner de nouvelles
démonſtrations.

11. *In proprium Planetarum Æqua-*
torium omnium antea excogitatorum &
intellectu & uſu facillimum Canones,
ab ipſo Autore recens aucti & emenda-
ti. Pariſ. 1538. *in - 8°.* pp. 31. non
chiffrées. Comme l'Auteur a ſouvent
fait reparoître les mêmes choſes ſous
differentes formes , pour multiplier
ſes Ouvrages & ſon gain , il eſt preſ-

que impossible de marquer au juste la date des premieres éditions, d'autant plus qu'elles sont presque entierement disparuës, & que *Finé* à supprimé dans les nouvelles les anciennes Epitres dédicatoires pour leur en substituer d'autres.

12. *De Mundi Sphæra, sive Cosmographia primave. Astronomiæ parte Libri V. inaudita methodo ab Autore renovati, propriisque tum Commentariis & figuris, tum demonstrationibus & tabulis recens illustrati.*

Ejusdem Orontii, rectarum in circuli quadrante subtensarum (quos sinus vocant) demonstratio, supputatioque facillima, nunc primum edita, una cum eorumdem sinuum tabula, fideli admodum calculo restituta.

Ejusdem Orontii Organum Universale, ex supradicta Sinuum ratione contextum, quo tum Geometrici, tum omnes Astronomici Canones, ex quatuor sinuum proportione pendentes, mira facilitate practicantur. Paris. 1542. infol. Finé a donné depuis deux nouvelles éditions du premier Ouvrage qu'on voit ici, sous cet autre titre, qui leur est commun à quelque chose

près. *Sphæra Mundi , five Cofmogra-* ORONCE
phia quinque libris recens auctis & FINE'.
emendatis abfoluta ; in qua tum prima
Aftronomiæ pars , tum Geographiæ ac
Hydrographiæ rudimenta pertractan-
tur. Parif. 1551. *in-*4°. It. *Parif.* 1555.
in - 4°. Il l'a même traduit en François , & publié fous ce titre.

13. *La Sphere du Monde proprement*
ditte Cofmographie , compofée nouvelle-
ment en François , & divifée en cinq li-
vres , comprenant la premiere partie de
l'Aftronomie, & les principes univerfels
de la Geographie & Hydrographie.
Avec une Epitre touchant la dignité ,
perfection , & utilité des Sciences Ma-
thematiques. Paris , 1551. *in-*40.

14. *De his quæ Mundo mirabiliter*
eveniunt ; ubi de fenfuum erroribus &
potentiis animæ , ac de influentiis Cælo-
rum Fr. Claudii Cæleftini Opufculum.
De mirabili poteftate artis , & naturæ ,
ubi de Philofophorum lapide , Fr. Roge-
rii Bachonis , Anglici , libellus. Hæc
duo gratiffima & non afpernanda opuf-
cula Orontius Fineus diligenter recog-
nofcebat , & in fuam redigebat harmo-
niam. Parif. 1542. *in-*40.

15. *De Arithmetica practica Libri*

quatuor. Paris. 1542. *in-*4°. *Finé* nous
apprend dans l'Abregé de cet Ouvrage, qu'il donna en 1544. qu'il avoit
déja été imprimé trois fois, en 1532.
1535. & 1542. J'ai parlé de la premiere édition, il s'en fit encore une
autre en 1555. *in-*4°.

16. *Canons des Ephemerides. Paris,*
1543. *in-*8°. C'est la premiere édition, que je n'ai point vûë; la seconde est intitulée: *Les Canons & Docu-*
mens très-amples, touchant l'ufage &
pratique des communs Almanachs, que
l'on nomme Ephemerides. Briefve & if-
gogique introduction fur la judiciaire
Aftrologie pour favoir prognoftiquer des
chofes advenir, par le moyen des dites
Ephemerides. Avec un Traité d'Alca-
bice nouvellement adjoûté, touchant les
conjonctions des Planetes en chacun des
douze fignes, & de leurs prognoftica-
tions ès revolutions des années. Le tout
fidelement & très clerement redigé en
langaige François, par Oronce Finé.
Paris, 1551. *in-*8°. feüill. 37. On
voit à la tête une Epitre en vers de
l'Auteur à M. *André Blondet,* Tréforier Général de l'Epargne; dans laquelle il lui dit qu'il avoit dédié la

premiere édition à M. *du Val*, son ORONCE
prédecesseur ; & qu'ayant augmenté FINE.
son Ouvrage, il lui dédie celle-ci,
afin qu'il lui paye sa pension lorsqu'elle sera échuë, parce qu'il n'a-
voit pas d'autre revenu. *Du Verdier*
marque encore une édition de l'an
1556. faite à *Paris in*-8o.

17. *De Quadratura Circuli ; de Circuli mensura ; de multangularum omnium & regularium figurarum descri-
ptione ; de inveniendâ Longitudinis lo-
corum differentia, aliter quàm per lu-
nares Eclipses, etiam dato quovis tempore ; Plani sphærium Geographicum.
Paris.* 1544. *in-fol.* Finé se glorifioit à
tort d'avoir trouvé la quadrature du
Cercle ; c'est une chose à laquelle
personne n'a pû encore parvenir.

18. *Orontii Finæi Arithmetica practica in compendium per Autorem ipsum
redacta, multisque accessionibus locupletata. Paris.* 1544. *in-*8o. feüill. 95.
Cet abregé est en quatre Livres, comme l'Ouvrage même.

19. *De Universali quadrante, si-
nuumque Organo, quo tum Geometrici,
tum Astronomici Canones ex quatuor
sinuum rectorum proportione pendentes,*

mira facilitate pertractantur, liber singularis. Paris. 1550. *in*-4°. feüill. 10.

20. On trouve à la tête du Livre d'*Antoine Mizauld* intitulé : *Æsculapii & Uraniæ Medicum simul & Astronomicum conjugium. Lugduni,* 1550. *in*-4°. une piéce de 18. vers de la façon de *Finé* à la loüange du Livre.

21. Il y a aussi une autre piéce de 56. vers Latins de *Finé* à la tête de *Mizaldi Planetologia. Lugduni,* 1551. *in*-4°. Ces deux amis faisoient ensemble un commerce de loüanges ; *Mizauld* composoit des vers pour mettre à la tête des Ouvrages de *Finé* ; & celui-ci lui rendoit la pareille dans l'occasion.

22. *De Speculo ustorio ignem ad propositam distantiam generante liber unicus : ex quo duarum linearum semper appropinquantium & nunquam concurrentium colligitur demonstratio. Paris.* 1551. *in*-4°. feüill. 25. Cet Ouvrage a été traduit en Italien, comme on l'a vû plus haut.

23. *De duodecim Cœli domiciliis & horis inæqualibus libellus non aspernandus. Una cum ipsarum domorum, atque inæqualium horarum instrumento ad La-*

titudinem Pariſienſem , hactenus ignota Oronce
ratione delineato. Pariſ. 1553. *in*-4º. Fine'.
feüill. 30.

24. *In eos quos de Mundi Sphæra
conſcripſit libros , ac in Planetarum
theoricas Canonum Aſtronomicorum libri duo. Pariſ.* 1553. *in*-4º. feüill. 62.
Ces Canons avoient déja été inſerés
dans les Livres *de Sphæra Mundi* ;
mais il les redonne ici avec des augmentations.

25. *Deſcription de l'Horloge Plane-
taire faite par l'ordre de M. le Cardinal de Lorraine , de l'invention d'Oronce Finé en* 1553. *in*-4º.

26. *De re & praxi Geometrica Libri tres , figuris & demonſtrationibus il-
luſtrati. Ubi de Quadrato Geometrico ,
& Virgis ſeu baculis menſoriis , nec non
aliis , cum Mathematicis , tum Mecha-
nicis. Pariſ.* 1555. *in*-4º. It. *Ibid.* 1586.
in-4º. p. 118. Pierre Forcadel a traduit
cet Ouvrage en François ſous ce titre : *La pratique de la Geometrie d'O-
ronce , Profeſſeur du Roy ès Mathematiques ; en laquelle eſt comprins l'uſage
du Quarré Geometrique, & de pluſieurs
autres inſtrumens ſervans à même effet :
enſemble la maniere de bien meſurer tou-*

tes ſortes de plans & quantités corporel-
les. Avec les figures & démonſtrations.
Revûë & traduite par Pierre Forcadel.
Paris , 1570. in-40. feüil. 64.

27. *De rebus Mathematicis hactenus*
deſideratis Libri IV. quorum primus in-
ventionem duarum rectarum inter datas
extremas continue proportionalium ex-
ponit ; ſecundus rationem Circumferen-
tiæ ad Circuli diametrum exprimit, &
ſic quadraturam Circuli ; tertius inven-
tionem lateris cujuſlibet polygoni regu-
laris in dato circulo deſcripti , reductio-
nemque figurarum rectilinearum in cir-
culum ; quartus omnimodam ſolidorum
tranſmutationem , cum ipſa Sphæræ cu-
bicatione. Cum Præfatione Antonii Mi-
zaldi. Pariſ. 1556. in-fol

28. *La Theorique des Cieux & ſept*
Planetes ; avec leurs mouvemens , orbes
& diſpoſition très-neceſſaire tant pour
l'uſage & pratique des Tables Aſtrono-
miques, que pour la connoiſſance de l'U-
niverſité de ce haut Monde celeſte. Pa-
ris , 1557. in-80.

29. *De Solaribus Horologiis & qua-*
drantibus Libri quatuor. Pariſ. 1560.
in-40. p. 223. L'Epitre dédicatoire
eſt de *Jean Finé*, fils d'Oronce.

30. *Almanach conjunctionum & op-* ORONCE
poſitionum Luminarium, cum iis quæ ad FINE'.
Ecclefiaſticum computum fpectare viden-
tur, 35. *annis inſerviens.* J'ignore la
date de cet Ouvrage, auſſi-bien que
du ſuivant.

31. *Almanach magis univerſale,*
pluribus annis duraturum. En Latin &
en François.

V. *Sa vie par André Thevet dans*
le 7ᵉ. tome de ſon Hiſtoire des Hommes
Illuſtres. Sammarthani Elogia. Joannis
Launoii, Navarræ Gymnaſii Hiſtoria,
tom. 2. *p.* 678. *Les Eloges de M. de*
Thou, & les Additions de Teiſſier. Du
Boulay Hiſtoria Univerſitatis Pariſien-
ſis, tom. 6. *p.* 965. Bayle, *Dictionnai-*
re. La Bibliotheque du Dauphiné de
Guy Allard. Les Bibliotheques Fran-
çoiſes de la Croix du Maine & de du
Verdier. Les Epitomes de Geſner.

MARTIN HANKIUS.

Martin Hankius naquit à *Born*, dans le voisinage de *Breslaw* en Silesie le 15. Février 1633. de *Jean Hankius*, Ministre de ce lieu, & d'*Agnès Pittich*.

Il fit ses études d'Humanités à *Breslaw*, & alla ensuite à *Jene*, où il fit son cours de Philosophie, après lequel il fut reçu Maître-ès-Arts. Il s'y donna aussi quelque temps à la Theologie, mais il ne suivit point cette sorte d'étude.

Il fut ensuite Precepteur de *Gedeon Wangenheim*, jeune homme de consideration.

Son mérite & sa capacité s'étant fait connoître à *Ernest*, Duc de *Saxe-Gotha*, ce Prince le fit venir à *Gotha*, & le chargea d'enseigner la Physique, la Morale, la Politique & l'Histoire à un nombre choisi d'Auditeurs.

La réputation qu'il acquit par-là, engagea la Ville de *Breslaw* à lui donner de l'emploi. Elle le nomma le 8. Décembre 1661. Professeur en Philo-

fophie pratique, en Hiftoire & en Elo- M. HAN-
quence.   KIUS.

En 1670. on le chargea du foin de
la Bibliotheque publique du College de *fainte Elizabeth* ; & il s'en acquitta fi bien , que l'Empereur *Leopold* le fit depuis venir à *Vienne* pour
mettre en ordre certains Livres de la
Bibliotheque Imperiale, & ne le con-
gedia qu'après lui avoir donné des
marques de fon eftime , & lui avoir
fait préfent d'un carcan d'or.

Le 4. Septembre 1681. il fut fait
Sous-Recteur du College de *fainte
Elizabeth* ; place de laquelle il mon-
ta le 15. Mars 1688. à celles de Recteur du même College, & d'Infpec-
teur des Ecoles Lutheriennes.

Il mourut à *Breflaw* le 24. Avril
1709. âgé de 76. ans , & fut enterré
dans la Chapelle de fon College.

Il avoit époufé le 31. Octobre 1662.
Theodore Fechner , fille de *Jean Fechner*, Recteur du College de la Magdeleine à *Breflaw* ; dont il a eu deux
garçons & deux filles.

Catalogue de fes Ouvrages.

1. *De Bonitate & Malitia Morali*.
in-4°. Cette piéce & les deux fuivan-

M. HAN-
KIUS.

tes font des Theses, qu'il a soutenuës,
ou fait soutenir.

2. *De simulatione & dissimulatione.*
in-4°.

3. *De Spiritu Sancto. in-4°.*

4. *De Romanarum Rerum Scriptori-*
bus Liber prior. Lipsiæ, 1669. in-4. La
méthode de l'Auteur est de diviser
ce qu'il a à dire de chaque Auteur
en trois articles, dans le premier des-
quels il met un abregé de leur vie ;
dans le second il parle de leurs écrits
qu'il connoît, & qui appartiennent
à son dessein ; & dans le troisiéme
il rapporte les temoignages qu'on a
rendus aux Auteurs, ou les jugemens
qu'on en a faits. Il en a usé de même
dans les Ouvrages suivans, dans lesquels il y a du travail & des recherches fort utiles.

5. *De Romanarum Rerum Scriptori-*
bus Liber secundus. Lipsiæ, 1675. in-
4°. C'est un supplément au premier
Livre.

6. *De Byzantinarum Rerum Scripto-*
ribus Græcis Liber. Lipsiæ, 1677.
in-4°.

7. *Orationes Parentales, Nuptiales,*
Dramaticæ & Poëmata. Lipsiæ, 1673.

in-8°. Il ne fe paffoit prefque rien de confiderable à *Breslaw* , qu'*Hankius* n'en profitât pour exercer fa veine Poëtique & fon Eloquence. C'eft ce qui paroît par ce Recueil & par un autre dont je parlerai plus bas. Comme on y trouve bien des piéces faites à la hâte , il n'y faut pas chercher rien de parfait. Leur principale utilité eft de renfermer certains faits & certaines dates , qu'on ne trouveroit point ailleurs.

8. *Wratislavienfes Eruditionis propagatores , id eft, Wratislavienfium Scholarum Præfides , Infpectores , Rectores , Profeffores , Præceptores , Tabulis Chronologicis comprehenfi ab anno* 1525. *ad* 1700. *cum annotationibus & tribus Indicibus. Lipfiæ ,* 1701. *in-fol.*

9. *De Silefiorum nominibus Antiquitates. Lipfiæ ,* 1702. *in-*4°.

10. *De Silefiorum Majoribus Antiquitates , ab orbe condito , ad annum Chrifti* 550. *Lipfiæ ,* 1702. *in-*4°.

11. *De Silefiorum rebus ab anno Chrifti* 500. *ad annum* 1170. *Exercitationes. Lipfiæ ,* 1705. *in-*4°. C'eft une fuite de l'Ouvrage précédent.

12. *De Silefiis Indigenis Eruditis poft*

M. HAN-
KIUS. *Litterarum culturam, cum Christianis-
mi studiis, anno 965. susceptam, ab
anno 1165. ad 1550. Liber singularis.
Lipsiæ, 1707. in-4°.*

13. *De Silesiis Alienigenis eruditis,
ab anno C. 1170. ad 1550. Liber singularis. Lipsiæ, 1707. in-4°.* Il est fâ-
cheux que l'Auteur n'ait point ache-
vé cet Ouvrage, & que ses grandes
occupations, jointes à ses infirmités,
l'ayent empêché de mettre en œuvre les materiaux qu'il avoit amassés
pour cela.

14. *Monumenta pie defunctis olim
erecta, nunc in unum collecta volumen
à Gotofredo Hankio. Vratislaviæ, 1718.
in-4°.* C'est un Recueil de Program-
mes, que *Martin Hankius* avoit publiés en differens temps, & que son
fils a pris soin de rassembler.

V. *Son Eloge par Gottlob Kranz,
dans ce dernier Ouvrage & dans le
Journal de Leipsic. 1709. p. 331.*

BENOIST ACCOLTI.

B Enoist *Accolti* naquit à *Arezzo*,   B. Ac-
Ville de la Toscane l'an 1415. de COLTI.
Michel Accolti, Avocat & Professeur en Droit à *Florence*, & de *Marguerite Roselli*.

Après avoir fait avec succès ses études d'Humanités, il se tourna, à l'e-
xemple de son pere, du côté de la
Jurisprudence, qu'il étudia d'abord
à *Florence*, & ensuite à *Boulogne*, où
il fut reçu Docteur en cette Science.

Il la cultiva depuis avec réputation, sans négliger cependant les Belles-Lettres, comme il est facile de
voir par ses Ouvrages.

En 1453. la Ville d'*Arezzo* le dé-
puta à *Florence*, pour assister en son
nom aux funerailles de *Charles Aretin.*

En 1459. il fut élû Secretaire de la
Republique de *Florence* après la mort
du *Pogge*, & il remplit cette charge
avec honneur pendant sept ans, c'est-
à-dire, jusqu'à sa mort.

Il mourut à *Florence* en 1466. âgé
de 51. ans.

B. Ac-
COLTI.

Il avoit épousé *Laure Federighi*, dont il eut *Pierre*, qui fut dans la suite Cardinal, *Bernard* Duc de *Nepi*, & quelques autres enfans.

Catalogue de ses Ouvrages.

1. *De bello à Christianis contra Barbaros gesto pro Christi sepulchro & Judæa recuperandis, Libri IV. Venetiis*, 1532. *in - 4°.* C'est la premiere édition de cet Ouvrage, que *François Cheregati*, qui en deterra un Manuscrit, prit soin de donner au Public. It. *Basileæ. Rob. Winter.* 1544. *in* 80. It. *Venetiis*, 1582. *in - 4°.* It. *Edente cum notis Thoma Dempstero. Florentia*, 1623. *in-4°.* It. *Ex recensione Henrici Hoffnideri. Groningæ*, 1731. *in-8°.* It. Traduit en Italien : *La guerra fatta da Cristiani contra Barbari per la ricuperazione del sepolcro di Cristo, e della Giudea, di Benedetto Accolti, tradotta per Francesco Baldelli. In Venetia*, 1549. *in - 8°. Yves Duchat*, de *Troyes-en-Champagne*, a donné une Traduction Françoise & Grecque de cet Ouvrage, auquel il a joint quelques particularités tirées de l'Histoire de *Guillaume de Tyr.* Sa Traduction Françoise est intitulée : *Histoire de*

de la *Guerre-Sainte* faite par les *François & autres Chrétiens pour la délivran-
ce de la Judée & du S. Sepulchre. Composée en Grec & François par Yves Duchat, Troyen. Paris,* 1620. *in-*8o. p.
516. Sa Traduction Grecque a ce titre Latin après un autre Grec. *Belli
Sacri à Francis aliisque Christianis adversus Barbaros gesti pro Sepulchro &
Judæa recuperandis narrationes quatuor. Ex Latinis Gulielmi Tyrii Episcopi, sed maxime Benedicti de Accoltis,
Aretini, excerpta. Paris.* 1620. *in-*8o.
p. 409. Ces deux Traductions sont
divisées en quatre Livres, comme
l'Original Italien.

2. *Dialogus de præstantia Virorum
sui ævi. Parmæ,* 1689. *in-*12. *Maglia-
bechi* ayant communiqué au P. *Bac-
chini* un Manuscrit de cet Ouvrage,
celui-ci le donna au Public, avec la
Vie d'*Accolti* à la tête. It. *Augusta
Vindelicorum.* 1691. *in-*8o. It. Dans
un Recueil intitulé : *Vitæ summorum
dignitate & eruditione Virorum, cura
Johannis Gerhardi Meuschenii. Coburgi,* 1735. *in-*40. tom. 1. p. 152.

V. Sa *Vie* à la tête de son *Dialogue.*
Le *Journal de Venise,* tom. 11. p.

329. *Jules Negri , Istoria de' Scrittori Fiorentini.*

JEAN TRITHEME.

JEan *Tritheme* naquit le 1. Février 1462. à *Trittenheim* , Village du Diocèse de *Treves* , sur la Moselle , dont il a tiré son nom , de *Jean Heidenberg* , Vigneron de ce lieu.

Il perdit son pere , lorsqu'il n'avoit encore qu'un an , & sa mere, par tendresse pour lui , fut sept ans sans vouloir se remarier. Elle le fit cependant au bout de ce temps , & eut de son nouveau mari plusieurs enfans , qui moururent tous dans la jeunesse , à l'exception d'un fils , nommé *Jacques.*

On ne destinoit pas le jeune *Tritheme* à l'étude , mais lorsqu'il eut quinze ans , il se sentit une inclination si forte pour s'y appliquer , que malgré les mauvais traitemens de son beau-pere , il résolut de s'y donner tout entier. Il fut cependant obligé d'user d'adresse pour cela ; car comme il étoit observé pendant le jour ,

il n'avoit que la nuit pour ſe ſatisfaire. Il alloit alors , lorſque tout le
monde étoit endormi , chez un de
ſes voiſins, qui avoit étudié autrefois,
& il apprit de lui à lire , & les élemens de la Langue Latine, avec beaucoup de facilité.

Mais comme il ne pouvoit trouver dans ce lieu , de quoi aller bien
loin en ce genre , il ſe déroba de la
maiſon maternelle , & paſſa d'abord
à *Treves* , enſuite en quelques autres
endroits , & enfin à *Heidelberg* , où il
eut le moyen de ſe livrer ſans obſta-
cle à ſon goût.

Retournant en 1482. de *Heidelberg* dans ſa patrie , il arriva le 25.
Janvier dans l'Abbaye de *Spanheim.*
Son deſſein étoit d'aller coucher plus
loin , mais les neiges abondantes ,
qui tomberent ce jour-là , l'obligerent à s'arrêter en ce lieu , avec un
ſecret préſentiment, qu'il y demeu-
reroit tout-à-fait.

Il y fit en effet des réflexions , qui
le déterminerent à s'y conſacrer à
Dieu , & la choſe fut exécutée auſſi-
tôt. Il quitta l'habit Séculier le 2. Février , jour de la Purification , âgé

J. TRI-
THEME.

alors de 20. ans, fut reçu au nombre des Novices le 21. Mars suivant, jour de *S. Benoist*, dont il embrassoit la Régle, & fit Profession le 21. Novembre, jour de la Présentation de la Vierge, la même année.

Depuis ce temps-là il s'appliqua avec une ardeur incroyable à l'étude, dans laquelle il fit des progrès fort rapides. Son mérite le distingua même si fort des autres, que l'Abbé de *Spanheim* s'étant démis le 27. Juillet 1483. de cette Abbaye pour aller prendre possession d'un autre, *Tritheme* fut élû Abbé à sa place le 29. du même mois, quoiqu'il n'eût gueres que huit mois de Profession, & qu'il fût le dernier des Profés.

Il reçut la Benediction Abbatiale le 9. Novembre de la même année, de *Berthold*, Evêque de *Paria*, Vicaire de l'Admimistrateur de l'Archevêché de *Mayence*, dans l'Eglise de *S. Jacques* près de cette Ville.

Il travailla avec ardeur pendant 23. ans qu'il gouverna cette Abbaye, à la rétablir dans cet état florissant où elle avoit été autrefois, & que la négligence, la mauvaise conduite, &

la dissipation de ses Predecesseurs lui
avoient fait perdre.

Il mit en ordre le temporel, paya
les dettes qu'on avoit contractées, fit
revenir certains biens qui avoient été
engagés ou alienés, repara les bâti-
mens qui tomboient en ruine, & en
fit construire de nouveaux.

Il rétablit la Discipline Monasti-
que, & la régularité, fit refleurir les
Etudes qui étoient entierement négli-
gées, & inspira par son exemple à ses
Moines, qui avoient vêcu jusques-là
dans la faineantise & la débauche, du
goût pour la Pieté & les Sciences.

Lorsqu'il prit possession du gouvernement, la Bibliotheque de l'Abbaye n'étoit composée que de 48. volumes, qui encore étoient de peu de
valeur, & assez inutiles. Mais il s'appliqua si sérieusement à en former
une, qui pût être utile à ses Religieux, qu'en 1502. il en avoit déja
amassé 1646. & qu'il en augmenta depuis le nombre jusqu'à deux mille.
Nombre très-considerable pour ce
temps là, & qui attira souvent à
Spanheim des Princes, des Evêques
& plusieurs autres personnes de con-

J. TRI-
THEME.

sideration, qui y alloient par curiosité voir *Tritheme* & sa Bibliotheque.

En 1505. *Philippe*, Comte Palatin
du Rhin l'engagea à se rendre à *Heidelberg*, pour conférer avec lui au sujet du Monastere de *Limpurg*, qui
avoit été brûlé, & qu'il vouloit faire
transferer à *Wachenheim. Tritheme* y
tomba malade; ce qui l'engagea à y
faire un plus long séjour qu'il n'auroit voulu. Pendant son absence,
quelques Moines de *Spanheim* mirent
le trouble dans cette Abbaye, & sou-
leverent presque tout le monde contre lui. Il attendit pendant quelque
temps tant à *Cologne*, qu'à *Spire*, pour
voir à quoi les choses se termine-
roient. Mais ayant enfin appris que
le trouble ne faisoit qu'augmenter,
il résolut de ne plus retourner en ce
lieu; & accepta avec plaisir l'Abbaye
de S. *Jacques* de *Wirtzbourg*, qu'on
lui offrit, & dont il prit possession
le 15. Octobre 1506.

Il vêcut depuis tranquillement, occupé de l'étude, & du gouvernement
de ce nouveau Monastere, sans vouloir accepter les offres que differens
Princes lui firent pour l'attirer à leurs

Cours, perfuadé que cela ne convenoit point à fon état.

Il mourut le 16. Décembre 1516.
dans fa 55ᵉ année, & fut enterré
dans l'Eglife de fon Abbaye, avec
cette infcription.

*Anno Domini.1516. ipfo die S. Luciæ
obiit venerabilis Pater Dominus Joannes Trithemius, Abbas hujus Cœnobii,
cujus anima in fancta requiefcat pace.*

C'étoit un homme verfé dans tous
genres d'érudition. Il étoit Philofo-
phe, Mathematicien, Poëte, Hiftorien & Theologien, & poffedoit les
Langues Hebraïque, Grecque & Latine ; mais il n'écrivoit ni élégam-
ment, ni poliment.

Catalogue de fes Ouvrages.

*Joannis Trithemii Opera Hiftorica :
edente Marquardo Frehero. Francofurti,* 1601. *in fol.* Deux parties.

La premiere partie contient les Ouvrages fuivans.

1. *Chronologia Myftica de feptem fe-
cundeis, five Intelligntiis, Orbes poft
Deum moventibus. Ad Maximilianum,
Romanorum Imperatorem.* 1545. *in-8o.*
It. *Coloniæ,* 1567. *in-8o.* It. *Cum Præ-
fatione Georgii Pfluegeri,* à la fuite de

J. Tri-
theme.

la *Polygraphia. Argentorati*, 1600. in-
80. It. *Traduite en Allemand. Nuremberg*, 1522. *in*-4°.

2. *Compendium*, *sive Breviarium
primi voluminis Chronicorum de origine
Gentis & Regum Francorum per annos
1189. à Marcomiro ad Pipinum Regem.
Moguntiæ*, 1515. *in - fol.* It. *Parif.*
1539. *in-fol.* It. A la p. 301. du 1.
tome des Hiftoriens d'Allemagne
donnés par *Simon Schardius. Bafilea*,
1574. *in-fol.* Cet Ouvrage, qui n'eft
qu'une fuite de Fables, de même que
le fuivant, eft tiré de l'Hiftoire de
Waftald.

3. *De Origine Gentis Francorum*,
*ex duodecim ultimis Hunibaldi Libris
de Francis Epitome. Moguntiæ*, 1515.
in-fol. Avec le précédent. It. *Parif.*
1539. *in fol.* It. Dans le Recueil de
Schardius à la fuite de l'Ouvrage précédent. It. Avec le même à la p. 1011.
d'un autre Recueil donné par *Jean-
Pierre Ludewig*, fous le titre de
*Rerum Herbipolitanarum Scriptores.
Francofurti*, 1713. *in-fol.* Hunebaud
a continué l'Hiftoire de *Waftald* l'ef-
pace de 926. ans jufqu'à la mort de
Clovis en 512.

4.

4. *Chronicon ſucceſſionis Ducum Ba-* .I. TRI-
varia, & Comitum Palatinorum. Fran- THEME.
cofurti, 1544. 1549. *in-4°.* It. *Tra-*
duit en Allemand par Philippe Erneſt
Voëgelin. Francfort, 1616. *in-4°.* Cet
Ouvrage va juſqu'à l'an 1475.

5. *De Luminaribus Germaniæ liber*
unus ; ſive Catalogus Illuſtrium Viro-
rum, Germaniam ſuis ingeniis & lucu-
brationibus omnifariam exornantium; ad
Jacobum Wimphelingum, cum ejuſdem
Proſtheſi, ſive additamento. Mogun-
tiæ, 1495. *in-fol.* Ce Catalogue fait
mention de pluſieurs grands hommes, qui ne nous ſont point connus
d'ailleurs ; quoique *Tritheme* ne diſe
que peu de choſes de chacun, ce qu'il
en dit eſt ſingulier.

6. *De Scriptoribus Eccleſiaſticis Col-*
lectanea. Moguntiæ, 1494. *in-4°.* It.
Additis Nonnullorum ex recentioribus
vitis & nominibus, qui ſcriptis ſuis hac
noſtra tempeſtate clariores evaſerunt.
Paris, 1512. *in-4°.* feüill. 220. Les
Additions de l'Anonyme ne tiennent
que 18. pages. It. *Coloniæ*, 1531. *in-*
4°. On trouve des notes ſur cette édition dans la *Bibliotheca Sacro-Profana*
de Latino Latini. p. 77. & ſuiv. It. *Ac-*

Tome XXXVIII.

cessit *Additio II. Balthasaris Werlini insignium aliquot scriptorum , partim veterum , partim recentium superioribus per Trithemium & alios conscriptis , nunc primum Indicis vice additorum. Coloniæ ,* 1546. *in-4o.* Ces secondes additions s'étendent depuis la p. 422. jusqu'à la 494. Elles sont marquées par des Croix. It. *Basileæ ,* 1594. *in-4o.* La Bibliotheque des Jesuites marque des éditions données par *Jean Busée* en 1602. & 1606. *Jean-Albert Fabricius* en a donné une nouvelle dans sa *Bibliotheca Ecclesiastica. Hamburgi,* 1718. *in-fol.* Tritheme a travaillé pendant plusieurs années à cet Ouvrage , dans lequel il parle d'environ 970. Auteurs. On ne peut que loüer la peine qu'il a prise , dans un temps où il manquoit des secours qui pouvoient l'aider dans son travail , & il mérite qu'on excuse les fautes que le défaut de critique lui a fait commettre.

La seconde partie du Recueil de *Freher ,* est composée des piéces suivantes.

7. *Chronicon insigne Monasterii Hirsaugiensis , Diœcesis Spirensis , ab*

anno Chriſti 830. *uſque ad annum*
1370. *emendatum & auctum collatione*
Manuſcripti Archetypi ipſius Autoris.
Cet Ouvrage avoit déja été imprimé
à *Baſle in fol. Tritheme,* qui avoit d'a-
bord compoſé cette Chronique , fit
depuis des Annales plus amples, dont
je parlerai plus bas.

8. *Chronicon Monaſterii Spanheimen-*
ſis S. Martino conſecrati in Diœceſi
Moguntina ab anno Chriſti 1124. *uſque*
ad annum 1511. *Freher* a publié le premier cette Chronique, avec la conti-
nuation d'un Auteur inconnu juſqu'à
l'an 1526. On y trouve un long détail de la vie de *Tritheme.*

9. *Epiſtolarum familiarium libri*
duo , ad diverſos Germaniæ Principes ,
Epiſcopos ac eruditione præſtantes viros.
Elles avoient déja paru *Edente Jaco-*
bo Spigelio. Haganoæ , 1536. *in*-40.
On trouve ici 140. Lettres. *Lambe-*
cius en a inferé une nouvelle , qui n'y
eſt pas , dans le 3. vol. de ſes Commentaires , p. 342. C'eſt ce qui nous
reſte d'un bien plus grand nombre
qu'il avoit écrites.

Voilà tout le contenu du Recueil
de *Freher* ; *Jean Buſée* , Jeſuite , en a

donné un autre, qui contient les Ouvrages de Pieté.

Joannis Truhemii Opera Spiritualia, quotquot reperiri potuerunt, à Joanne Busao in unum volumen redacta. Moguntiæ, 1605. *in-fol.* Les piéces qui se trouvent dans ce volume sont les suivantes.

10. *Chronicon Monasterii S. Jacobi Majoris in suburbio Herbipolitano ex codice manu ipsius Trithemii anno* 1509. *exarato, & per alium ad annum* 1585. *continuato, nunc primum editum.* Jean-Pierre Ludewig l'a inseré dans ses *Rerum Herbipolitanarum Scriptores. Francof.* 1713. *in-fol.*

11. *De Viris Illustribus Ordinis S. Benedicti libri quatuor. Coloniæ,* 1575. *in-*4°.

12. *Commentariorum in Regulam S. Benedicti liber primus. Valencenis,* 1608. *in-*8°.

13. *Sermonum vel Exhortationum ad Monachos libri duo. Argentinæ,* 1486. *&* 1516. *in-fol.* It. *Antuerpiæ,* 1574. *in-*8°. It. *Florentiæ,* 1577. *in-*4°. Avec le *Liber Penthicus.* It. *Mediolani,* 1644. *in-*4°.

14. *De triplici regione Clauſtralium* J. TRI-
libri tres, de Monachis incipientibus, THEME-
proficientibus & perfectis.

15. *Modus & forma quotidiani ſpi-*
ritualis exercitii Monachorum.

16. *Compendium ſpiritualis exercitii.*

17. *De Religioſorum, ſive Clauſtra-*
lium tentationibus libri duo.

18. *De vitio proprietatis Monacho-*
rum liber. Moguntiæ, 1495. *in-*8o.

19. *De laude ſcriptorum Manua-*
lium.

20. *De vita Sacerdotalis inſtitutione.*
Cet Ouvrage a été réimprimé depuis
ſous ce titre : *De Sacerdotum vita*
Tractatus, juſſu & auctoritate Epiſco-
pi Ratiſbonenſis pro uſu & commodita-
te ſui Cleri recuſus. Colonia, 1655. *in-*
12.

21. *De vanitate & miſeria, ac bre-*
vitate humanæ vitæ liber. Moguntiæ,
1495. *in-*4o.

22. *Liber Penthicus ſeu lugubris, de*
ſtatu & ruina Ordinis S. Benedicti. Flo-
rentiæ, 1577. *in-*4o. Avec les *Sermo-*
num libri duo.

23. *Orationes in annuo Abbatum*
Burffeldenſis Congregationis conventu
habita.

24. *Epistolarum ad familiares liber unus.*

25. *De Visitatione Monachorum liber unus.*

26. *Modus & forma celebrandi Capitulum Provinciale in Provincia Moguntina.*

27. *Constitutiones Provincialium Capitulorum per Provinciam Moguntinam , & Diœcesim Bambergensem celebratorum.*

28. *De Miraculis B. Mariæ Virginis in Ecclesia nova prope Dittelbach , Franciæ Orientalis oppidum, factis libri duo.*

29. *De Miraculis in Urticeto juxta Heilbrunnam Wirtzburgensis Diœcesis Oppidum , ad invocationem B. Virginis Mariæ factis libri tres.*

Jean *Busée* ayant , depuis la publication de ce Recueil , dont je viens de parler , trouvé de nouveaux Ouvrages de *Tritheme* , les publia , avec quelques autres de *Pierre de Blois* & d'*Hincmar* , sous ce titre.

Paralipomena Opusculorum Petri Blesensis, Joannis Trithemii, & Hincmari nuper Moguntiæ editorum ; seu eorumdem Tractatus varii noviter in-

venti & nunc primum editi per Joan- J. Tri-
nem Busæum. Moguntiæ, 1605. *in-8o.* theme.
It. *Coloniæ Agripp.* 1624. *in-8°.* Voici les nouveaux Ouvrages de *Trithe-*
me, qui se trouvent ici.

30. *Antipalus Maleficiorum, quatuor*
libris comprehensus. Ingolstadii, 1555.
in-40.

31. *Curiositas Regia , sive Octo*
Quæstiones Theologicæ à Maximiliano
I. propositæ & per Joan. Trithemium so-
lutæ. Oppenheimi, 1515. *in - 40.* It.
Francofurti, 1550. *&* 1610. *in-8°.* It.
Moguntiæ , 1601. *in-8o.* It. *Coloniæ ,*
1603. *in-12.* It. *Duaci ,* 1621. *in-8o.*
Ces cinq questions sont : *I. De Fide*
& Intellectu. II. De Fide necessaria ad
Salutem. III. De Miraculis Infidelium.
IV. De Scriptura Sacra. V. De Repro-
bis atque Maleficis , ubi de variis Dæ-
monum generibus. VI. De potestate Ma-
leficarum. VII. De permissione Divina.
VIII. De Providentia Dei. La 5ᵉ. & la
6ᵉ. de ces Questions ont été réimprimées avec la défense de la Steganographie. *Ingolstadii ,* 1616. *in-40.* La
8ᵉ. *De Providentia Dei* l'a été. *Alstor-*
fii , 1611. *in-8o.*

32. *De Laudibus Ordinis Fratrum*

J. TRI- *Carmelitarum & de Viris Illustribus*
THEME. *ejusdem Ordinis libri duo.* Dans le 4e.
vol. des Ouvrages de *Baptiste Man-*
tuan. Antuerpiæ, 1570. *&* 1576. *in-*
8o. Ces deux Livres ont été réimprimés par les soins de *Pierre Lucius* ; le
1. sous ce titre : *Joan. Trithemii de*
Laudibus Carmelitanæ Religionis liber,
centesimo post anno diligenter recogni-
tus , brevique Apologia defensus per R.
P. Petrum Lucium , Carmelitam. Flo-
rentiæ , 1593. *in-*4o. feüil. 24. L'autre
sous celui-ci : *Carmelitana Bibliothe-*
ca , sive illustrium aliquot Carmelitanæ
Religionis Scriptorum, & eorum operum
Catalogus , jam pridem à Joan. Tri-
themio congestus , tandem magna ex
parte auctus. Auctore R. P. Petro Lu-
cio. Florentiæ , 1593. *in-*40. feüill. 83.
Le premier Livre a été aussi imprimé
séparement. *Coloniæ* , 1614. *in-*8o. &
dans *M. Antonii Alegri Paradisus*
Carmelitici decoris. Lugduni , 1639.
in-fol. p. 657.

33. *De Laudibus S. Annæ Matris*
B. Mariæ Virginis liber. Lipsiæ, 1494.
& 1512. *in* 4o. Avec quelques autres
Ouvrages de differens Auteurs sur la
même Sainte.

34. *Cursus septem Horarum Cano-* J. Tri-
nicarum, *Officiique Divini*, *pro Festo* THEME.
S. Anna & S. Joachim. On trouve à
la suite quelques Prieres en l'honneur de differens Saints.

35. *Catalogus Græcorum Codicum*
in Bibliotheca Trithemiana Spanhei-
mensi.

Outre ces Ouvrages, on en a encore de *Tritheme* quelques autres,
qui n'ont point été inferés dans les
Recueils dont je viens de parler, &
ce sont les suivans.

36. *Vita B. Rabani Mauri libris*
tribus. Dans les Actes des Saints de
Bollandus, tome 1. du mois de Février, au 4e. de ce mois, p. 522.

37. *Vita S. Maximi*, *Episcopi Mo-*
guntini. Dans *Surius* au 18. Novembre, feüill. 129. *Wharton* s'est trompé dans son Appendix à l'Histoire
Litteraire de *Cave*, en donnant à *Tri-*
theme une Vie de *S. Maximin*, Archevêque de *Treves*, qu'il affirme
être dans *Surius* au 16e. Novembre.
Il ne s'en trouve aucune de ce Prélat
dans cet Auteur, au jour qu'il prétend, mais seulement au 29. Mai;
& celle-ci n'est point de *Tritheme*.

38. *Philosophia Naturalis de Geomantia Argentorati*, 1609. *in-8o.*

39. *Tractatus Chymicus de Lapide Philosophico.* Avec *Georgii Riplæi Axiomata Philosophica.* 1595. *in-8o.* It. Dans le 4e. tome du *Theatrum Chymicum.*

40. *Oratio in Laudem Ruperti Abbatis Tuitiensis.* A la tête des Ouvrages de *Rupert*, imprimés à *Paris*, 1638. *in-fol.* Deux vol.

41. *Joannis Trithemii Annalium Hirsaugensium tomi duo. Opus numquam hactenus editum*, *complectens Historiam Franciæ & Germaniæ, gesta Imperatorum*, *Regum*, *Principum*, *Episcoporum*, *Abbatum*, *& Illustrium Virorum*, *nunc primum è Manuscriptis Bibliothecæ Monasterii S. Galli publicæ luci datum. Typis ejusdem Monasterii.* 1690. *in fol.* Deux vol. On avoit déja publié deux morceaux de ces Annales. Le 1. avoit paru dans le 3. tome des Ecrivains d'Allemagne de *Freher*, & est intitulé : *Historia Belli Bavarici à Ruperto Philippi Palatini F. cum Alberto IV. Bavariæ Duce anno* 1504. *gesti.* L'autre a été imprimé à part sous ce titre : *Vita Fri-*

derici Comitis Palatini, Victoriosi dicti. J. TRI-
Francofurti, 1602. *in-4*0. **THEME.**

42. *Polygraphiæ libri sex, ad Maxi-*
milianum Cæsarem, cum clave seu enu-
cleatorio, in quibus plures scribendi
modos aperit. 1518. *in-fol.* It. *Accessere*
Trithemii Apologia præposita Steganogra-
graphiæ, & expositio Adolphi à Glau-
burg, tum ad Polygraphiam, tum ad
Steganographiam pertinens. Coloniæ,
1564. & 1571. *in-*8°. It. *Præter Cla-*
vem & observationes Adolphi à Glau-
burg, accessit noviter Trithemii libel-
lus de septem secundeis, seu Intelligen-
tiis Orbem post Deum moventibus, cum
aliquot Epistolis. Argentorati, 1600.
*in-*80. It. *Francof.* 1606. *in-4*°. It. *Tra-*
duites en François sous ce titre, qui
explique le sujet du Livre. *La Poly-*
graphie & universelle écriture Cabalis-
tique de Jean Tritheme, divisée en cinq
Livres. Avec la Clavicule & interpre-
tation sur le contenu en iceux, esquels
sous diversités de figures, Enigmes,
Emblemes, mots Mythologiques & hors
d'usage, Alphabets & Caracteres sou-
vent réiterez & repetez, gist la totale
intelligence, non-seulement de cette Ca-
bale & Science d'occulte écriture, mais

auſſi l'intelligence, & l'univerſelle connoiſſance de maintes autres Sciences,
tant connuës que occultes. *Traduite du
Latin par Gabriel de Collange. Paris,
1561. & 1625. in-4°.*

43. *Steganographia, hoc eſt, ars per
occultam ſcripturam animi ſui volunta-
tem abſentibus aperiendi certa. Autore
Joan. Trithemio. Præfixa eſt huic operi
ſua clavis, ſeu vera introductio ab ipſo
Autore concinnata. Francofurti, 1606.
in-4°. It. Darmſtadii, 1606. & 1621.
in-4°.* Il s'eſt fait quelques autres éditions de cet Ouvrage, dont je parlerai plus bas. *Tritheme,* qui avoit déja
enſeigné dans ſa Polygraphie differentes ſortes d'écritures ſecretes, crut
depuis avoir trouvé des manieres
plus cachées pour communiquer ſes
penſées aux autres, & les annonça
d'une maniere myſterieuſe, qui fit
croire qu'il y avoit quelque choſe de
ſurnaturel. Il en parla ſur un ton,
qui ne pouvoit manquer d'en donner une idée bien extraordinaire,
dans une Lettre qu'il écrivit le 25.
Mars 1499. à *Arnold Borſtius,* Carme
de *Gand.* Cette Lettre, qui n'arriva
dans cette Ville qu'après la mort de

Borftius , decedé le 3. Avril fuivant, fut ouverte par fon Prieur , & répan-
duë par tout. *Tritheme* , voyant le bruit qu'elle caufoit, ne voulut plus publier fon Ouvrage , auquel il travailla cependant à differentes reprifes , & felon differens defleins. D'abord il vouloit le partager en quatre Livres ; mais enfuite il fe fixa à huit, dont il n'a compofé que deux avec une partie du troifiéme. Plufieurs crurent que c'étoit un Ouvrage de magie , & *Charles de Bouelles* ne contribua pas peu à le perfuader à ceux qui n'y regardent pas de fi près. Cet homme étant à *Mayence* fut curieux d'aller voir *Tritheme* à *Spanheim* ; il y fut fort bien reçu , & *Tritheme* eut la complaifance de lui communiquer fa Steganographie , que *de Bouelles* parcourut pendant deux heures. De retour dans fon pays , il écrivit à *Germain de Ganay* une Lettre , qui fe trouve parmi fes Opufcules, imprimées à *Paris* en 1510. Il y dit qu'il avoit été effrayé des noms d'efprits , des conjurations , & de toutes les autres chofes femblables qui fe trouvent dans l'Ouvrage de *Tritheme* ,

qu'il traite fans façon de Magicien.
Mais le bon-homme ne faifoit pas attention qu'un fçavant tel que *Tritheme*, dont la pieté & la Religion ani-
moient toutes les démarches, ne pouvoit être capable des crimes dont il
l'accufoit, & il n'avoit pas affez d'intelligence pour s'imaginer, que fous
ces prétendus myfteres étoient cachées des chofes fort naturelles, comme l'ont fait la plûpart de ceux qui
font venus depuis. En effet plufieurs
Auteurs ont entrepris la défenfe de la
Steganographie. Il l'entreprit lui même le premier, & fon Apologie contre *de Bouelles* eft à la tête de fa Polygraphie. On vit enfuite paroître les
Ouvrages fuivans, où l'on tâcha de
donner un fens naturel aux prétendus fortileges de fon Livre.

*Sigifmundi Abbatis Monafterii Seon
in Bavaria Trithemius fui ipfius vin-
dex. Ingolftadii*, 1616. *in-4°.*

Guftavi Seleni Cryptomenytices, &
*Cryptographiæ libri novem ; in quibus
& planiffima Steganographiæ*, *à Joh.
Trithemio olim confcriptæ*, *enodatio tra-
ditur. Luneburgi*, 1624. *in-fol.* Cet
Ouvrage eft d'*Augufte*, Duc de *Brunf-*

vic, qui s'y est caché sous le nom de J. TRI-
Gustave Selenus.

THEME.

*Steganographiæ nec non Claviculæ
Salomonis Germani, Johannis Trithemii, quæ huc usque à nemine intellecta,
à multis fuerunt condemnatæ, & Ne-
cromantiæ nota inusta, genuina, facilis,
dilucidaque declaratio. Opus sane huc-
usque ab impioribus creditum impossibi-
le, à sanctioribus, qui mores, vitam,
scriptaque Trithemii venerantur, pero-
ptatum, Cabaleæ doctrinæ Theoricis di-
tissimum secretis, necnon Doctoribus,
Theologis, Expositoribus, Hebræoso-
phis, Latinis, humanæ curiositatis stu-
diosis, Regibus, Principibus, omni-
busque, qui Litterarum vel fortunæ emi-
nentias occupant, perenne necessarium.
Auctore Joanne Caramuele. Coloniæ,*
1635. *in-4°.*

*Casparis Schotti Schola Steganogra-
phica. Norimbergæ,* 1666. *in-4°.*

*Joannis Trithemii Steganographia,
quæ huc usque à nemine intellecta, sed
passim ut supposititia, perniciosa, Magica
& Necromantica, rejecta, elusa, dam-
nata & sententiam Inquisitionis passa;
nunc tandem vindicata, reserata, &
illustrata. Ubi post Vindicias Trithemii*

J. TRI-
THEME.

Se vend à
Paris chez
Briasson.

clariſſime explicantur conjurationes ſpirituum, ex Arabicis, Hebraïcis, Chal-
daïcis, & Græcis ſpirituum nominibus
juxta quoſdam conglobatæ, aut ſecundùm alios ex barbaris & nihil ſignifi-
cantibus verbis concinnatæ. Deinde ſol-
vuntur & exhibentur artificia nova Ste-
ganographica à Trithemio in Litteris
ad Arnoldum Borſtium & Polygraphia
promiſſa, in hunc diem à nemine capta,
ſed pro paradoxis & impoſſibilibus habita & ſumme deſiderata. Auctore Wolf-
gango Erneſto Heidel. Moguntiæ, 1676.
in-4°. It. Noribergæ, 1721. in-4°. *

44. *Veterum Sophorum Sigilla &
imagines Magicæ, ſive ſculpturæ lapidum aut gemmarum ex nomine Tetra-
grammaton, cum Signatura Planetarum; Auctoribus Zoroaſtre, Salomone,
Raphaële, Chaële, Hermete, Thelete,
ex Joannis Trithemii Manuſcripto eru-
tæ.* 1612. *in-8°.* C'eſt par une pure
tromperie de Libraire, que ce Livre
paroît par le titre être ſorti du Cabinet de *Trithéme*, puiſque *Camille Leonardi* en avoit fait le troiſiéme Livre
de ſon *Speculum Lapidum* imprimé à
Peſaro l'an 1502. *in-4°.* & qu'il avoit
encore été publié par d'autres.

V.

V. *Chronicon Monafterii Spanheimen-* J. TRI-
fis. Sa Vie à la tête des Recueils de fes THEME.
Ouvrages par Freher & par Bufée.
Henri *Wharton* Appendix ad Hifto-
riam Litterariam Guil. *Cave.* Poffevi-
ni *Apparatus Sacer,* tom. 2. *Sa Vie par*
Wolfg. Erneft Heidel *, à la tête de la*
Steganographia Vindicata. *C'eft ce*
qu'il y a de plus étendu & de plus
exact fur *Tritheme.*

FRANÇOIS GACON.

Fançois *Gacon* naquit à *Lyon* le F. GACON.
16. Février 1667. *Pierre Gacon*
fon pere, Négociant de cette Ville,
après lui avoir fait faire fes premieres
études, le deftina au commerce ;
mais bien loin de fe prêter aux vûës
de fa famille, il continua fes études,
& entra même dans la Congregation
de l'Oratoire, où il fit un cours de
Philofophie & de Theologie.

Après y avoir demeuré cinq ans,
il en fortit, & comme il paroiffoit
vouloir embraffer l'état Ecclefiaftique, on lui acheta une charge de
Clerc de Chapelle chez Monfieur le

F. GACON. Duc d'*Orleans*, frere unique de *Loüis XIV*.

Il renonça bientôt à cet emploi, qui génoit son goût & sa liberté ; & il se donna tout entier à la Poësie, qui fit son unique occupation pendant plus de trente ans.

Il exerça son génie sur toutes sortes de sujets & dans tous les genres de Poësies, Satyres, Epigrammes, Rondeaux, Epitres, Odes, Tragedies-mêmes & Comédies, tout étoit de son ressort.

Son penchant naturel pour la Satyre & pour la Critique lui faisoient écouter aisément tous ceux qui le sollicitoient à écrire dans ce genre, sans faire attention aux motifs secrets ou personnels qui pouvoient les animer. De-là ces Satyres malignes & outrées contre plusieurs Ecrivains célebres, qui affecterent toujours de ne lui point répondre.

Il ne paroissoit aucun Ouvrage pour le Théatre, soit Comédie, soit Opera, soit Tragedie, que *le Poëte sans fard*, (c'étoit son nom Poëtique,) ne lachât une Epigramme, ou contre l'Auteur, ou contre la Piéce, sou-

F. Gacon.

vent même avant qu'elle eût été repréfentée. Enfin toujours prêt à attaquer & à fe défendre , il fe mêla in-
diftinctement dans toutes les difputes litteraires de fon temps.

En l'année 1717. il remporta le prix
de Poëfie à l'Academie Françoife ;
mais cette Compagnie ne voulut
point permettre qu'il luî en fît des
remercimens publics, quoiqu'il l'eût
fouhaitté ; & elle prît le parti de le
lui envoyer par M. l'Abbé *de Choifi.*
Cette démarche , fans compromettre
l'Academie, qui faifoit connoître fon
integrité , en lui adjugeant le prix, ne
faifoit aucun tort à l'Auteur, à l'égard
duquel elle n'en ufoit ainfi que parce qu'il avoit attaqué prefque tous
ceux qui compofoient ce Corps célebre.

Il fit la plûpart des Brevets de la
Calote, & feconda parfaitement les
idées du fieur *Aymon* , inventeur de
cette efpéce de Satyre , qui fous le
voile d'un leger badinage , ne laiffoit
pas de porter de rudes coups à ceux
qu'on décoroit de ces burlefques &
comiques Brevets.

Enfin rebuté de tous ces combats

V ij

F. GACON. Poëtiques , se trouvant par hazard
dans un beau Prieuré de l'Ordre de
Cluny, & se ressouvenant qu'il avoit
pris la Tonsure dans sa jeunesse , il
en sollicita la Nomination auprès de
M. l'Archevêque de *Cambray*, Prieur
de *S. Martin-des-Champs* , qui en
étoit le Collateur , & il l'obtint sur
la démission du Titulaire.

Ce Prieuré , qui porte le nom de
Nôtre-Dame de Baillon , est situé à
neuf lieuës de *Paris* , dans le Diocèse de *Beauvais*. Il est d'un très-médio-
cre revenu , mais la situation & les
jardins en sont très-agréables. Il en
prit possession au mois de Février
1723. & y demeura jusqu'à sa mort.

Il y mourut après une longue maladie le 15. Novembre 1725. âgé de
58. ans & neuf mois , & fut enterré
dans la Chapelle de ce Prieuré.

Son humeur étoit particuliere ; sa
conduite l'étoit aussi. Il étoit ennemi
du faste , peu capable de travailler
pour sa fortune , & de s'appliquer à
aucune affaire sérieuse.

Il avoit la mémoire fort heureuse ,
& on lui a souvent oüi dire , qu'il n'a-
voit jamais rien oublié de ce qu'il

avoit appris. Il faiſoit des vers avec F. GACON
facilité ; mais cette facilité a été cau-
ſe qu'il n'a pas donné à ſes Ouvrages
toute la perfection, qu'il auroit pû
leur donner. Il n'y mettoit jamais la
derniere main, ſur-tout quand ils
avoient une certaine étenduë, &
quoiqu'il avoüât de bonne foy ſes
fautes, ou ſes négligences, il ne pouvoit ſe réſoudre à les corriger.

M. *de Villeroy*, Archevêque de
Lyon, lui avoit procuré une entrée
dans l'Academie de cette Ville ; mais
on a eu tort de dire dans le ſupplé-
ment de *Morery* de 1735. qu'il y lut
pluſieurs fois diverſes piéces de ſa façon. Il y fut reçu en ſon abſence, &
y envoya ſon remerciment. On y lut
depuis une Comédie de ſa façon. Ce
font les deux ſeules fois qu'il y a paru quelque choſe de lui, ſans qu'il y
ait été.

Catalogue de ſes Ouvrages.

1. *Le Poëte ſans fard ; ou diſcours Sa-*
tyriques en vers. Cologne, (c'eſt-à dire, *Lyon*,) 1696. *in*-12. C'eſt la premiere édition. La ſeconde a été faite
à *Roüen*, ſous ce titre : *Le Poëte ſans*
fard ; contenant Satyres, Epîtres, Epi-

F.GACON. grammes *sur toutes sortes de sujets. A' Libreville, chez Paul Disanivray, à l'Enseigne du Miroir qui ne flatte point.* 1698. *in-*12. Il a fait quelques changemens dans cette édition. It. sous le premier titre. *Bruxelles,* 1701. *in-*12.

2. *Emblemes ou Devises Chrétiennes; ouvrage mêlé de Prose & de Vers & enrichi de figures. Lyon,* 1700. *in-*12. It. 2e. *Edition. Ibid.* 1718. *in-*12.

3. *Les Odes d'Anacreon & de Sapho. En Vers François. Rotterdam,* 1712. *in-*12. p. 354. sans la Préface qui en a 211.

4. Etant à *Rotterdam* la même année 1712. il y donna une édition fort défectueuse des Oeuvres *de Rousseau,* suivant les copies que les ennemis de ce fameux Poëte lui envoyerent de *Paris,* en deux volumes *in-*12. & il y joignit un troisième tome de sa façon, qui est un Recueil de Rondeaux contre *Rousseau,* & qu'il intitula pour ce sujet l'*Anti-Rousseau.*

5. *Homere vangé, ou Réponse à M. de la Motte sur l'Iliade. Paris,* 1715. *in-*12. p. 462. Cet Ouvrage fut déféré à M. le Chancelier, par M. l'Abbé

de Pons, un des zélés partiſans de M. F. GACON. *de la Motte* ; mais on ne put obtenir de lui la révocation du Privilege, qu'il avoit donné pour ce Livre. La dénonciation de l'Abbé *de Pons* ſe trouve dans le *Journal Litteraire* de *la Haye*, tom. 6. p. 452. Elle renferme des particularités ſingulieres.

6. *Le Secretaire du Parnaſſe. Paris. in-8°.* Deux Brochures, dont l'une a paru en 1723. & l'autre en 1724. C'eſt un Recueil de Lettres, d'Epigrammes, de Rondeaux, de Fables, dans leſquelles *Gacon* attaque M. *de la Motte*, l'Abbé *de Pons*, le *Mercure*, &c.

7. *Les Fables de M. de la Motte traduites en Vers François*, par P. S. F. *Au Caffé du Mont-Parnaſſe. in-80.*

8. Depuis ſa mort on a imprimé des *Mémoires pour ſervir à l'Hiſtoire de la Calote. Baſle*, 1725. *in-*12. qui renferment pluſieurs Brevets de ſa façon, à quelques-uns deſquels on a mis ſon nom. Ces Mémoires ont été réimprimés quelquefois depuis.

Cet Article m'a été envoyé de Lyon par M. Gacon, ſon frere.

JULIEN TABOUET.

J. TA-
BOUET.
J Ulien Tabouet naquit dans la Paroisse de *Chantenay*, à quatre lieües de la Ville du *Mans*.

Il fit une partie de ses études à *Paris*; & il y fut disciple de *Pierre Danes*, sous lequel il apprit la langue Grecque, comme on le voit par ses lettres.

Il étudia ensuite en Droit, mais on ignore en quel lieu, de même que la plûpart des particularités de sa vie.

Il devint depuis Procureur Général du Sénat de *Chamberry* en Savoye; & il tint dans cette place une conduite qui ne lui fit point d'honneur, & lui causa bien des chagrins.

Raymond Pelisson, Premier Président du Sénat, lui ayant fait un jour des reprimandes fort vives, suivant l'arrêté de la Compagnie, il chercha l'occasion de s'en vanger, & profita de l'envie que le Duc *de Guise*, à qui le Roi avoit fait présent de toutes les confiscations qui se feroient à son profit, avoit de trouver des personnes

nes, dont les dépoüilles puſſent augmenter ſes richeſſes.

Après avoir conferé avec ce Duc,
ſur le crédit duquel il comptoit, il
accuſa en 1552. *Peliſſon* de pluſieurs
malverſations dans l'exercice de ſa
charge. Le Roi commit pour inſtruire & juger cette affaire le Parlement
de *Dijon*, dans lequel le Duc *de Gui-
ſe* avoit beaucoup d'autorité, en qualité de Gouverneur de la Province.
Ainſi les choſes n'eurent point de
peine à tourner, comme *Tabouet* le
ſouhaitoit ; *Peliſſon* fut condamné
par Arrêt du 18. Juillet de cette année 1552. à faire amende-honorable ;
ce qu'il exécuta publiquement à ge-
noux, une torche ardente à la main,
avec les paroles portées par l'Arrêt ;
& il fut de plus condamné à une
groſſe amende.

Il trouva depuis de la protection
auprès du Connetable *de Montmorency*, & obtint par ſon moyen des Lettres de réviſion du Procès, adreſſées
au Parlement de *Paris*. Celui de *Dijon* s'y oppoſa ; mais tout ce qu'il put
obtenir fut que l'affaire ſeroit revûë
& jugée de nouveau par des Com-

J. TA-
BOUET.

miſſaires tirés en pareil nombre des deux Parlemens, & de ſix Maîtres des Requêtes.

Ces nouveaux Juges rendirent leur Arrêt le 12. Octobre 1556. *Peliſſon* fut abſous; & *Tabouet* condamné à la même peine que celle qu'il avoit ſubi, & au-delà; ſçavoir, à faire amende honorable à *Paris* nud en chemiſe, avec la corde au col, non-ſeulement au Parquet de l'Audience, mais encore ſur le Perron du Palais; à être enſuite conduit en une charette par l'Exécuteur de la haute Juſtice, au Pilori des Halles, pour y être tourné trois fois; puis à être mené ſous bonne garde à *Chamberry*, pour y faire de nouveau amende-honorable en pleine Audience de la Cour; enfin à demeurer confiné en Savoye, ou tel autre lieu qu'il plairoit au Roi ordonner. Cet Arrêt ſurprit tout le monde, & le Roi même; mais il fut exécuté. Trois Conſeillers de *Chamberry*, qui avoient perdu leurs Charges avec le Premier-Préſident, par l'Arrêt de *Dijon*, furent rétablis, & ils obtinrent tous de gros dédommagemens contre *Tabouet*. Il paroît que le Roi fit

mettre celui-ci dans une priſon libre,
où il compoſa quelques Ouvrages ;
mais on ne ſçait point en quel endroit.

La Croix du Maine dit qu'il mourut à *Toulouſe*, ſous le regne de *Charles IX.* ou environ. Il s'étoit retiré
dans cette Ville, où l'on voit qu'il enſeignoit la Juriſprudence en 1560.
employ qu'il avoit pris apparemment
pour y trouver de quoi ſubſiſter. Les
derniers Ouvrages, que nous avons
de lui, ſont de l'an 1562. ainſi on
pourroit croire qu'il ne paſſa pas de
beaucoup cette année, d'autant plus
que dans ſa *Fiduciaria Methodus* publié en 1560. il témoigne qu'il ſe hâ-
toit de donner au Public ſes Ouvrages, parce que ſa ſanté étoit mauvaiſe, & que la vieilleſſe l'approchoit de
la mort.

On trouve dans ſes Livres des Poëſies de deux de ſes fils, l'un nommé
Raimond, & l'autre *Guillaume*.

La Croix du Maine dit qu'il étoit
fort docte dans les Langues, grand
Theologien, Juriſconſulte & Orateur, Hiſtorien & Philoſophe, & ſur-
tout bien verſé en la Poëſie Latine.
Mais ces loüanges ſont plûtôt des

J. TA-
BOUET.

preuves du mauvais goût de *la Croix du Maine*, ou de fa prévention pour un homme de fon pays, que du mérite de *Tabouet*. D'ailleurs il n'a pas agi prudemment en voulant réhabiliter fa mémoire ; fur-tout n'ayant point d'autre meilleure piéce pour le faire, qu'une méchante Epigramme de *Tabouet*, qu'il rapporte, & dans laquelle il y a des fautes de quantité, qu'on ne pardonneroit pas à un Ecolier.

Catalogue de fes Ouvrages.

1. *Actionum Forenfium & Responforum Liber fecundus. Julius Taboëtius dictavit. Lugduni. Seb. Gryphius.* 1542. *in*-8°. p. 54. Je ne fçai s'il a paru un premier Livre.

2. *Actiones Forenfes, & Responfa Judicum illuftrium, quæ quatuor partibus conftant ; Juliano Taboetio, Fifci apud Allobroges Patrono, auctore. Parif. Galeotus à Prato.* 1551, *in*-8°. p. 277. Le Livre fecond, dont j'ai parlé ci-deffus, fait ici la troifiéme partie.

3. *De Quadruplicis Monarchiæ primis Autoribus & Magiftratibus, in Mifcellaneo divini & humani Juris corpore difperfis Ephemerides Hiftori-*

ca. Auctore J. Taboëtio J. C. Lugduni, J. TA-
1559. *in*-4°. p. 52. C'eft, de même BOUET.
que les Ouvrages fuivans, un vrai
pot pourri, où l'on voit quelque érudition, mais fans ordre & fans exactitude.

4. *Ephemeridis Hiftoricæ fecundus tomus de quadruplici Magiftratuum differentia à Romanis Principibus compara-
ta ante Cæfaris & Imperatoriæ Majeftatis nomen. Lugduni,* 1559. *in*-4°. p.
44.

5. *Tertius Ephemeridis Hiftoricæ tomus, quo Magiftratus tituli, perfonæ
& aphorifmi Fifcales complectuntur.
Lugduni,* 1559. *in*-4°. p. 40. Ce titre ne préviendra pas en faveur de la
latinité de l'Auteur.

6. *De Magiftratibus poft Cataclifmum
inftitutis, deque multiplici perfonarum
delectu Aphorifmi, Jurifprudentiæ Can-
didatis per quam utiles & neceffarii.
Lugd.* 1559. *in*-4°. p. 92.

7. *De Republica & Lingua Franci-
ca ac Gothica, deque diverfis ordinibus
Gallorum vetuftis & hodiernis, necnon
de prima Senatuum origine, & Magiftratibus Artis Militaris. Adjectâ Fran-
cicarum Antiquitatum & Urbium ferie,*

J. TA-
BOUET.

Latino-Gallicis Aphorismis explicata
Lugduni, 1559. *in*-4°. p. 67. Il y a à
la tête une piéce de Vers Latins de
Guillaume Tabouet, fils de l'Auteur,
à la loüange du Livre. Rien n'est plus
maigre , plus pauvre , & moins ins-
tructif, que ce qu'on lit ici sur la langue Françoise , & sur les autres articles marqués dans le titre.

8. *Topica Methodus divini Juris , in*
disciplinam & enchiridium contracti.
Methodicæ Paraphrases , Christianis
Aphorismis instructa in decem Moysis
Oracula. Lugduni, 1559. *in*-4°.

9. *Topicon Militiæ Forensis & disci-*
plinæ Legalis Enchiridion , Aphoris-
mis , Canonibus , & titulis Legalibus
illustre. In quo divini & humani Juris
elementa ad germanam Jurisprudentiæ
methodum prolusoria breviter explican-
tur. Lugduni , 1560. *in*-4°. Deux
tom. Ce n'est que pour multiplier les
volumes , que l'Auteur a divisé cet
Ouvrage en deux tomes , puisqu'il
ne font ensemble que 261. pages sui-
vies.

10. *Historica Regum Franciæ Gene-*
sis , duplici Dialecto in epitomen con-
tracta. Lugduni. Nicol. Edoardus.

1560. *in*-4°. Le titre de cet Ouvrage J. TA-
mal conçu à fait croire au P. *le Long*, BOUET.
qu'il étoit en Latin & en François ,
au lieu qu'il n'eſt qu'en Latin , mais
en proſe & en vers. Les vers contien-
nent en abregé ce qui eſt dans la proſe : & c'eſt la méthode qu'il a ſuivie
encore dans l'Ouvrage ſuivant.

11. *Sabaudiæ Principum Genealogia
Romanis verſibus , & Latiali Dialec-
to in Hiſtoricam Synaxim digeſto. Lu-
gduni. Nicol. Edoardus.* 1560. *in*-4°.
Il y a à la fin des vers de *Raymond
Tabouet* , fils de l'Auteur. It. Tradui-
te en François. *La Généalogie des Prin-
ces de Savoye , faite en proſe & vers
Latins par Julian Taboët , J. C. & de-
puis traduite en proſe & vers heroïques
François par P. T. A.* (c'eſt-à-dire ;
Pierre Trehedam , Angevin.) *Lyon.
Nicolas Edoard.* 1560. *in*-4°. p. 36.

12. *Paradoxa Regum , & ſummi
Magiſtratus Privilegia , dignitates ,
axiomata. Lugduni ,* 1560. *in*-4°.

13. *Epidictica ad Chriſtianos pacis autores Epigrammata. Lugduni. Nicol.
Edoardus.* 1560. *in*-4°. Il adreſſe toutes les Epigrammes , qui ſont dans
ce Livre aux plus fameux Préſidens
X iiij

& Conseillers des Parlemens de France. Il en veut principalement à *Jean Papon*, qui dans son Recueil d'Arrêts avoit fait un ample discours sur ceux qui avoient été donnés contre *Tabouet*, sous le titre de *la Chasse de Tabouet*. Mais il se contente de protester en général de son innocence, sans entrer dans le fond de l'affaire.

14. *Epistolæ Christianæ, familiares, & Miscellaneæ, continentes Ecclesiæ Militantis Apologiam adversus Gigantes nostri sæculi, Theomachiæ, Seditionis, Atheismi, & Blasphemiæ reos. Jul. Taboetius dictavit. Lugduni*, 1561. *in* 4°. p. 191. On lit à la fin de la dernière Lettre, *Finis primæ Sectionis.* Mais il n'en a point paru davantage; & on n'y a pas perdu. Car il n'y a rien à apprendre, & l'on découvre dans toutes un grand diseur de rien, qui déclame à tort & à travers, & qui n'a que des injures pour toutes raisons.

15. *Fiduciaria Christianæ, Civilis, & Politicæ Jurisprudentiæ in artem, seu potius artis ideam, ex Sacrosanctis ac Cæsareis conflata Symbolis Methodus. Ad Georgium Armeniacum, Cardinalem, Tolosanæ Pastorem Ecclesiæ,*

J. Taboëtius, Juriſprudentiæ Profeſſor, ſuis primæ Claſſis Auditoribus privatim dictavit. Toloſæ, 1561. *in-*4°.

16. *De primigenia Magiſtratuum Diatheſi, & multiplici perſonarum ad triplicem Reipublicæ formam pertinentium diſtinctione. Pariſ.* 1562. *in-*4°.

V. *L'Hiſtoire de M. de Thou ſur l'an* 1556. *La Bibliotheque Françoiſe de la Croix du Maine. Particularités Litteraires du P. Liron, tom.* 1. *p.* 425.

JEAN RHODIUS.

J Ean Rhodius naquit à *Coppenhague* vers l'an 1587.

Il ſortit de bonne-heure de ſon pays, & il eſt à préſumer qu'il fit une partie de ſes études à *Wittemberg*, puiſqu'il y ſoutint en 1612. une Theſe de Philoſophie Morale.

Il paſſa enſuite en Italie, & ſe rendit à *Padoüe* en 1614. Ce fut apparemment dans cette Ville qu'il ſe fit recevoir Docteur en Medecine. Son ſéjour lui plut tellement, qu'il prit le parti de s'y fixer, & d'y paſſer le reſte de ſes jours, occupé unique-

J. RHO-
DIUS.

ment de ses études & du travail de son Cabinet.

On lui offrit dans cette Ville en 1631. une Chaire de Professeur en Botanique, avec la direction du Jardin des Plantes ; mais il refusa l'une & l'autre, aimant mieux vivre pour lui-même & ne dependre de personne. Ce fut dans les mêmes vûës qu'il refusa aussi une Chaire de Physique, qu'on lui offrit à *Coppenhague*.

Je ne sçai sur quel fondement on a dit dans le Supplément de *Morery* de l'an 1735. qu'il retourna dans sa patrie en 1640. & s'y appliqua à instruire la jeunesse, puisque *Moller*, qui y est cité, dit précisément le contraire. Il est sûr par un acte rapporté par *Tomasini* dans son *Gymnasium Patavinum*, p. 199. qu'il étoit à *Padoüe* en 1647. & l'on sçait d'ailleurs qu'il y a demeuré jusqu'à la fin de sa vie, & y est mort.

Il mourut le 24. Février 1659. âgé de 72. ans, & non point en 1658. comme *Thomas Bartholin* le marque dans l'Epitaphe qu'il lui a faite, ni en 1660. comme le disent *Jean Hallervord* dans sa *Bibliotheca Curiosa*, &

Konig dans fa *Bibliotheca vetus & J. Rho-*
nova. DIUS.

Thomas Bangius , Theologien de
Coppenhague , fon parent , hérita de
fa Bibliotheque & de fes papiers , &
tout cela fut vendu dans cette Ville
en 1662. après la mort de celui-ci.

Rhodius étoit boiteux ; mais ce défaut corporel étoit compenfé par les
avantages de fon efprit , & par fon
habileté dans la Medecine , dans les
Belles-Lettres & dans la connoiffance des Antiquités.

Il n'a point été marié ; peut-être
regardoit-il une femme comme un
obftacle à fes études.

Catalogue de fes Ouvrages.

1. *Difputatio de Modeftia & Magna-*
nimitate. Witteberga , 1612. *in-4°.*

2. *Libellus de Natura Medicina. Pa-*
tavii , 1625. *in-40.*

3. *De Acia differtatio ad Cornelii Cel-*
fi mentem , *qua fimul univerfa Fibula*
ratio explicatur. Patavii, 1639. *in-40.*
It. *Secundis curis ex autographo Auc-*
toris auctior & emendatior , cum judi-
ciis Doctorum , edita à Thoma Bartho-
lino. Accedit de Ponderibus & Menfu-
ris ejufdem Authoris Differtatio & Vita

Celsi. Hafniæ, 1672. *in*-4o. *Rhodius* avoit travaillé long-temps à une édition de *Celse* ; une partie de ce qu'il avoit fait sur cet Auteur étant tombé entre les mains de *Thomas Bartholin*, ce sçavant se proposoit de le donner au Public ; mais l'incendie de sa Bibliotheque l'en a privé, & il ne s'en est sauvé que la dissertation *de Ponderibus & Mensuris*, & la vie de *Celse*, qu'il a joints à la 2e. édition du Traité *de Acia. Almeloveen* a fait entrer ces trois piéces de *Rhodius*, qui sont remplies d'érudition, dans l'édition qu'il a donnée de *Celse* en 1687. à *Amsterdam. in* 12.

4. *Analecta & Notæ in Ludovici Septalii Animadversiones & Cautiones Medicas.* Patavii, 1652. *in* · 8o. It. *Ibid.* 1659. *in*·8o. Avec cet Ouvrage de *Septalius.*

5. *Notæ & Lexicon in Scribonium Largum, de compositione Medicamentorum.* Patavii, 1655. *in*-4o. Avec cet Ouvrage.

6. *Observationum Medicinalium Centuriæ tres.* Patavii, 1657. *in*-8o. It. Avec *Petri Borelli Historiarum & Observationum Medico-Physicarum Cen-*

turiæ 4. *Lipsiæ* , 1676. *in-8°.*

7. *Mantissa Anatomica. Hafniæ* , 1661. *in-8°.* Avec *Thomæ Bartholini Historiarum Anatomicarum & Medicarum rariorum Centuriæ V. & VI.*

8. *Epistolæ decem ad Casparem Hofmannum.* Dans l'*Appendix* des *Epistolæ Georgii Richteri Selectiores. Norimbergæ* , 1662. *in-4°.* p. 567. & 802.

9. *De Artis Medicæ exercitatione Consilia tria. Hafniæ* , 1662. *in - 8°.* Dans la *Cista Medica Hafniensis Thom. Bartholini.* It. Avec *Hermanni Conringii in universam artem Medicam introductio ; opera Guntheri Christophori Schelhammeri. Helmstadii* , 1687. *in-4°.*

10. *Catalogus* 60. *Autorum suppositiorum, quo Scriptores Anonymi & Pseudonymi complures manifestantur.* A la tête du Livre de *Vincent Placcius* , intitulé : *De Scriptis & Scriptoribus Anonymis & Pseudonymis Syntagma.* Hamburgi , 1674. *in-4°.*

11. *Observationes Medicæ posteriores è Schedis* Joh. *Rhodii.* Dans le 4e. vol. des *Acta Medica & Philosophica Hafniensia Thomæ Bartholini. Hafniæ* , 1677. *in-4°.*

12. *Justi Lipsii de Re Nummaria Breviarium à Johanne Rhodio editum. Patavii*, 1648. *in-8°.*

13. *Francisci Frizimelicæ de Balneis Metallicis arte parandis Liber Posthumus. E Bibliotheca Joh. Rhodii. Patavii*, 1659. *in* 8°.

On a attribué communément à *Rhodius* un Livre intitulé : *Rhamnusii Satyromastigis Severini Apologia Judicialis*, *qua cujusdam Fortunii infortunium*, *Liceti licentia lata sententia cohibetur*, *cum annotationibus circumspecti Viri Erotini Didascalici*, *Ludimagistri Wildoxiensis. Oldenburgi*, 1636. *in-fol.* Mais *Aprosio* dans sa *Visiera Alzata* nous apprend qu'il est d'*Etienne Rodrigue de Castro*, Portugais, Professeur de Medecine à *Pise*, qui lui en avoit fait présent, comme d'un Ouvrage de sa façon.

Quelques-uns prétendent sur l'autorité de *Colomiés*, que *Rhodius* étoit l'Auteur des Eloges, qui portent le nom de *Jacques-Philippe Tomasini*, mais c'est une imagination sans fondement. Il peut avoir fourni quelques faits à *Tomasini*, & revû son Ouvrage ; c'est apparemment toute la part qu'il y a eu.

V. *Alb. Bartholinus de Scriptis Danorum & Johan. Molleri Hypomnemata.*

FABIEN JUSTINIANI.

Fabien Justiniani naquit à *Lerma* dans le Diocèse de *Gennes* le 20. Septembre 1578. de *Leonard Taranchetti* & de *Barbe Bianchi.* Son pere, n'ayant point voulu entrer dans la Conjuration des *Fieschi*, & s'étant mis par là en peril de perdre la vie, se rendit par cette démarche si agréable aux *Justiniani*, qui étoient des principaux de la Republique de *Gennes*, qu'ils le firent entrer en quelque maniere dans leur famille, en changeant son nom en celui de *Justiniani*, que sa famille a toujours gardé depuis.

Après avoir fait dans sa jeunesse de grands progrès dans les sciences & dans la pieté, il entra à *Rome* dans la Congregation de l'Oratoire de *S. Philippe de Neri* le 11. Janvier 1597.

Les dispositions favorables & l'inclination qu'il y fit paroître pour l'é-

F. JUSTI-tude & le travail, engagerent les Su-
NIANI. perieurs de cette Congregation à le
charger du soin de la Bibliotheque
de *sainte Marie in Vallicella*, qui étoit
dès-lors considerable. Cela lui donna
occasion d'acquerir une connoissance assez étenduë des Livres, & de se
faire plusieurs amis, parmi lesquels
on compte *Henri de Sponde*.

Le Cardinal *Benoît Justiniani* lui
procura l'Evêché d'*Aiaccio* dans l'Isle
de Corse, auquel il fut nommé le 5.
Juillet 1616.

Il mourut le 3. Janvier 1627. âgé
de 48. ans, & fut enterré dans son
Eglise Cathedrale avec cette Epitaphe.

Fabianus Justinianus anno ætatis suæ
38. à Paulo V. ad Episcopatum Adjacen-
sem è Congregatione Oratorii Romani
assumptus, post confirmatum suæ Ca-
thedralis Capitulum, restauratum Semi-
narium Clericorum, Palatio Episcopa-
li proprio ære ædificato, choro Ecclesiæ
Cathedralis scamnis ornato, Ecclesiis
fere omnibus suæ Diœcesis sua diligentia
estauratis & de novo erectis, ad suam
regendam Ecclesiam decretis publicatis,
& pluribus voluminibus in lucem editis
ad

ad communem utilitatem, hunc ſibi lo- F. JUSTI-
cum ſepultura, dum adhæc viveret, NIANI.
delegit.

Obiit 3. *Januar.* 1627.

Stephanus Vincentius Juſtinianus
ejus mœſtiſſimus frater P. C.

Catalogue de ſes Ouvrages.

1. *Index Univerſalis alphabeticus*
materias in omni facultate conſultò per-
tractans, earumque ſcriptores & locos
deſignans, appendice perampla locu-
pletatus. Elenchus item Autorum, qui
in Sacra Biblia, vel univerſe, vel ſin-
gulatim, etiam in verſiculos, data ope-
ra ſcripſerunt, juxta eorumdem Biblio-
rum ordinem diſpoſitus. Romæ, 1612.
in fol. Cet Ouvrage meriteroit quelque attention, s'il avoit été fait avec
exactitude, ſi la maniere d'énoncer
les ſujets n'étoit pas ſi ſéche, & ſi
Juſtiniani ne s'étoit pas trompé ſi ſouvent dans les noms & les Ouvrages
des Auteurs.

2. *De Sacra Scriptura ejuſque uſu ac*
interpretibus Commentarius. In quo non
ſolum ad Sacrorum Bibliorum ſtudium,
& ſacras conciones formandas inſtitutio
traditur, ſed etiam ſelectorum librorum
in univerſam Theologiam ſpeculativam,

Tome XXXVIII.　　　Y

F. JUSTI- *practicam & positivam singularis , &*
NIANI. *in totam Sacram Scripturam universa-*
lis notitia perhibetur. Romæ , 1614. in-
8°. It. *Parif.* 1614. *in-*8o. Ceci eſt tiré de l'Ouvrage précédent.

3. *De Sacro Concionatore. Coloniæ*
Agripp. 1619. *in-*40. p. 33. L'Auteur
après avoir parlé ici des devoirs des
Prédicateurs , rapporte les Livres
d'Hiſtoire , les Aſcetiques, & les Ser-
monaires , qui peuvent leur être utiles. Tout cela eſt fort ſuperficiel.

4. *Conſtitutioni Ecclesiaſtiche , parte*
raccolte dalle Leggi divine e Canoni-
che , e parte fatte dal Rev. M. Fabiano
Giuſtiniano , Veſcovo d'Aiaccio , per
il bon governo del Clero e Popolo della
ſua diecesi. In Viterbo , 1620. *in-*4°.

5. *Tobias explanationibus hiſtoricis ,*
& documentis moralibus illuſtratus à
Fabiano Juſtiniano. Accesserunt ejuſ-
dem Tractatus de hoſtili ſævitia peccati,
ad verba Raphaëlis : Qui faciunt ini-
quitates & peccatum , hoſtes ſunt animæ
ſuæ ; & de ſuperbia , ejus gradibus , re-
mediis , ad verba Tobiæ : ſuperbiam
numquam in tuo ſenſu , aut in tuo verbo
dominari permittas ; in ipſa enim ini-
tium ſumpſit omnis perditio. Ro▪ ,

1622. *in-fol.* It. *Antuerpiæ*, 1629. *in-* F. Justi-
fol.   niani.

V. *Gli Scrittori Liguri dell' Abbate
Michele Giuſtiniani.* C'eſt l'Auteur
qui parle le plus exactement & le plus
au long de lui. *Auguſtini Oldoini
Athenæum Liguſticum. Li Scrittori della Liguria di Raffaële Soprani.*

MARIN LE ROI DE GOMBERVILLE.

MArin le Roi, ſieur de *Gomber-*   M. DE
ville, naquit à *Paris* l'an 1600.   GOMBER-
& fut fils d'un Buvetier de la Cham- VILLE.
bre des Comptes, ſi l'on s'en rapporte au *Menagiana.*

Il commença de bonne-heure à être
Auteur, & publia dès l'âge de quatorze ans des Quatrains à l'honneur
de la vieilleſſe. Il eſt vrai que la verſification n'en vaut rien ; mais il ſe
perfectionna beaucoup depuis, &
donna ſix ans après un Ouvrage d'un
ſtyle infiniment meilleur.

Comme la fureur des Romans regnoit alors, il s'appliqua pendant pluſieurs anuées à en compoſer quel-

M. DE
GOMBER-
VILLE.

ques-uns , qui ont été lûs de son
temps , & qui sont oubliés maintenant.

Il eut entrée à l'Academie Françoise dès ses premiers commencemens , & lorsque le Cardinal *de Ri-*
chelieu voulut en former un corps. Il
y lut le 9. Mai 1635. un discours ,
pour faire voir , que *lorsqu'un siécle a*
produit un excellent Héros , il s'est trou-
vé des personnes capables de le loüer.

Comme il passoit souvent un temps
considerable à sa Terre de *Gombervil-*
le, qui est peu éloignée de *Port-Royal*
des Champs , il eut occasion de faire connoissance avec M. *le Maître,* &
les autres Solitaires , qui y étoient
retirés. Leur exemple le toucha , &
dès-lors, non-seulement , il cessa de
composer des Romans , mais il em-
brassa une vie pénitente , & ne voulut plus travailler que sur des sujets
sérieux.

Une Lettre de M. *Dodart* à M. *Ar-*
nauld , qui se trouve dans le 7. tom.
du Recueil des Lettres de ce dernier ,
p. 616. nous apprend qu'il rabbatit
un peu , sur la fin de sa vie, de sa
grande dévotion , & que sa tendresse

pour les amufemens de fa jeuneffe lui   M. DE
fit relever rudement le compliment GOMBER-
que ce fçavant Medecin lui fit , fur VILLE.
fon regret d'avoir fait le *Polexandre.*
Mais cela n'altera point la liaifon
qu'il avoit avec les Solitaires de *Port-*
Royal , il prit toujours part à leurs
affaires , & les aida de fes confeils &
de fes foins dans les differentes occafions qui s'en préfenterent.

Il mourut à *Paris* le 14. Juin 1674.
âgé de 74. ans.

M. *Chapelain* dans fa *Lifte de quel-*
ques Gens de Lettres François vivans
en 1662. s'exprime ainfi fur fon fujet.
» Il parle très-purement fa langue ,
» & les Romans qu'on a vû de lui
» en font une preuve certaine. Au-
» trefois il fembloit qu'il fe deftinoit
» à l'Hiftoire : il faut qu'il ne fe foit
» pas fenti affez pourvû des qualités
» neceffaires pour cela.

Il avoit en effet eu deffein d'écrire
l'Hiftoire des cinq derniers Rois de
France de la Maifon de *Valois* ; il en
avoit même formé judicieufement le
plan , & avoit commencé a l'exécuter ; mais il n'alla pas loin ; & on a
fujet de croire que ce qu'il en avoit

M. DE
GOMBER-
VILLE.

fait est perdu, quoique le P. *le Long* le cite dans sa *Bibliotheque Historique de la France*, n°. 8201.

Catalogue de ses Ouvrages.

1. *Tableau du bonheur de la Vieillesse, opposé au malheur de la Jeunesse, composé en Quatrains par Marin le Roy. Paris*, 1614. *in-8°.*

2. *Discours des vertus & des vices de l'Histoire, & de la maniere de la bien écrire. Avec un Traité de l'origine des François. Paris*, 1620. *in-40.* Je n'ai pas vû, dit l'Abbé *Lenglet* dans sa *Méthode pour l'Histoire*, de livre où il y ait plus à profiter que dans celui-ci, qui est plein de réflexions judicieuses & de traits curieux. On peut apprendre dans sa lecture à juger sainement des Historiens, & à discerner le vrai & le faux dans les faits historiques.

3. *La Caritée; contenant sous des temps, des Provinces & des noms supposés, plusieurs rares & véritables Histoires de notre temps. Paris*, 1621. *in-8°.* C'est un Roman.

4. *Remarques sur la vie du Roy, & sur celle d'Alexandre Severe, contenant la comparaison de ces deux grands*

Princes, & comme les prophéties de M. DE
l'heureux regne du Roy. Paris, 1622. GOMBER-
*in-*40. VILLE.

5. *Polexandre. Paris. in-*4°. Quatre
tomes. Les deux premiers en 1632.
& les deux autres en 1637. It. *Ibid.*
1638. & 1641. *in-*80. Cinq volumes.
Ces deux dernieres éditions font toutes differentes de la premiere quant
aux évenemens. *Gomberville,* qui
avoit beaucoup de talent pour écrire, a voulu montrer par cette varie-
té, qu'il fe joüioit de fa matiere ; peut-
être a-t-il voulu auffi procurer plus
de débit à ces éditions, en y inferant
plufieurs chofes, qui mettoient ceux
qui avoient la premiere dans la néceffité d'acheter encore celle-ci. Quoique ce Roman ait eu beaucoup de vo-
gue, il ne laiffe pas d'être ennuyeux
en bien des endroits, comme tous
ces fortes d'Ouvrages.

6. *La Cythe·ée. Paris. in-*80. Quatre
vol. Les deux premiers en 1640. le
3ᵉ. 1641. & le 4ᵉ. en 1642. It. *Paris,*
1644. *in-*80. Quatre vol. Ce nouveau
Roman eft dans le ftyle du *Polexan-*
dre.

7. *La Doctrine des Mœurs,* tirée de

M. DE *la Philosophie des Stoïques, représentée* GOMBER- *en cent tableaux, & expliquée en cent* VILLE. *discours. Paris,* 1646. *in-fol.* Les figures ont été gravées par *Daret*, qui les a copiées des belles estampes des *Emblemata Horatiana Othonis Vænii,* imprimées plusieurs fois *in·*4°. Le portrait de *Gomberville* est à la tête, & son nom y est Grecisé en cette maniere assez bizarre. *Thalassius Basilides à Gombervilla ætatis suæ* 43. *anno* 1643.

8 *Préface au-devant des Poësies de Maynard. Paris,* 1646. *in-*4°.

9. *La jeune Alcidiane. Paris,* 1651. *in-*80. C'est un Roman, dont il n'y a eu que la premiere partie imprimée.

10. *Les Mémoires de M. le Duc de Nevers. Paris,* 1665. *in-fol.* Deux vol. Ces Mémoires, qui sont très-curieux, & fort instructifs, ont été publiés par les soins de *Gomberville,* qui y a ajouté une Préface, & quelques piéces, qui servent à éclaircir, ou à confirmer certains faits douteux.

11. *Relation de la Riviere des Amazones, traduite de l'Espagnol de Christophe d'Acuña: augmentée de plusieurs autres Relations, & d'une Dissertation sur cette Riviere, par Marin le Roy,*
sieur

sieur de Gomberville. Paris, 1682. *in-* M. DE
12. Quatre vol. GOMBER-

12. Il a donné sous le nom de *Tha-* VILLE.
lassius Basilides les Poësies Latines,
qui portent le nom de M. *de Lome-*
nie, Comte de *Brienne*, mais qui
font veritablement du P. *Cossart*, Jefuite. M. de *la Monnoye* dans fes notes fur les *Jugemens des Sçavans de*
Baillet, veut qu'il fe foit repofé fur
un tiers du foin de cette édition, puif-
que, fi l'on en croît *Menage* dans fa
Requête des Dictionnaires, il ne fça-
voit pas de Latin. Mais il eft à préfumer qu'il y a un peu d'exageration
dans la piéce de *Menage*, qui eft entierement fatyrique.

13. *Poësies diverses* dans les Recueils
de fon temps.

V. *L'Histoire de l'Academie Fran-*
çoise de M. Pelliffon, & les additions
de M. l'Abbé d'Olivet. L'Abbé le
Clerc, Bibliotheque du Richelet. Le
Parnasse François de M. Titon du Til-
let.

BEATUS RHENANUS.

B. RHE-
NANUS.

BEatus *Rhenanus* naquit l'an 1485.
à *Scheleſtat* , Ville d'Alſace ,
d'*Antoine Rhenanus* , & de *Barbe Ke-
gel.*

Le nom de ſa famille étoit *Bild*;
mais ſon pere ayant abandonné la
Ville de *Rhenan* , lieu de ſa naiſſance , que le *Rhin* déſoloit continuellement par ſes inondations , pour ſe
retirer à *Scheleſtat* , y prit le nom de
Rhenanus , que lui donnerent ceux
chez qui il étoit allé demeurer. Il
apporta peu de biens dans cette Ville , mais il ſçut en gagner par ſon
travail & ſon induſtrie dans la profeſſion de Boucher , qu'il exerçoit , &
parvint dans la ſuite aux charges de
Sénateur & de Bourguemeſtre.

Beatus Rhenanus perdit ſa mere ,
lorſqu'il étoit encore dans le berceau ;
mais ſon pere , qui n'avoit que lui
d'enfant , ne voulut point ſe remarier , quoiqu'il ait vêcu 35. ans depuis , & ſongea ſeulement à lui donner une bonne éducation.

Il commença ſes études dans ſa patrie, où il eut pour Maîtres *Craton Udenhemius*, & *Jerôme Gebuiler*.

B. Rhe-
nanus.

On l'envoya enſuite à *Paris*, & il s'y appliqua à la langue Grecque ſous *George Hermonyme*, à la Dialectique & à la Phyſique ſous *Jacques le Fevre*, & *Joſſe Clictboue*, & à la Poëſie ſous *Fauſte Andrelinus*.

Il paſſa enſuite à *Straſbourg*, après avoir été faire un tour dans ſa patrie, & y demeura quelques années, occupé de ſes études.

Il ſe rendit de-là à *Baſle*, où il eſperoit trouver de plus grands ſecours, pour ſe perfectionner dans les connoiſſances qu'il avoit déja acquiſes. Il y eut pour Maître dans la langue Grecque *Jean Conon*, & y contracta une étroite amitié avec *Eraſme*.

Il retourna à *Scheleſtat* en 1520. âgé de 35. ans, & il y arriva à propos pour voir encore ſon pere, qui mourut le lendemain de ſon arrivée.

Comme il avoit deſſein de ſe borner à l'étude & au travail de ſon Cabinet, il ne voulut jamais ſe charger d'aucun employ, & il obtint même de l'Empereur *Charles-Quint* un Pri-

B. RHE-
NANUS.

vilege, qui l'exemptoit de toute charge publique.

Il fut long-temps sans vouloir se marier, & résista toujours aux instances qu'on lui fit pour l'y engager, mais il s'y détermina sur la fin de sa vie, & épousa une veuve, nommée *Anne Brunon*, dont il n'eut point d'enfans. Ce mariage ne fut pas même public, & ils n'habiterent jamais ensemble, parce que *Rhenanus* se sentit aussi-tôt après attaqué du mal dont il mourut.

C'étoit une rélaxation de la vessie si fâcheuse, qu'il ne pouvoit retenir son urine, & que pour la recevoir il étoit obligé de porter toujours entre ses jambes un vaisseau de verre.

Pour guérir cette incommodité, il alla par le conseil des Medecins prendre les eaux de *Bade* en Suisse. Mais son mal s'en étant augmenté, il se fit transporter à *Strasbourg*, où il mourut le 20. Mai 1547. âgé de 62. ans. Son corps fut transporté à *Schelestat*, pour y être enterré.

Il ne fit point de testament, quoiqu'il laissât environ huit mille écus de bien; il se contenta de marquer

verbalement fes intentions ; mais cela n'eut point de lieu, fi ce n'eft pour
fa Bibliotheque , qu'il avoit eu , au
rapport de fon valet, deffein de donner à la Ville de *Scheleftat* pour l'u-
fage de fes compatriotes.

C'étoit un homme d'une douceur
extraordinaire , qui ne pouvoit fouf-
frir les difputes , & d'une modeftie
finguliere. Il vivoit d'une maniere
fort fobre , & fe diftinguoit par une
exacte probité. Quoiqu'il reconnût
qu'il s'étoit gliffé quelques abus dans
la Religion , il a toujours vêcu , &
eft mort dans le fein de l'Eglife Catholique. Cette conduite l'a fait accu-
fer de timidité à l'égard de la Religion, par les Proteftans , qui ont prétendu qu'il n'avoit jamais ofé fe ranger de leur côté , quoiqu'il fût perfuadé de la vérité des Dogmes qu'ils
enfeignoient.

Les mêmes l'ont auffi accufé d'a-
varice , parce qu'il s'habilloit fimple-
ment , & qu'il ne donnoit pas des repas magnifiques ; & l'on a dit de lui
à ce fujet en plaifantant.

Beatus eft beatus , attamen fibi.

Catalogue de ses Ouvrages.

1. *Q. Septimii Florentis Tertulliani Opera cum argumentis & annotationibus B. Rhenani. Basilea*, 1521. *in-fol.* *Rhenanus* a publié le premier les Oeuvres de *Tertullien* sur deux Manuscrits qu'il avoit tirés de deux Abbayes d'Allemagne. » J'estime beaucoup, dit M. *du Pin*, les notes de » *Rhenanus*, qui étoit très-sçavant » dans les Belles - Lettres, & dans » l'Antiquité Ecclesiastique, & les » Argumens qu'il a mis à la tête de » la plûpart des Ouvrages de *Tertullien*. Il me semble que personne n'a » travaillé plus utilement que lui » pour l'intelligence de cet Auteur, » & que M. *Rigault* a très-sagement » remarqué, qu'il n'a manqué à » *Rhenanus*, pour faire un Ouvrage » parfait, que d'avoir assez de Manuscrits. Ses notes néanmoins ont été » censurées par l'Inquisition d'Espa- » gne, & mises à *Rome* dans l'Indice » des Livres défendus, à cause de » quelques remarques un peu libres » sur les abus qui étoient communs » de son temps : mais cela ne doit » rien diminuer de l'estime qu'on en

»doit avoir. « Cette premiere édition B. RHE-
a été fuivie d'un grand nombre d'au-NANUS.
tres, dans lefquelles on a inferé les
notes & les argumens de *Rhenanus*.

2. *Autores Hiftoriæ Ecclefiafticæ.*
Eufebii Pamphili, Cafarienfis Epifco-
pi, Libri novem, Ruffino interprete.
Ruffini, Prefbyteri Aquileienfis, Libri
duo. Item ex Theodorito Epifcopo Cy-
renfi, Sozomeno, & Socrate Conftan-
tinopolitano Libri duodecim, verfi ab
Epiphanio Scholaftico, adbreviati per
Caffiodorum Senatorem ; unde illis Tri-
partita Hiftoriæ vocabulum. Omnia re-
cognita ad antiqua exemplaria Latina
per B. Rhenanum. Bafileæ, 1523. in-
fol. It. His accefferunt Nicephori Ec-
clefiaftica hiftoria, incerto interprete.
Victoris Epifcopi Libri tres de perfecu-
tione Vandalica. Theodoriti Libri V.
nuper ab Joachimo Camerario Latini-
tate donati. Bafileæ, 1535. in-fol. It.
Parif. 1541. in-fol. » Quoique l'*Eufe-*
» be de *Rhenanus* ne vaille rien au-
» jourd'hui, dit *Baillet* dans fes *Ju-*
» *gemens des Sçavans*, c'étoit un tra-
» vail admirable pour fon temps, fup-
» pofant, comme il le croyoit, qu'-
» on n'en dût pàs trouver le Grec ori-

B. RHE- » ginal : parce qu'il lui avoit donné
NANUS. » une suite raisonnable par le peu de
» secours des exemplaires Latins, &
» qu'il avoit fourni le reste, ou par
» son jugement, ou par sa lecture. «

3. *S. Basilii Magni Sermo de diffe-*
rentia Usia & Hypostasis ; B. Rhenano
interprete. Paris. 1513. *in-fol.* Il fit cette traduction pendant son séjour à
Paris.

4. *Synesii de laudibus Calvitii ex in-*
terpretatione Joannis Phreæ, cum Scho-
liis B. Rhenani. Basileæ, 1519. *in-4°.*
It. *Ibid.* 1521. *&* 1551. *in-8°.* A la
suite d'*Erasmi Encomium Moriæ.*

5. *S. Gregorii Nanzianzeni Oratio,*
& Epistolæ duæ ad Themistium, Latinè.
B. Rhenano interprete. Paris. 1513. *in-*
fol. Apparemment avec la version
marquée au n°. 3.

6. *Erasme* avoit commencé à mettre sous la presse une édition Latine
d'*Origene* ; mais étant mort en 1536.
sans avoir pû achever ce travail, *Rhe-*
nanus fut chargé de le faire à sa place.
Il mit à la tête une Préface adressée à
Herman, Archevêque de *Cologne*,
dans laquelle il fit l'éloge d'*Erasme* ;
& rapporta plusieurs particularités

de ſa vie. Cette édition parut à *Baſle*
la même année 1536. *in-fol.*

7. *Omnia Opera Deſiderii Eraſmi ,
quæcumque ipſe Autor pro ſuis agnovit,
novem tomis diſtinſta. Cum Præfatione
B. Rhenani , vitam Autoris deſcribente
ad Imp. Carolum V. Baſileæ ,* 1540. *in-
fol.* L'Epitre de *Rhenanus* eſt datée du
1. Juin de cette année.

8. *Maximi Tyrii , Philoſophi Platonici , Sermones è Græca in Latinam
linguam verſi , Coſmo Paccio interprete;
cum præfatione & emendatione B. Rhenani. Baſileæ ,* 1519. *in-fol.*

9. *Baptiſta Guarinus de modo & ordine docendi ac diſcendi : cum Præfatione B. Rhenani. Argentorati ,* 1514.
*in-*80.

10. *Marcelli Virgilii de Militiæ laudibus Oratio Florentiæ diſta. Baſileæ ,*
1518. *in-*4°. p. 22. *Rhenanus* eſt l'éditeur de ce diſcours , à la tête duquel
il a mis une courte Epitre.

11. *Ludovici Bigi Piſtorii Ferrarien-
ſis Opuſculorum Chriſtianorum Metri-
corum Libri tres. Pontii Paulini Carmen
Iambicum Chriſtianam pietatem com-
mendans. Edente B. Rhenano. Argentorati ,* 1509. *in-*4°.

12. *Thomæ Mori Epigrammata Latina , pleraque è Græcis versa , ad emendatum ipsius exemplar excusa. Basileæ,*
1520. *in*-4º. On voit à la tête une
Epitre de *Rhenanus* , éditeur de cet
Ouvrage , à *Bilibald Pirckheimer* , datée de *Basle* le 23. Février 1518.

13. *P. Velleii Paterculi Historiæ Romanæ duo volumina per B. Rhenanum
ab interitu utcumque vindicata. Basileæ,*
1520. *in-fol. Rhenanus* a publié le premier cette Histoire , quoique dans
un assez mauvais état , parce que
l'exemplaire , qu'il avoit découvert,
étoit fort peu correct. Les petites notes marginales , qu'il y a mises , ont
été insérées dans quelques éditions
suivantes.

14. *P. Cornelii Taciti Historia Augustæ , sive Annalium ab excessu Au-
gusti Libri* 16. *per B. Rhenanum recog-
niti. Castigationes suis quæque libris
adduntur. Ejusdem libellus de Germanorum populis , moribus ac situ. Dialogus de Oratoribus , in quo Ciceronis
Brutum imitatur. Vita Julii Agricolæ
Soceri sui. Omnia emaculatius & una
cum Scholiis. Accessit etiam ab operis
initio Thesaurus constructionum , locu-*

tionumque & vocum Tacito solemnium. B. RHE-
Basilea, 1533. & 1544. *in-fol.* It. *Ve-*NANUS.
netiis. Aldus Manutius. 1534. *in-*4°.

15. *Titi-Livii Decades tres , cum di-*
midia , longe quam nuper emaculatio-
res , quod nunc demum ad vetera exem-
plaria collata sint ; ubi quantum sit de-
prehensum mendorum , facile indica-
bunt B. Rhenani , & Sigismundi Gele-
nii adjuncta annotationes. Addita est
Chronologia Henrici Glareani , ab ipso
recognita & aucta. Basilea, 1535. *in-*
fol. It. *Lugduni* , 1537. *in-*8°. It. *Ba-*
silea , 1543. *in-fol.* Les notes de *Rhe-*
nanus ont été aussi inserées dans plusieurs éditions suivantes.

16. *L. Annai Seneca de morte Clau-*
dii Ludus B. Rhenani commentariis il-
lustratus. Dans l'édition des Oeuvres
de *Seneque* donnée par *Erasme. Basi-*
lea , 1529. *in-fol.* & dans quelques
autres.

17. *Q. Curtii de rebus gestis Alexan-*
dri Magni libri decem , (*desunt autem*
duo priores) *per B. Rhenanum , cum*
notis Erasmi , Hutteni , Glareani ,&c.
Basilea , 1517. *in-fol.* It. *Argentorati* ,
1518. *in-fol.*

18. *C. Plinii Historia Naturalis* ;

B. RHE-
NANUS.

cum B. Rhenani Castigationibus in præ-
fationem & libros priores 14. *Basileæ ,*
1526. *in-fol.*

19. *Joannis Geileri Keifersbergii ,*
Canonici Argentinensis Vita. Argento-
rati , 1510. *in-4°.* A la tête d'un Livre de cet Ecclefiastique , intitulé :
Navicula , feu speculum Fatuorum.

20. *Æneæ , Platonici Christiani , de*
immortalitate Animæ , deque Corporum
refurrectione dialogus aureus , qui Theo-
phrastus inscribitur ; Ambrosio Camal-
dulenfi interprete. Cum Præfatione B.
Rhenani. Basileæ , 1516. *in-4°.*

21. *Xysti Philosophi Enchiridion ,*
feu Sententiæ piæ & Christianæ. Cum
Præfatione B. Rhenani. Basileæ , 1516.
in-4°. Avec l'Ouvrage précédent.

22. *Licentii Evangeli Sacerdotis.*
Præfatio in Marfilii defenforem pacis
pro Ludovico IV. Imp. adverfus iniquas
ufurpationes Ecclefiasticorum. 1522. *in-*
fol. It. Dans le premier volume de
la Monarchie de l'Empire de *Goldast.*
Rhenanus s'est caché ici fous le nom
de *Licentius Evangelus.*

23. *Illyrici Provinciarum utrique Im-*
perio , cùm Romano , tùm Constantino-
politano fervientis defcriptio. A la p.

204. de la *Notitia dignitatum Imperii* B. Rhe-
Romani. Parif. 1602. *in-*8o.   nanus.

24. On trouve deux Lettres de lui,
dans le Recueil intitulé : *Clarorum Vi-*
rorum Epiftolæ variæ temporibus miffæ
ad Joannem Reuchlin. Tiguri, 1558.
*in-*8o.

25. Il y en a deux autres à *Jean de*
Lasko dans les *Illuftrium & Clarorum*
Virorum Epiftolæ Selectiores quas col-
legit Simon Abbes Gabbema. Harlingæ,
1669. *in-*8°. p. 9. & 10.

26. *Procopii Cæfarienfis de rebus Go-*
thorum, Perfarum & Vandalorum Li-
bri feptem, una cum aliis mediorum tem-
porum Hiftoricis. Bafileæ, 1531. *in-fol.*
Rhenanus, qui a donné cette édition,
a mis à la tête une fçavante Préface.

27. *Rerum Germanicarum Libri tres.*
Bafileæ, 1531. *in-fol.* On voit à la
fuite de cet Ouvrage *Epiftola de locis*
Plinii per Stephanum Aquæum attactis,
ubi mendæ quædam ejufdem Autoris ema-
culantur ab aliis non animadverfæ. Cet
Auteur avoit donné en 1530. un gros
Commentaire fur l'Hiftoire naturelle
de *Pline,* dont *Rhenanus* reprend ici
quelques endroits. Cette Lettre fe
trouve dans toutes les éditions fui-

B. RHE-
NANUS.

vantes. It. *Præmissa est vita ipsius B.*
Rhenani, à Joanne Sturmio eleganter
conscripta. Accedit hac editione ejusdem
B. Rhenani, & Jodoci Willichii in li-
bellum Cornelii Taciti de moribus Ger-
manorum commentaria; Bilibaldi Pirck-
heimeri descriptio Germaniæ ; Gerardi
Noviomagi inferioris Germaniæ Histo-
ria ; Conradi Celtis de situ & moribus
Germaniæ & Hernicia Sylva additio-
nes. Basileæ, 1551. *in-fol.* It. Avec
toutes ces piéces. *Argentorati,* 1610.
in-8°. It. Avec de grandes augmentations dans le corps de l'Ouvrage ,
par *Jacques Otton,* sous ce titre : *B.*
Rhenani Libri tres Rerum Germanica-
rum Nov. Antiquarum, Historico-Geo-
graphicarum, illustratarum à Jacobo
Ottone. Ulmæ, 1693. *in-4°.* C'est le
meilleur Ouvrage de *Rhenanus ;* & il
est étonnant qu'il ait aussi-bien réus-
si qu'il a fait, quoiqu'il n'eût pas les
secours, que l'on a maintenant.

V. *Sa Vie par* Jean Sturmius *à la tê-*
te de ses Antiquitez de l'Allemagne.
Melchior Adam l'a inserée toute entiere
dans ses *Vitæ Philosophorum Germano-*
rum. Freheri *Theatrum Virorum Docto-*
rum, tom. 2. p. 1450. Boissardi *Icones,*

NICOLAS BARTHELEMI,

Nicolas *Barthelemi* ne nous éſt connu que par ſes Ouvrages, qui même ſont fort rares.

Il étoit né à *Loches* en Touraine dans le 15e. ſiécle, & s'étoit fait Moine, apparemment de l'Ordre de *S. Benoît.* Il parvint même aux charges de cet Ordre, puiſque dans une édition de ſes *Momiæ*, qui eſt de l'an 1514. il prend la qualité de *Fracta-Vallis Prior*, & que dans un autre Ouvrage imprimé en 1523. il prend celle de *Beatæ Mariæ à bonis Nunciis Prior.*

Son état ne l'empêcha pas de cultiver la Poëſie & les Belles-Lettres; il étudia même en Droit pendant pluſieurs années, & s'y fit recevoir Docteur à *Orleans.* On a encore les diſcours qu'il prononça en cette occaſion.

On ignore le temps de ſa mort, de même que les autres circonſtances de ſa vie.

N. BAR-THELEMI.

Catalogue de ses Ouvrages.

N. Bar-
thelemi.

1. *Hortulus. Paris. in* 4°. Ancienne
édition sans date. C'est une petite piéce de vers, qui se retrouve dans le
Recueil suivant.

2. *Nicolai Barptolomæi, Lochiensis,*
Epigrammata, Momiæ, Edyllia. in-
8°. p. 48. non chiffrées. Edition sans
date ni nom de Ville, mais faite à
Paris, comme il paroît par les caracteres. Les *Momiæ* ne se trouvent point
ici, quoiqu'elles soient marquées
dans le titre. L'Auteur ayant un voyage à faire, se réserva à les publier
après son retour.

3. *F. Nicolai Barptolomæi Momiæ.*
Ejusdem Panegyricus Heroïcus in Dei-
param Virginem Mariam. Jodocus Ba-
*dius Ascensius. in-*8°. p. 111. non chiffrées. Je ne sçai si c'est ici l'édition
que M. *de la Monnoye* a eu en vûë,
lorsqu'il a dit dans le *Menagiana*,
tom. 1. p. 368. que l'Ouvrage avoit été
imprimé chez *Badius in -* 8°. dès l'an
1514. Les *Momiæ* font un Ouvrage
comique, où l'Auteur, comme un
autre *Momus*, censure toutes sortes
d'états.

4. *F. Nicolai Barptolomæi, Lochien-*
sis,

ſtri, *Jurium doctoris, de vita activa &* N. BAR-
contemplativa liber unus. Sunt & alia THELEMI-
ejus monumenta. Pariſ. *Petrus Vido-*
vaus. 1523. *in-*8o. p. 95. non chiffr.
Les piéces contenuës dans ce Recueil
ſont les ſuivantes.

Præfatio ad D. Ludovicam Andium
Ducem.

De vita activa & contemplatione li-
ber unus. C'eſt un Dialogue en proſe
entre *Marthe* & *Marie.*

Epiſtola ad Gulielmum Budæum ju-
cunda, qua non eſſe ſtudendum contendit.
Elle eſt fort longue ; mais il n'y a que
du verbiage.

Oratio habita Aurelia in ſuo Docto-
ratu, & gratiarum actio poſt ſuſceptio-
nem.

Ennaæ duæ. 1a. *Contemplatio ſuper*
Ecce Homo. 2a. *Ad Soſpitalem Chriſtum.*
Elles ſe trouvent dans le Recueil de
piéces ſemblables, dont je vais parler.

Monodia in Chriſti Natalem.

Ode ad Virginem Mariam.

5. *Nic. Bartpholomæi Ennaæ.* Pariſ.
Simon Colinæus. 1531. *in-*8o. p. 39.
non chiffrées. Ce ſont des piéces de
vers, qui roulent ſur des ſujets de
dévotion.

Tome XXXVIII. A a

N. BAR
THELEMI.

6. *Chriftus Xylonicus. Parif. Simon Colinaus.* 1531. *in-*8º. p. 88. non chiffrées. It. *Antuerpia,* 1537. *in-*8º. C'eſt une Tragedie en quatre Actes.

Pour faire connoître la verſification & le goût de cet Auteur, je rapporterai ici une de ſes Epigrammes.

Ad Correum.

Quondam, Corree, ſciſcitatus à me es,
Cujus lectio me magis juvaret?
Lectus me toties Maro ac relectus
Nullo, Corree, tædio fatigat.
Sed nec Pſalmographus famem legendi
(A me ex Religione ſæpe verſus)
Exemit. Pathelinum & hoc in alba
Adſcriptum tibi jure collocarim,
Quem tantis ſalibus, facetiiſque
Græcis objicias probe & Latinis.
Francum intelligo; nempe verſipellem,
Qui nunc auribus eſt datus Latinis;
Cenſuris alii ſuis probarint.
Cui non ex tribus unus adlubebit,
Is nil è ſtudiis petat quod optet.

V. Ses Ouvrages. Nous n'avons point d'autre Auteur, qui nous le faſſe connoître.

JEAN AVENTIN.

JEan *Aventin* naquit l'an 1466. à *Abensperg*, Ville de la haute Baviere, dont l'ancien nom étoit *Aventinium* ; ce qui lui a donné occasion de prendre celui d'*Aventin*.

J. AVENTIN.

Son pere, nommé *Jean Thurmair*, étoit Cabaretier de cette Ville, mais honnête homme. Il destina son fils à l'étude, & prit un grand soin de son éducation.

Après avoir appris les premiers élemens de la langue Latine dans sa patrie, on l'envoya à *Ingolstadt*, où il s'appliqua aux Humanités & à la Philosophie avec beaucoup de succès.

L'ardeur qu'il temoignoit pour l'étude engagea à l'envoyer à *Paris*, où les Sciences étoient plus florissantes qu'en aucune autre Université, & où l'on esperoit qu'il auroit plus de moyen de se satisfaire qu'ailleurs.

Il y eut principalement pour maîtres *Jacques le Fevre d'Etaples*, & *Josse Clicthoüe* ; & après s'y être exercé dans toutes sortes de Sciences, il y

A a ij

J. AVEN-prit le degré de Maître-ès-Arts.

TIN.   Etant retourné en Allemagne en 1503. il demeura quelque temps à *Vienne*, & y enseigna en particulier l'Eloquence & la Poësie.

Il passa l'année suivante à *Ratisbonne*, où une maladie fâcheuse le retint fort long-temps.

Dès que sa santé se fut rétablie, il retourna dans sa patrie, & y demeura une année entiere ; au bout de laquelle, c'est-à-dire, en 1506. il passa de nouveau à *Vienne*, & continua à s'y perfectionner dans ses connoissances, par le commerce des Sçavans, qui y vivoient alors.

Il alla en 1507. à *Cracovie*, & y enseigna la Grammaire Grecque, employant une partie de son temps à l'étude des Mathematiques.

Rappellé dans son pays, il passa à *Vienne*, & ensuite à *Ratisbonne*, d'où il se rendit à *Abensperg*.

En 1509. il se transporta à *Ingolstadt*, & y expliqua le songe de *Scipion*, & la Rhetorique à *Herennius*. Comme il cherchoit à se faire un établissement, il composa vers ce temps-là un Poëme, qu'il adressa à *Albert*,

Duc de Baviere, pour le complimen-J. AVEN-
ter ſur l'heureuſe fin qu'il avoit miſeTIN.
à la Guerre qui affligeoit ſon pays, &
en même temps pour lui demander
de l'employ.

Sa demande ne fut point inutile,
puiſqu'on le fit venir à *Munich* en
1512. pour être Precepteur des Princes *Louis* & *Erneſt*, fils du Duc *Albert*. Il demeura auprès d'eux pendant
quelques années, & fit enſuite le
voyage d'Italie avec le Prince *Erneſt*.

Le temps, que devoit durer cet
emploi, étant fini, il ſe vit rendu à
lui-même; & ſongea alors à ſe faire
une occupation. Il entreprit dans cette vûë d'écrire l'Hiſtoire de Baviere,
& il fut encouragé dans ce deſſein par
les Princes *Guillaume*, *Louis*, & *Erneſt*, qui promirent de fournir aux
frais de l'entrepriſe.

Il n'oublia rien pour repondre en
cela à l'attente de ſes Maîtres; il parcourut toute la Baviere & les pays
voiſins, & viſita avec ſoin toutes
les Archives, qui lui furent ouvertes
par ordre des Princes ſes Protecteurs.
Il fit auſſi dans le même deſſein pluſieurs voyages en Allemagne, en
France, en Italie.

Enfin se trouvant tous les materiaux nécessaires, il travailla à composer son Histoire, dont il fit une partie à *Ratisbonne*, & une autre à *Abensperg*.

Étant allé au mois d'Octobre de l'an 1519. de *Ratisbonne* à *Abensperg*, il fut à peine entré dans le logis de sa sœur, qu'il fut enlevé par force & emmené en prison, sans qu'on en sçache la raison. Mais quelques jours après le Duc de Baviere donna ordre de le mettre en liberté, & cette affaire n'eut point de suite. *Aventin* en contracta cependant une mélancolie, à laquelle il crut ne pouvoir trouver un remede que dans le mariage.

Il vécut dans le célibat jusqu'à l'âge de 64. ans ; mais songeant alors à se marier, il consulta ses amis, & compara les passages de l'Ecriture-Sainte qui représentent les avantages & les inconveniens du mariage, pour se déterminer sur le parti qu'il prendroit. Comme tout cela étoit une matiere d'incertitude, il se détermina lui-même brusquement, en disant : *Je suis vieux, j'ai besoin d'une compagne, qui me serve.*

Il se maria donc, mais il ne pou-J. AVEN= voit faire un plus mauvais choix. Il TIN. épousa une femme laide, pauvre, & d'une humeur mausade, qui lui don- na bien du chagrin. Il en eut cepen- dant deux enfans, un garçon, qui mourut dans l'enfance, & une fille, qui lui a survêcu.

Après son mariage, il acheta une maison à *Ratisbonne*, où il vêcut jus- qu'en 1533. que *Leonard d'Eck*, Con- seiller du Duc de Baviere, l'engagea à venir à *Ingolstadt*, pour y être Pré- cepteur de son fils.

Il se rendit dans cette Ville, pour voir s'il s'accommoderoit de cette condition ; & trouvant qu'elle lui convenoit, il retourna à *Ratisbonne* vers les Fêtes de Noël, dans le dessein d'emmener avec lui sa femme & sa fille. Mais soit qu'il eût souffert du froid dans ce voyage, soit pour quel- qu'autre cause, il y arriva malade, & sa maladie s'étant augmentée de jour en jour, il en mourut le 9. Jan- vier 1534. âgé de 68. ans.

Il fut enterré dans l'Eglise de *S. Hemeran* à *Ratisbonne*, avec cette Epi- taphe.

D. O. M.

*Joannes Aventinus , vir singulari
eruditione , fide , ac pietate præditus ;
patriæ suæ ornamento , exteris admira-
tioni fuit : Boiorum & Germaniæ studio-
sissimus : Rerum antiquarum indagator
sagacissimus : veræ Religionis , omnisque
honesti amator. Cui H. M. ad Posteri-
tatis memoriam P. est. V. Idus Januarii
anno 1534.*

C'étoit un homme d'une taille médiocre , mais fort replet. Il commençoit à travailler dès le point du jour ,
après avoir lû quelque chose de l'E-
criture-Sainte , & se mettoit encore à
l'étude quelque temps après son sou-
per , qui étoit toujours leger , jusqu'à
minuit. Quoiqu'il ne recherchât point
la compagnie , & qu'il aimât fort à
être seul , il étoit agréable & enjoüé
avec ses amis. C'étoit un vrai Philosophe , qui ignoroit l'ambition & l'a-
varice , & qui ne songeoit qu'à vivre
dans la tranquillité & le repos , occupé tout entier de ses études.

Catalogue de ses Ouvrages.

1. *Joannis Aventini Annalium Boiorum Libri septem. Ingolstadii ,* 1554.
in-fol. C'est la premiere édition de cet-

te Histoire, qui commence à la pre- .I. AVEN-
miere origine des Peuples de la Ba- TIN.
viere, & s'étend jusqu'à l'an 1460.
& non point jusqu'en 1533. comme
le dit *Vossius.* Ce fut *Jerôme Ziegler*,
Professeur en Poësie dans l'Université d'*Ingolstadt*, qui la publia. Il mit à
la tête une Epitre dédicatoire, une
Préface, une liste des mots Alle-
mands, qu'*Aventin* avoit latinisés
dans son Histoire, & la vie de cet
Auteur, qui est fort bien faite ; tout
cela se trouve dans les éditions suivantes. Mais il retrancha plusieurs
traits & plusieurs invectives, qui regardoient les Papes & les Ecclesiastiques, & plusieurs récits fabuleux,
qui ne faisoient rien à l'Histoire de
Baviere. Ces retranchemens déplû-
rent à plusieurs personnes, qui sou-
haiterent avoir l'Histoire d'*Aventin*,
telle qu'elle étoit sortie de sa plume.
On les satisfit dans les éditions suivantes, où l'on rendit à cet Auteur,
ce que le premier éditeur lui avoit
ôté.

La 2ᵉ. Edition parut par les soins
de *Nicolas Cisner. Joannis Aventini
Annalium Boiorum Libri septem ; ex*

Tome XXXVIII.　　　B b

J. AVEN-
TIN.

authenticis *Manuscriptis Codicibus re-
cogniti, restituti, aucti, Nicol. Cisneri diligentia atque fide. Basileæ*, 1580.
in-fol. It. *Basileæ,* 1615. *in fol.* It. *Francofurti,* 1627. *in-fol.* It. *Basileæ,* 1651.
in-fol. Ces éditions, qui portent le
nom de *Cisner*, ont été effacées par
la suivante.

*J. Aventini Annalium Boiorum Li-
bri VII. cum doctissimorum Virorum
quibuscumque editionibus collati, emen-
datius auctiusque excusi. Quibus ejusdem Aventini Abacus, simul ac perra-
rus Francisci Guillimanni de Helvetia,
seu rebus Helvetiorum Tractatus accesserunt : Præfationem curante Nicolao
Hieronymo Gundlingio. Lipsiæ*, 1710.
in-fol. Il faut ajouter à cette édition
& à celles de *Cisner*, *Paralipomena ad
Jo. Aventini Annales Boiorum*, que
Burcard Gotthelff Struve a inserés à la
p. 20. de la 8e. partie de ses *Acta Litteraria ex Manuscriptis eruta.* Ce sont
quelques corrections & additions à
l'Histoire d'*Aventin*, qui ont été trou-
vées écrites de sa main. Elles ne sont
pas en grand nombre, puisqu'elles
n'occupent que huit pages.

Aventin a traduit lui-même son

Hiftoire en Allemand , & cette tra- J. AVEN-
duction a été imprimée à *Francfort* en TIN.
1566. & en 1622. *in-fol.*

Cette Hiftoire a acquis beaucoup
de réputation à fon Auteur ; en effet
on y trouve plufieurs faits curieux
touchant la Baviere. Il y a cependant
bien des fautes, qu'il faut attribuer au
peu de critique qui regnoit de fon
temps , où il étoit plus difficile qu'à
préfent de difcerner le vrai & le faux.
La liberté avec laquelle il a parlé de
defordres des Ecclefiaftiques de fon
fiécle l'a fait mettre dans l'*Index* parmi les Auteurs défendus de la premiere Claffe. Quelques-uns fe font même avifés de le traiter de Lutherien ;
mais toute fa Vie, & fon Epitaphe,
où il eft appellé *Vera Religionis amator* , font voir la fauffeté de cette accufation.

On a tiré du premier Livre quelque chofe qui regarde les Antiquités
du Danemarc, qu'on a publié fous
ce titre : *Antiquitatum Danicarum
Sermones XVI. ex Joannis Aventini
Bojarica Hiftoriæ Libro primo felecti ,
& novis Joannis Lyfcandri Commentariis illuftrati. Edente Erico Olao Tor-*

mio. Hafniæ, 1642. *in* 4°.

2. *Chronicon, sive Annales Schiren-
ses, à Joanne Aventino ex publicis documentis conscripti, nunc editi ex MS.
Biponti.* 1600. *in*-4°. It. Avec la Chronique de *Conrad* le Philosophe. *Ingolstadii*, 1623. *in*-40. Cette édition
a été publiée par les soins d'*Etienne*,
Abbé de *Schiren*. It. Avec la même
Chronique, sous ce titre : *F. Conradi Philosophi, Ordinis D. Benedicti
Chronicon Schirense sæculo XIII. con-
scriptum. Item Joannis Aventini Chronicon Schirense, nova hac editione ad
præsens usque tempus perductum. Accu-
rante Georgio Christiano Joannis. Argentorati*, 1716. *in*-40. La Chronique
d'*Aventin* s'étend depuis la fondation
de l'Abbaye de *Schiren* jusqu'en 1517.
L'Editeur y a ajouté la liste des Ab-
bés qui ont vécu depuis.

3. *Origines Oetingenses.* Ce petit Ouvrage d'*Aventin* se trouve dans le second volume d'un Recueil intitulé :
*Joannis Petri Ludewig novum Volu-
men Scriptorum rerum Germanicarum,
plurimam partem nunc primum editorum ex Codicibus MSS. Francofurti*,
1718. *in-fol.*

4. *Numerandi per digitos manuſque*, J. Aven-
quin etiam loquendi, *veterum conſue-* TIN.
tudinis Abacus, ſive Explicatio ex Be-
da, cum picturis & imaginibus. Una
cum capitibus rerum, quibus illuſtrabi-
tur Germania ab Aventino, modo con-
tingat benignus Mecœnas. Ratiſponæ,
1532. *in-*4°. It. *Lipſiæ*, 1710. *in-fol.*
A la ſuite des Annales de Baviere. Le
projet de ſon grand Ouvrage ſur les
Antiquités de l'Allemagne eſt rapporté fort au long dans la Bibliotheque de *Geſner* ; mais il n'eut point
d'exécution , & nous avons été pri-
vés de cet Ouvrage. Les figures en
bois , qu'*Aventin* à fait entrer dans
ſon *Abacus* , ont ſervi de modéle à
celles que *Jean Bogard* fit graver en
taille-douce à *Paris* l'an 1544.

5. *Rudimenta Grammaticæ ex optimis*
quibuſque Autoribus collecta. Ejuſdem
Encyclopœdia orbiſque doctrinarum.
Auguſtæ Vind. 1519. *in-*4°. It. *Lipſ.*
1520. *in-*4°.

6. *Joh. Aventini Liber* , *in quo per-*
cenſentur cauſæ miſeriarum quibus
Chriſtiana Reſpublica premitur , *Tur-*
cicæque ſevitiæ reprimendæ ratio decla-
ratur. Dans le 1. vol. des *Chronica*

J. AVEN-
TIN.

Turcica Philippi Loniceri. Francofurti,
1578. in-fol. p. 113. It. Dans les Poli-
tica Goldasti. Francofurti, 1614. in-
fol.

V. *Sa Vie par Jerôme Ziegler à la*
tête de toutes les éditions de son Histoire
de Baviere. Freheri Theatrum Virorum
Doctorum, tom. 2. p. 1443. C'est un
abregé de la précédente. *Melchioris*
Adami vitæ Philosophorum Germano-
rum. On ne voit ici que ce qu'en a
dit *Ziegler. Boissardi Icones. part. 2.*
p. 114. *Bullart, Academie des Scien-*
ces, tom. 1. p. 146. L'Auteur a brodé
à sa maniere ce que *Ziegler* lui a fourni. *Bayle, Dictionnaire.*

JEAN TILLOTSON.

J. TIL-
LOTSON.

J Ean *Tillotson* naquit à *Sowerby,*
lieu dependant de la Paroisse d'O-
lincan dans le Comté d'*York* en Angleterre, sur la fin du mois de Septembre, ou au commencement d'Octobre de l'an 1630. puisqu'il fut bapti-
sé le 3. Octobre de cette année dans
l'Eglise d'*Olincan.*

Il reconnoît lui-même, qu'il étoit

né de parens d'une condition baſſe &   J Tíl-
obſcure ; mais cette circonſtance bien Lotson.
loin de diminuer ſon mérite, ne ſert
qu'à le relever. Comme ils étoient
honnêtes gens, ils s'appliquerent à lui
donner une bonne éducation, & il
ſçut profiter des ſoins qu'ils ſe donnerent pour cela.

Il fut élevé par des Puritains ; mais
par les meilleurs de ce parti, entr'-
autres par le Docteur *Clarkſon.* Il ſen-
toit dès-lors au-dedans de lui quelque choſe qui le diſpoſoit à des penſées moins rigides & à des ſentimens
plus doux que ceux de ſes Maîtres. Il
s'y confirma par la lecture de l'Apologie de la Religion Proteſtante du
Docteur *Chilling worth,* dans laquelle il prit le tour d'eſprit & le caractere
de moderation qu'il a toujours con-
ſervé depuis. Il continua cependant
à vivre avec cette eſpece d'auſterité
dans laquelle on l'avoit élevé, & eut
toujours de l'affection pour ceux qui
étoient dans les ſentimens de ceux
qu'il avoit abandonnés.

Après avoir fait ſes études d'Humanités, il fut reçu en qualité d'Etu-
diant dans l'Univerſité de *Cambrige.*

B b iiij

J. TIL-
LOTSON.

en 1647. & devint en 1651. Membre du College de *Clare* à la place de son Maître *Clarkson.*

Dès qu'il se fut destiné à la Prédication, il commença par étudier profondément l'Ecriture pendant quatre ou cinq ans. Il lut ensuite tous les anciens Philosophes, & les Traités de Morale. *S. Basile* & *S. Jean Chrysostome* furent, de tous les Peres, ceux ausquels il s'attacha principalement.

Après avoir fait une si bonne provision de materiaux, il se mit à composer un grand nombre de Sermons sur diverses matieres.

Le plan général qu'il s'étoit formé, suivant l'exemple de *Wilkins*, l'engagea à étudier avec soin la pureté du langage & l'exactitude du style. Jamais homme ne réussit mieux en cela, & ne trouva mieux le secret de joindre la majesté des choses avec la simplicité des termes. Il fit un si heureux mélange de ces deux rares qualités, que ses pensées n'avoient rien de rampant, ni son style rien d'enflé, & qu'il gardoit toujours un juste milieu entre la bassesse des termes, & les expressions d'une fausse Rhetorique.

La réputation qu'il ſe fit en ce gen- J. TIL-
re, lui ſuſcita bien des envieux, qui LOTSON.
répandirent contre lui les calomnies
les plus injurieuſes & les plus mal
fondées. Quelques-uns n'ont point
eu honte de le traiter du plus grand
Athée qu'il y eût jamais eu, quoiqu'-
il eut demontré dans pluſieurs de ſes
Sermons la vérité de la Religion
Chrétienne par des preuves ſans re-
plique. D'autres ont dit qu'il étoit fils
d'un Anabaptiſte, & qu'il n'avoit jamais été baptiſé ; calomnies deſti-
tuées de toute vraiſemblance & con-
tredites par les Regiſtres du lieu où
il a reçu le baptême.

Mais toutes ces choſes ſuggerées
par la paſſion ne lui firent aucun tort
auprès des perſonnes déſintereſſées,
& n'empêcherent point qu'on ne l'é-
levât ſucceſſivement à differentes dignités de ſon Egliſe.

Il fit en 1661. & 1662. les fonctions de Miniſtre ſous *Thomas Hac-
ket*, Curé de *Cheſhunt* dans le Comté
d'*Hertford*.

En 1663. il fut fait Recteur de *Ket-
ton* dans le Comté de *Suffolk.* L'année
ſuivante 1664. on l'appella à *Lon-*

J. Til- *dres* , & on le chargea de faire les
LOTSON. fonctions de Predicateur tant dans
l'Hôtel de *Lincoln* , que dans la Pa-
roiſſe de *S. Laurent Jewry.*

Il prit le degré de Docteur en
Theologie en 1666. Trois ans après,
c'eſt-à-dire , en 1669. on le nomma
à un Canonicat du ſecond ordre de
la Cathedrale de *Cantorbery* , dont il
devint Doyen en 1672.

En 1675. il eut dans l'Egliſe Cathedrale de *S. Paul de Londres* la Prebende , qu'on appelle d'*Ealdland* ,
qu'il permuta en 1677. contre celle
d'*Oxgat.*

En 1689. il paſſa de ces dignités à
celles de Doyen de cette Cathedrale , & de Clerc de l'Oratoire du Roy
Guillaume & de la Reine *Marie.*

Guillaume Sancroft , Archevêque
de *Cantorbery* ayant refuſé de prêter
ſerment au Roy *Guillaume* , & ayant
été pour ce ſujet depoüillé de ſa dignité , ce Prince qui connoiſſoit *Til-
lotſon* depuis l'en 1677. & avoit eu
depuis ce temps-là un commerce de
lettres avec lui , le nomma pour remplir ſon Siége, & il y fut inſtallé le 31.
Mai 1691. Quatre jours après il fut
admis au Conſeil du Roy.

Etant dans ſa Chapelle de *Lambeth* J. Til-
le 17. Novembre 1694. il y eut une LOTSON.
attaque d'apoplexie , dont il mourut
le 22. du même mois, âgé de 64. ans.
Il fut enterré dans l'Egliſe de *S. Laurent Jewry* , où il avoit prêché pendant trente années.

Il ne laiſſa à ſa famille d'autre ſuc-
ceſſion à recueillir, que le Manuſcrit
de ſes Sermons Poſthumes , qui parurent depuis en deux volumes *in-fol.*
lequel fut vendu 2500. guinées. Mais
l'année ſuivante le Roy d'Angleterre
donna à ſa veuve une penſion de 400.
livres ſterling , qu'il augmenta au
bout de trois ans de 200. livres.

Catalogue de ſes Ouvrages.

1. *La Régle de Foy* , (en Anglois.)
Londres , 1676. *in-8°.* Cet Ouvrage
eſt contre un Catholique , nommé
Serjeant.

2. *Sermons prononcés en diverſes oc-
caſions,* (en Anglois.) *Londres,* 1680.
in-80.

3. *Sermons ſur la ſincerité & la conſ-
tance dans la foy, & la profeſſion de la
véritable Religion* , (en Anglois.)
Londres , 1691. *in-80.*

4. *Sermons ſur la Divinité & l'In-*

J. TIL- *carnation de Nôtre Sauveur , prêchés*
LOTSON. *dans l'Eglife de S. Laurent Jewry ,*
(en Anglois.) Londres , 1693. in-8o.
Ces Sermons font au nombre de quatre.

5. *Les Oeuvres de Jean Tillotfon ,*
contenant 54. *Sermons & Difcours pro-*
noncés en differentes occafions. Avec la
Régle de Foy, (en Anglois.) *Londres.*
2e. *édition.* 1699. *in fol.* On trouve
ici tous les Sermons qu'il avoit publiés lui-même. On en a deux traductions Françoifes. L'une de M. d'*Al-*
biac , qui a paru fous ce titre.

Sermons fur divers textes prononcés
en differentes occafions. Tome I. Amf-
terdam , 1706. *in-8o. Tome II. Ibid.*
1708. *in-8°.* Ce Traducteur n'a pas
été plus loin ; fa traduction , qui fe
fent un peu de la Paraphrafe , a été
effacée par celle de M. *Barbeyrac ,*
qui a été publiée fous cet autre titre.

Sermons fur diverfes matieres impor-
tantes trad. de l'Anglois. Amfterdam.
*in-*12. fix volumes. Jean *Barbeyrac*
commença par le fecond , parce que
le premier avoit déja été traduit , &
ce fecond parut en 1708. Il donna le
3e. en 1709. & le 4e. en 1711. après

quoi il revint fur fes pas , & jugea à
propos de traduire de nouveau le premier volume , afin de faire un Ouvrage d'un ftyle uniforme. Ce premier volume parut en 1713. Le 5e. le
fuivit en 1715. Pour le 6e. d'autres
occupations l'empêcherent d'y travailler lui-même , il s'eft contenté
d'en revoir la traduction faite par un
habile homme. Ces fix volumes ont
été réimprimés depuis plufieurs fois.

6. Les Sermons Pofthumes de *Tillotfon* ont été imprimés en deux volumes *in-fol.* & en plufieurs *in-*12.
Mais j'ignore les dates de ces éditions.

7. *La néceffité de la frequente Communion , ou difcours fur les paroles de
S. Paul , contenuës dans la I. Epitre
aux Corinthiens XI. 26. 27. 28. Traduit de la 7e. édition de l'Anglois.
Amfterdam , 1691. in* 80.

8. *Difcours contre la Tranfubftan-
tiation , compofé en Anglois par le R.
D. T. & traduit par L. C. Londres ,
1685. in-*12. It. *Traduit par Jean
Barbeyrac. 1727. in-*12.

9. *Sermons fur la repentance , par
feu M. Tillotfon , traduits de l'Anglois*

J. TIL-
LOTSON.

par *C. L. de Beausobre , Ministre de l'Eglise Françoise de Berlin. Amsterdam ,* 1728. *in-*12.

10. *Les Oeuvres d'Isaac Barrow publiés par le D. Tillotson ,* (en Anglois.) *Londres ,* 1683. *in-fol.* Quatre volumes. *Tillotson a mis à la tête la vie de* Barrow.

V. *Son Oraison funebre prononcée le* 30. *Novembre* 1694. *jour de son enterrement , par Gilbert Burnet , Evêque de Salisbury.* Jean Barbeyrac l'a traduite en François , & l'a mise à la tête du premier volume de ses Sermons. *Les Vies & les Caracteres des Evêques Protestans d'Angleterre , par* Jean le Neve , (en Anglois.) *Londres ,* 1720. *in-*8°. On trouve dans ce dernier Auteur toutes les dates, que j'ai employées.

GUI LE FEVRE DE LA BODERIE.

GUi *le Fevre de la Boderie*, quoi- G. LE F. DE
que fameux dans son temps par LA BODE-
la connoissance qu'il avoit des Lan- RIE.
gues Hebraïque , Syriaque & Chal-
deenne , & par un grand nombre
d'Ouvrages qu'il a composés en Latin & en François , en prose & en
vers , n'a trouvé personne qui nous
transmît les particularités de sa vie.
Il n'en est même parlé , ni dans l'Histoire de M. *de Thou* , ni dans les Eloges de *Scevole de Sainte-Marthe*. Si
quelques Auteurs en ont fait mention , ce qu'ils en ont dit n'est qu'-
une suite de fautes , que nous pou-
vons rectifier par ses Ouvrages , qu'-
ils n'avoient pas vûs.

La *Croix du Maine* le fait naître à
Falaise en Normandie , & a été suivi
en cela par *Morery* , *Baillet* , &c.
Mais il s'est trompé , & a induit en
erreur tous ses Copistes. Une *Elegie* ,
qui se trouve au feuillet 62. de ses
Mélanges Poëtiques , & qui est adres-

G. le F. de
la Bode-
rie. sée *à la Boderie, lieu de la naissance de l'Auteur*, nous apprend qu'il étoit né dans ce lieu, qui est situé dans la Basse-Normandie sur un petit ruisseau, appellé *le Lambrun.* Il nous apprend dans la même piéce le jour de sa naissance, qui étoit la veille de *S. Laurent*, c'est-à-dire, le 9e. Août. Il ne marque pas à la vérité l'année, mais nous la trouvons dans l'inscription de son portrait, qui accompagne son *Encyclie*, imprimée en 1571. & qui porte qu'il étoit alors dans sa 30e. année : ce qui fait voir qu'il étoit né en 1541.

Jacques le Fevre, son pere, étoit Seigneur *de la Boderie*, & il a mis son Epitaphe à la suite de son *Encyclie*, p. 259.

Il se rendit par son application continuelle au travail très - habile dans les Langues Orientales, & surtout dans la Syriaque, en laquelle il excella.

Il eut part à la Polyglotte *d'Anvers*, & demeura pour cela quelque temps dans les Pays-Bas. Il y tomba même malade en 1571. Mais il ne retira aucun fruit des peines, qu'il se

donn_a

donna pour l'impreſſion de cet Ou- G. LE F. DE
vrage ; & il s'en plaint fortement LA BODE-
dans ſon *Elegie à la Boderie*, où il RIE.
témoigne qu'il fut obligé de faire le
voyage, & de vivre dans ce Pays à
ſes dépens, auſſi-bien que ſon frere
Nicolas, qui eut part à ſes travaux
Litteraires.

La Croix du Maine dit qu'il fut
Precepteur de Monſieur, frere du
Roy, qui étoit *François*, Duc d'A-
lençon, frere d'*Henri III.* mais il ſe
trompe encore en ce point. *De la Bo-*
derie n'a jamais eu cette qualité, mais
celles de Secretaire de ce Prince, &
de ſon Interprete dans les Langues
Etrangeres. Cette derniere lui convenoit particulierement, puiſqu'outre les Langues Orientales, il ſcavoit
encore l'Italienne, l'Eſpagnole, &
peut-être quelques autres de l'Europe.

Il eut l'une & l'autre en 1571. à ſon
retour des Pays-Bas, puiſque dans
une piéce de Vers à *Marguerite de*
France, Reine de Navarre, qui eſt
au feuillet 68. de ſes *Mélanges Poëti-*
ques, & qui a été faite au plus tard
en 1582. il témoigne qu'il y avoit dé-

G. LE F. DE
LA BODE-
RIE.

ja dix ans qu'il étoit au service du Duc d'*Alençon* , sans avoir reçu les recompenses qui lui avoient été promises.

On voit par la même piéce qu'il étoit Ecclesiastique : car il y marque que quoiqu'il n'aspire ni à un Evêché , ni à une Abbaye , il souhaitte cependant quelque honnête recompense de ses travaux. Je ne sçai si la Reine *Marguerite*, qu'il regarde comme sa protectrice, obtint pour lui du Duc d'*Alençon* , ce qu'il la prioit de lui demander. Il y a cependant lieu d'en douter , puisque ce Prince fut occupé de bien d'autres soins jusqu'à la fin de sa vie , qui arriva le 2. Juin 1584.

Les études épineuses des Langues sçavantes n'occuperent pas tellement nôtre Auteur , qu'il ne s'appliquât aussi à la Poësie Françoise , qu'il cultiva toujours, mais sans aucun succès. Rien en effet n'est plus plat ni plus embroüillé que ses vers ; cependant comme il suffisoit de son temps, pour être estimé Poëte , de mettre des rimes au bout d'un certain nombre de pieds , & de repeter souvent des ex-

preſſions Mythologiques, il a eu de
la réputation en ce genre, & a même remporté pluſieurs fois la Palme
& le Lys, qui faiſoient le prix du Puy
de *Roüen*. Mais toutes ſes Poëſies ne
ſont plus connuës à préſent, & on ne
peut les lire que pour s'en mocquer,
auſſi - bien que du mauvais goût de
ſon temps.

G. le F. de
la Bode-
rie.

Baillet dans ſes *Jugemens des Sça-*
vans a placé ſa mort en 1598. je ne
ſçais ſur quelle autorité. Si c'en eſt la
vraye date, il avoit alors 57. ans.

Catalogue de ſes Ouvrages.

1. *L'Encyclie des ſecrets de l'Eterni-*
*té. Anvers. Chriſtophe Plantin. in-*40.
p. 344. ſans date. Comme les Appro-
bations & le Privilege donné à *Plan-*
tin ſont de l'an 1570. *la Croix du*
Maine & du Verdier ont cru que c'é-
toit auſſi la date de l'édition ; mais
ils n'ont pas pris garde qu'il y a aux
pag. 301. & 305. deux pièces de vers
datées de l'an 1571. & qu'ainſi l'édition eſt de cette derniere année. Cette *Encyclie* eſt en vers, & diviſée en
huit Cercles, ou Chants, qui font le
premier Livre de l'Ouvrage ; mais il
n'en a pas paru davantage, & le Pu-

G. LE F. DE
DA BODE-
RIE.

blic n'y a rien perdu. On trouve à la suite differentes pièces de Poësies, qui n'ont rien d'interessant.

2. *Novum Testamentum Syriacè, cum versione Latina.* Dans la Polyglotte d'*Anvers* 1572. *in-fol.* tom. 5e. It. Dans celle de *le Jay. Paris*, 1645. *in-fol.*

3. *Grammatica Chaldaïca & Dictionarium Syro-Chaldaïcum.* Dans le 6e tome de la Polyglotte d'*Anvers.*

4. *D. Severi, Alexandri quondam Patriarchæ, de ritibus Baptismi & Sacra Synaxis, apud Syros Christianos receptis Liber, nunc primum in lucem editus; Guidone Fabricio Boderiano exscriptore & interprete. Antuerpiæ,* 1572. *in-4°.* p. 132. L'Epitre dédicatoire du Traducteur à *Pierre Danes* est datée de *Paris* le 17. Janvier 1572.

5. *Syriacæ linguæ prima elementa. Antuerpiæ,* 1572. *in-4°.* p. 23.

6. *Confusion de la Secte de Mahumed,* livre premierement composé en langue Espagnole par *Jehan André*, jadis More & Alfaqui, natif de la Cité de *Sciativia*, & depuis fait Chrétien & Prêtre, & tourné d'Italien en François par *Guy le Fevre de la Boderie. Paris.*

Martin le Jeune. 1574. *in* 8o. feüil. G. le F. de
99. la Bode-

7. *Traité du nouveau Comete, & du* rie.
lieu où ils fe font, & comme il fe verra
par les Parallaxes combien ils font loin
de la terre, & du Prognoftic d'icelui.
Compofé premierement en Efpagnol par
M. Hieronyme Mugnoz, Profeffeur or-
dinaire de la Langue Hebraïque & des
Mathematiques en l'Univerfité de Va-
lence, & depuis traduit en François
par Gui le Fevre de la Boderie. Plus un
Cantique fur ladite Etoile, ou apparen-
ce lumineufe. Paris. Martin le Jeune.
1574. *in*-8o. feüil. 40. fans le Cantique qui tient 22. pages.

8. *La Galliade, ou de la révolution*
des Arts & Sciences. Paris. Guill.
Chaudiere. 1578. *in*-4o. feüil. 131.
C'eft un Poëme en cinq Chants, auf-
quels l'Auteur a donné le nom de
Cercles, comme dans fon *Encyclie.*
Il l'a appellé *Galliade,* parce qu'il y
prétend, que les Arts & les Sciences,
après avoir été bannies des Gaules,
où elles avoient leur féjour, y font
enfin revenuës. On voit à la fin le
Phenix pris du Latin de Lactance, qui
eft auffi en vers.

9. *Discours de l'honnête amour sur le banquet de Platon, par Marsile Ficin, Philosophe, Medecin & Theologien très-excellent, traduit de Toscan en François.* Paris. Jean Macé. 1572. in-8o. p. 399. Avec une Elegie de *la Boderie* à la Reine de Navarre à la fin. It. *Paris. Abel Langelier.* 1588. in-8o. feüil. 260. On a ajouté dans cette feconde édition le *Commentaire du Com* Jean Picus Mirandulus fur une *Chanfon d'amour,* compofée par Hierome Benivieni, *Citoyen Florentin,* felon l'opinion des Platoniciens, mis en François par G. C. T. c'eft-à-dire, Gabriel Chapuis, *Tourangeau.*

10. *Hymnes Ecclefiaftiques,* Cantiques Spirituels & autres Mélanges Poëtiques. *Paris. Robert le Magnier.* 1578. in-16. feüil. 286. It. *Ibid.* 1582. in-16. Quoique cette derniere édition ait le même nombre de pages que la premiere, ce n'eft pas cependant la même. La plûpart de ces Hymnes & de ces Cantiques font traduits du Latin.

11. *L'Harmonie du monde,* divifée en trois Cantiques. Oeuvre fingulier & plein d'admirable érudition, compofé

premierement en Latin par François G. LE F. DE
Georges, Venitien, de la famille des LA BODE-
Freres Mineurs, & traduit & illuſtré RIE.
par Gui le Fevre de la Boderie. Paris.
Jean Macé. 1578. *in-fol.*

12. *De la Religion Chrétienne par*
Marſille Ficin, Philoſophe, Medecin
& Orateur, Oeuvre très-docte. Avec
la harangue de la dignité de l'homme
par Jean Picus, Comte de Concorde &
de la Mirandole. Le tout traduit en
François par Gui le Fevre de la Bode-
rie. Paris. Gilles Beys. 1578. *in-80.*

13. *Les trois Livres de la Vie. Le* 1.
pour conſerver la ſanté des Studieux.
Le 2e. *pour prolonger la vie. Le* 3e. *pour*
acquerir la vie du Ciel. Avec une Apo-
logie pour la Medecine & Aſtrologie.
Le tout traduit du Latin de Marſile Fi-
cin en François. Paris. Abel Langelier.
1581. *in-8°.*

14. *De la nature des Dieux de Marc-*
Tulle Ciceron, pere de l'Eloquence &
Philoſophie Romaine, traduits en Fran-
çois. Paris. Abel Langelier. 1581. *in-*
4°. *feüil.* 108. *On voit ici la traduc-*
tion des trois Livres.

15. *Novum Jeſu Chriſti Teſtamentum,*
(Syriacè litteris Hebraïcis, cum ver-

G.le F. de *sione Latina interlineari.*) *Paris.* 1584.
la Bode- *in*-40. p. 812. L'Epitre dédicatoire de
rie. *la Boderie* au Roi *Henry III.* qui tient
18. pages d'un caractere fort menu,
est datée de *Falaise* le 29. Mai 1583.
La version du texte Syriaque est de
la Boderie, qui a mis à côté la vulga-
te, & la version Grecque au bas des
pages.

16. *Divers Mélanges Poëtiques, par
Gui le Fevre de la Boderie. Paris. Robert le Mangnier.* 1582. *in*-16. feüil.
112. Ce Recueil, entierement different de celui que j'ai marqué au no.
10. ne peut être utile qu'en ce qu'on
y trouve quelques particularités de
sa vie.

Il faut dire maintenant quelque
chose des freres de nôtre Auteur.

Nicolas le Fevre de la Boderie est le
plus connu. Il s'étoit appliqué à
l'exemple de *Gui*, son frere, aux langues Orientales ; il l'accompagna
même dans les Pays-Bas, & travailla
avec lui à l'édition de la Polyglotte
d'*Anvers*. On a les Ouvrages suivans
de sa façon.

*L'Heptaple, où en sept façons & au-
tant de Livres est exposée l'Histoire des
sept*

ſept jours de la création du Monde, tra- G. LE F. *duit du Latin de Jean Picus, Comte* DE LA BO- *de la Mirandole. Paris. Jean Macé.* DERIE. 1578. *in-fol.* Avec l'*Harmonie du Monde* de ſon frere, marquée ci-deſ-ſus au no. 11.

Ad Nobiliores Linguas communi Methodo componendas Iſagoge : cui acceſſit de Litterarum Hebraïcarum laudibus Oratio. Auctore Nicolao-Fabricio Boderiano. Pariſ. 1588. *in-*4°. p. 76.

Fantaiſie ſur le tombeau de Pierre le Fevre de la Boderie, par Nicolas le Fevre, ſon frere. C'eſt une piéce de méchans vers, qui ſe trouve au feüillet 10. des *Mélanges Poëtiques* de *Gui*, ſon frere.

Antoine le Fevre de la Boderie, frere des deux précédens, a auſſi donné une traduction au Public. Elle eſt intitulée : *Traité de la Nobleſſe, où il eſt diſcouru de la vraye Nobleſſe, & des qualités requiſes au vrai Gentilhomme, traduit de l'Italien de Jean-Baptiſte Nenna, par Antoine le Fevre de la Boderie. Paris. Langelier.* 1583. *in-*8o.

Nous apprenons par les *Melanges Poëtiques* de *Gui*, qu'il a eu trois autres freres, qui étoient morts en

Tome XXXVIII. D d

1582. *Pierre*, qui avoit pris le parti des Armes ; *Jean*, mort dans sa 52e. année Secretaire du Président *Bariot* ; & *Hippocrate*, dont il ne nous apprend point les qualités.

V. *Ses Ouvrages. Les Bibliotheques Françoises de du Verdier & de la Croix du Maine. Colomesii Gallia Orientalis*, p. 41.

ANTOINE MANCINELLI.

ANtoine *Mancinelli* naquit l'an 1452. à *Veletri*, Ville de la Campagne de *Rome*, de *Jean Mancinelli*, homme sans lettres, mais qui doüé d'un grand esprit passa par les principales Charges de sa patrie, & d'*Angelique Pasanti*, qui mourut à l'âge de 28. ans, après avoir eu cinq enfans.

Le nom de sa famille étoit *Palombo* ; mais le sobriquet de *Mancinello*, ou *petit Gaucher*, donné à son grandpere dans sa jeunesse, parce qu'il étoit effectivement gaucher, demeura à ses enfans, qui le substituerent à leur véritable nom.

Il étudia sous *Pomponius Lætus*, & A. MAN-
fut comme lui Grammairien de pro- CINELLI.
feſſion, mais il n'en eut point la capacité, ni la réputation. *Jean Jovien*
Pontanus s'eſt mocqué de lui dans un
endroit de ſon Dialogue, intitulé,
Charon, où par la tranſpoſition & le
changement de quelques lettres il le
déſigne ſous le nom de *Menicellus.*
Floridus Sabinus l'a traité encore plus
mal en toute occaſion.

Il ne laiſſa pas de ſe faire recher-
cher pour l'inſtruction de la jeuneſſe ; emploi auquel il ſe donna pour
avoir de quoi ſubſiſter, comme il nous
l'apprend lui-même, & avec lequel
il fut cependant quelquefois dans la
diſette.

Il n'avoit encore que 21. ans, lorſqu'il fut chargé d'enſeigner à *Veletri*,
ſa patrie : ce qu'il fit pendant douze
ans, c'eſt-à-dire, juſqu'en 1485. que
la peſte l'ayant chaſſé de cette Ville,
il ſe retira à *Sermonete*, où il tint une
Ecole pendant une année.

Il quitta ce lieu en 1486. & alla à
Rome, où il inſtruiſit la jeuneſſe pendant cinq ans ; après leſquels il paſſa
en 1491. à *Fano*, où il fit la même

D d ij

A. Man-chose. Après une année de séjour en
Cinelli. cette Ville, il se rendit par le conseil
de *Pomponinus Latus* à *Venise*, & y enseigna la Grammaire pendant deux
ans & deux mois.

La Ville de *Veietri* le rappella au
mois de Juin 1494. & il accepta avec
plaisir les propositions qu'elle lui fit,
pour l'engager à conduire son Ecole.

Quatre ans après, c'est-à-dire, au
mois de Mai 1498. il fut appellé à
Orviete pour un emploi semblable,
& il le remplit pendant deux ans.

La peste, qui survint alors dans cette Ville, ayant empêché de le confirmer dans son poste, il prêta l'oreille aux propositions, que la Ville de
Foligno lui fit au mois de Mai 1500.
comme on le voit par ses lettres. Cependant comme il souhaitoit que sa
condition ne fût pas moindre à *Foligno*, qu'elle l'étoit à *Orviete*, cette
affaire n'eut point de suite, & il retourna cette même année 1500. à *Rome*, où il enseignoit déja depuis deux
ans, lorsqu'il composa le Poëme de
sa vie, qui nous instruit de tout ce
détail. Voici la maniere dont il s'exprime sur ce sujet.

Ter feptem fueram folummodo natus
ad annos,

Quum mihi mercedem patria
grata dedit.

Quatuor hic hyemes ter legi : pefte
fugatus

Sermonetanis annua Mufa fui.

Quinque per autumnos vidit me Roma legentem,

Phanenfes anno me fonuere lares.

Inde duos annos Venetam, totidem-
que Calendas

Excolui pubem, dogmata noftra
docens.

Quatuor in patria, Venetis reductus
ab oris,

Edocui meffes, Gallica tela tre-
mens.

Contigit Oruceti binos docuiffe per
æftus :

Tot ftipe communi rurfus in Vrbe
lego.

Inde mihi merces ftudiofo publica
numquam

Defuit, ex illo tempore, quo do-
cui.

On ignore le refte des particulari-

A. MAN- tés de sa vie. Il étoit encore à *Rome*
CINELLI. le 17. Mars 1503. puisqu'il marque à
la fin de ses discours, qu'il y vit alors
deux enfans jumeaux, qui étoient
venus au monde attachés ensemble
vers le nombril.

Flacius Illyricus rapporte dans son
Catalogus Testium Veritatis, que *Mancinelli* étant un jour solemnel, à une
procession, qui se faisoit à *Rome*,
monté sur un cheval blanc, suivant
la coûtume, prononça devant tout
le Peuple un discours fort éloquent
contre le Pape *Alexandre VI.* à qui
il reprocha vivement ses abus, ses
scandales, & ses crimes, & qu'après
avoir fini, il en jetta des copies parmi le Peuple. Le Pape, ajoute-t-il,
piqué de sa hardiesse, le fit arrêter,
& lui fit couper les deux mains. Dès
que *Mancinelli* fut guéri de ses bles-
sures, il se retrouva à une autre procession semblable, & y prononça un
nouveau discours encore plus vif &
plus emporté que le premier. Sur
quoi le Pape, enflammé de colere,
le fit saisir de nouveau, & ordonna
qu'on lui coupât la langue. Cette
derniere operation coûta la vie à

Mancinelli qui en mourut. *Flacius* n'ose pas affurer que le fait fût vrai ; il pouvoit dire hardiment qu'il étoit faux. Car outre que ce récit péche en plufieurs chofes contre la vraifemblance ; le perfonnage qu'on y fait faire à *Mancinelli*, ne s'accorde point avec fon caractere. D'ailleurs on a des Ouvrages de lui , qui ont une date pofterieure à l'année 1503. qui fut celle de la mort d'*Alexandre VI.*

Il eft à préfumer que quelque méprife à fait attribuer ce fait à *Mancinelli* , à qui il ne convient point. Nous lifons dans le *Diarium* de *Jean Burchard* , Maître des Cérémonies d'*Alexandre VI.* que le premier Dimanche de l'Avent 1502. le Duc de *Valentinois* , fils de ce Pape , fit couper une main & le bout de la langue à un homme qui avoit tenu de lui des difcours injurieux , & qu'on vit pendant deux jours cette main penduë à une fenêtre , avec le bout de la langue attachée au petit doigt. D'un autre côté *Auguftin Niphus* parlant dans fon Ouvrage *de Re Aulica*, des bons mots qu'il faut éviter pour ne point s'expofer à quelque danger ,

A. MANCINELLI.

Dd iiij

se sert de l'exemple de *Jerôme Man-cioni*, Napolitain, à qui *Cesar Borgia* fit couper la langue, pour punir la hardiesse de ses discours. Tout cela a pû donner occasion au conte, qu'on a debité de *Mancinelli*, & qui tout faux qu'il est, a été repeté dans une infinité de livres.

Il faut donc dire que nous ignorons le temps & le genre de sa mort. Le dernier Ouvrage que je trouve de lui est de l'an 1506. Encore ne puis-je dire, faute de l'avoir vû, si c'est lui-même qui l'a donné au Public.

Il étoit marié, & sa femme nommée *Angelique* avoit eu huit enfans, à qui il donna des noms extraordinaires. Les six garçons furent *Porphyre*, *Pindare*, *Quintus*, *Phestus*, *Aquilinus*, & *Titus*; les filles, *Marthe* & *Prisque*.

Dans le Poëme de sa vie nous trouvons qu'après avoir fini ses Humanités, il s'appliqua par le conseil de son pere à la Jurisprudence, & que depuis il se donna à la Medecine; mais il n'a fait depuis aucun usage de ces sciences, dans lesquelles il ne doit pas avoir fait de grands progrès,

puisque dès l'âge de 21. ans il com- A. MAN-
mença à enseigner la Grammaire ; ce CINELLI.
qu'il fit toujours depuis.

C'étoit un homme doux , tranquil-
le , plein de Religion , incapable de
tromper personne , temperant , pa-
tient , & qui sçavoit se contenter de
peu. C'est du moins le portrait qu'il
nous fait de lui-même dans ces Vers.

Non avidus rerum nisi quas Natura
requirit ;
 Nemo tibi captus fraude dolisve
 fuit.
Nil præter rectum placet & laudabi-
le : quicquid
 Turpe fugis ; toleras qualiacum-
 que libens.
Hinc placidus , mitis , pudibundus ,
Relligioni
 Deditus; hinc optas relligione frui.
Mentiris raro ; negligis convicia
magnus :
 Irato cedunt ira furorque gravis.
Munere nam Divum patiens tolerare
paratus
 Quidquid in orbe tibi fata dedere
 mali.

A. MAN-
CINELLI

Ses Ouvrages font en affez grand
nombre ; mais comme ils ne roulent
prefque tous que fur la Grammaire ,
& que ceux où il traite d'autres matieres ne renferment prefque que des
mots , & qu'il n'y a rien à apprendre , ils font entierement tombés
dans l'oubli. Il nous a donné lui-même un état de ceux qu'il a compofés
jufqu'à l'an 1492. dans ces Vers.

> *Præteritis igitur feptem ter meffibus*
> *ævi*
>   *In patria doctor publicus eligeris.*
> *Verborum regimen ; variatio ; fche-*
> *ma ; figuræ ;*
>   *Thefaurus ; flores , hic vigilata*
>   *prius.*
> *Gymnafium poft Roma dedit : Com-*
> *menta Maronis ;*
>   *Tum Satyri ; hinc Flacci , Verfi-*
>   *loquumque paris.*
> *Pomponi hortatu Venetas deductus ad*
> *oras ,*
>   *Laurenti Limam fcribis , & inde*
>   *Modum.*
> *Somnia quis major declaras Scipio vi-*
>   *fus ;*

Rhetoricenque simul vel Cicero-
    nis opus.

In patria speculum de Moribus Offi-
    ciisque;

    Sermonumque decas scribitur :
    hortus item :

Lexicon ; *Emporium* ; *diversa Epi-*
    grammata , *Persi* ,
    Solini , *Æneïdos* , *glossaque fit Va-*
    leri.

Il faut parler de tout ceci en particulier.

Catalogue de ses Ouvrages.

1. *Antonii Mancinelli Scribendi*
*Orandique modus. Venetiis. in-*4°. Je
suis ici la Bibliotheque de *Gesner* ,
n'ayant pû voir tous les Ouvrages
dont il y est parlé. J'aurai soin seulement de marquer les differentes éditions de ceux qui me sont tombés
sous la main , ou que j'ai pû connoître d'ailleurs. Ils ont tous été imprimés à *Venise in-*4°. depuis l'an 1499.
jusqu'en 1502. & réimprimés depuis
à *Basle* en 1501. & 1508 *in-*4°. Celui dont il s'agit ici , l'a été à *Venise*
en 1517. *in-*4°.

2. *Vocum proprietas ex Donato, Au-*

A. MAN-
CINELLI.

*lo Gellio , Asconio Pediano , Macro-
bio , Rhetoricis Ciceronis , Tusculanis
Quæstionibus , Vegetio de re militari ,
Capro , Pompeio Festo , Nonio Marcel-
lo , Tullio de Natura Deorum , Tullio
de Divinatione , Lactantio Firmiano.
Venetiis. in-4°.*

3. *Epitoma , seu regula constructionis.
Ibid. in-4°.*

4. *Summa declinationum quinque.
Ibid. in-4°.*

5. *Thesaurus de varia constructione
verborum & nominum juxta ordinem
Alphabeti. Ibid. in 4°.*

6. *Spica voluminum quatuor de de-
clinatione.* Cet Ouvrage ne differe de
celui qui est marqué au n°. 4. qu'en
ce qu'il est en vers, au lieu que l'autre est en prose. *Carmen de generibus
Nominum. Carmen de Præteritis. Carmen de Supinis. Venetiis. in-4°.*

7. *Versilogus. Ibid. in-4°.* Poëme en
vers hexametres , sur la quantité des
syllabes & les differentes sortes de
vers.

8. *Carmen de Floribus. Ibid. in-4°.*
L'Auteur rapporte dans ce Poëme ,
qui est fort long , les mots choisis de
la langue Latine. Il est daté du 1.
Août 1489.

9. *Carmen de figuris. Venetiis. in-*
4°. It. *Argentinæ*, 1539. *in*-80. Ce
Poëme eſt daté du 5e. Août 1489. Il
ne contient qu'un petit nombre de
vers, avec des explications en proſe
à la ſuite.

10. *De Poëtica virtute & ſtudio Hu-
manitatis impellente ad bonum. Ibid.*
in-40. C'eſt un Recueil de vers des
anciens Poëtes ſur divers points de
Morale, qui eſt daté du 1. Août 1486.
Il a été réimprimé à la ſuite de *Sententiæ veterum Poëtarum à Georgio Ma-
jore collecta. Pariſ.* 1551. *in*-80. & *Antuerpiæ*, 1574. *in*-16.

11. *Carmen de Vita ſua. Venetiis.*
in-4°. Ce Poëme curieux eſt de l'an
1502. Jean Gerard Meuſchen l'a inſeré à la p. 40. du 1. volume des *Vitæ
Summorum dignitate & eruditione Virorum reſtitutæ. Coburgi*, 1735. *in*-40.
Il avoit été réimprimé plus de deux
ſiécles auparavant avec les trois Ouvrages précédens dans un Recueil
ſous ce titre : *Ant. Mancinelli Carmen de Floribus. Carmen de Figuris.
De Poëtica virtute. Vitæ Carmen. Pariſ. Jean Petit.* 1506. *in*-40. On en a
auſſi une traduction Françoiſe, dont
je parlerai plus bas.

12. *Laurentii Vallensis Epitome,
portusque Elegantiæ. Venetiis. in-4°.*
C'est un Dictionnaire , où les mots
font rangés par ordre Alphabetique.

13. *Lima Laurentii Vallæ Elegantiarum. Ibid. in-4°. It. Secunda editio
auctior. Venetiis , 1493. in-4°. It. Ibid.
1503. in-fol. It. Ibid. 1505. in-4°. It.*
Sous ce titre : *Castigationes in L. Vallæ libros sex de Latinè dicendi Norma.*
Avec *Joachimi Vagetii de stilo Latino
disquisitiones. Francof. 1613. in-8°.*

14. *Rhetoricen ad Herennium esse Ciceronis , Assertio. Venetiis. in-4°.*

15. *Commentariolus in Rhetorica ad
Herennium primum Librum. Venetiis ,
1497. in-4°. It. Dans Ciceronis Rhe-
toricorum ad Herennium Libri quatuor
cum elucidationibus Franc. Maturan-
tii & Antonii Mancinelli , & Jodoci
Badii explanatione ; & Libri duo de
Inventione cum notis Victorini. Parif.
Afcensius. 1508. in-fol. It. Coloniæ ,
1535. in-4°.*

16. *Speculum de Moribus & Officiis.
Romæ, 1502. in-4°. It. Coloniæ, 1535.
in-12. p. 32.* non chiffrées. Cet Ouvrage , à la tête du quel on trouve
six vers de *Mancinelli ad Phæstum fi-*

lium , est en vers , & traite des quatre vertus Cardinales. Je ne sçai , si
quelque édition porte le titre que
Gesner lui donne , *Speculum de quatuor Virtutibus.* Du *Verdier* rapporte
dans sa *Bibliotheque Françoise* une traduction de cet Ouvrage , & de deux
autres de *Mancinelli* , sous ce titre :
*Le Miroir des Mœurs & des Offices.
Plus sylve ou forêt de sa vie. Plus le
magazin de la langue Latine. Le tout
écrit premierement en Latin par Antoine Mancinel , célebre Philosophe ,
Orateur & Poëte, & translaté en François. Lyon. Louis Lanchart. in-8°.* sans
date.

17. *Commentarii in Virgilii Bucoli-
ca & Georgica.* Avec les Commentaires de *Servius* , de *Christophe Landi-
ni* , & d'autres , dans les éditions de
Virgile , faites à *Venise* en 1507. &
1520. *in-4°.* & à *Lyon* en 1517. *in-
fol.* On voit à la tête une Lettre de
Mancinelli datée de *Rome* le 13. Octobre 1490. dans laquelle il marque
qu'ayant expliqué dans cette Ville les
Bucoliques & les Georgiques de *Virgile* , il a abandonné aux Imprimeurs
toutes les remarques qu'il avoit fai-

A. MAN- tes sur ces Livres. Ainsi elles doivent
CINELLI. avoir été imprimées pour la premiere
fois vers ce temps-là.

18. *Epigrammata. Venetiis ,* 1500.
*in-*4°. It. Dans les *Deliciæ Poëtarum
Italorum* de *Gruter*, tome 2. p. 6. avec
des *Disticha præclara parænetica ad
Festum filium.*

19. *Commentarius in Horatii Odas ,
Carmen Epodon & sæculare Carmen.*
Dans les éditions d'*Horace* faites à
Venise en 1494. *in fol.* à *Paris. Ascensius.* 1503. *in-fol.* à *Milan ,* 1512. *in-
fol.* à *Venise ,* 1514. *in-fol.* à *Paris. Ascensius.* 1516. & 1519. *in-fol.* à *Venise ,* 1540. & 1553. *in-fol.* à *Francfort,*
1586. *in-fol.*

20. *Sermo in Somnium Scipionis.*
Avec *Xenocratis libellus de morte per
Ficinum versus. Daventriæ. in-*4°. Cette édition sans date paroît avoir été
faite vers l'an 1510.

21. *Latini Sermonis Emporium , in
quo plæraque difficiliora , præsertim ex
Terentio aliisque probatissimis Autoribus collecta vulgari lingua exponuntur.
Roma ,* 1501. *in-* 4°. It. *Venetiis ,*
1548. *in-*4°.

22. *De Exilio Barbarismorum. Bononiæ ,*

nomie, 1506. *in*-4°. Je ne connois A. MAN-
cet Ouvrage que par la Préface de CINELLI-
Meuschen, sur le Poëme de la vie de
Mancinelli.

23. *Juvenalis Satyræ*, *cum marginalibus adnotamentis & argumentis Man-
cinellis ab Ascensio edita*. *Parif.* 1512.
in-8°.

24. *Sermonum Decas. Rome. in*-40.
sans date. L'Epitre dédicatoire à *Ange Colocci* n'en a point non plus. Il est
vrai que *Frederic Ubaldini*, qui a
donné la vie de *Colocci*, y a fait entrer cette Épitre, qu'il a datée de l'an
1495. apparemment parce qu'il l'a
trouvée suivie d'une autre aux jeunes
Etudians, qui porte cette date ; mais
il n'a pas fait réflexion qu'il est parlé
dans ces discours de choses arrivées
en 1499. en 1500. & même qu'il est
rapporté à la fin un fait de l'an 1503.
& qu'ainsi cette édition doit être as-
signée pour le plûtôt à cette derniere année. Ces Discours ont été réimprimés à *Paris* en 1511. *in*-40.

V. *Carmen de vita sua*. *Gesneri Bibliotheca Universalis*.

RODOLPHE HOSPINIEN.

ROdolphe *Hospinien* naquit le 7. Novembre 1547. à *Altorf*, Village du Comté de *Kibourg*, dans le Canton de *Zurich* en Suisse, où son pere *Adrien Hospinien* étoit Ministre.

Dès l'âge de sept ans, on l'envoya à *Zurich* pour y commencer ses études, & il y fit de grands progrès sous la direction de *Jean Wolphius*, son oncle maternel.

Ayant perdu son pere en 1563. il trouva en la personne de *Rodolphe Gualterus*, son parrain, un Patron affectionné qui lui en tint lieu.

Il demeura à *Zurich* jusqu'au mois de Mars 1565. qu'il en sortit pour aller visiter d'autres Academies. Il fit un séjour de deux années à *Marpourg*, où il se distingua par son assiduité à l'étude & par sa bonne conduite. Il en usa de même à *Heidelberg* pendant les six mois qu'il y passa depuis.

Rappellé dans sa patrie, il fut reçu Ministre l'an 1568. Ce fut pour aller prêcher deux fois la semaine dans une

Egliſe de la Campagne à quatre ou R. Hos-
cinq lieuës de *Zurich*. Il s'acquitta PINIEN.
ponctuellement de cette fonction
pendant huit années, quoiqu'il fût
chargé d'autres emplois dans cette
Ville. Car on lui donna à régenter la
troiſiéme Claſſe en 1569. & on le fit
Proviſeur de l'Egliſe Abbatiale en
1571. & cinq ans après Proviſeur
de l'Ecole Caroline.

On lui accorda le droit de Bour-
geoiſie à *Zurich* en 1569. & il ſe maria la même année avec *Anne Lavater*, fille de *Louis Lavater*, alors Ar-
chidiacre de l'Egliſe Caroline de *Zurich*, dont il eut quatorze enfans,
& qui mourut en 1612.

Il ſe remaria peu de temps après,
& épouſa en ſecondes nôces le 13.
Mai de la même année *Magdeleine
Wirz*.

Ses fatigues Miniſteriales furent un
peu diminuées en 1576. car on lui
donna alors une Egliſe, qui n'étoit
éloignée de *Zurich* que d'une lieuë.

Après avoir été pendant dix-neuf
années dans la pouſſiere de l'Ecole,
on l'en retira en le faiſant Archidia-
cre de l'Egliſe Caroline le 25. Sep-

R. Hos-
PINIEN.

tembre 1588. Six ans après on le fit Miniftre de l'Eglife Abbatiale ; emploi qui lui étoit d'autant plus commode , qu'il lui laiffoit plus de temps pour travailler aux grands Ouvrages qu'il avoit entrepris.

Une cataracte le priva de l'ufage de fes yeux pendant près d'un an ; ce qui ne l'empêcha point de prêcher comme à l'ordinaire ; mais on la lui abbatit heureufement le 18. Septembre 1613.

Il tomba en enfance à l'âge de 76. ans , c'eft-à-dire , en 1623. & ne fortit de ce trifte état que par fa mort , qui arriva le 11. Mars 1626. étant alors dans fa 79. année.

» On ne peut difconvenir qu'*Hof-*
» *pinien* n'ait fait plufieurs recherches
» curieufes , & que fes Ouvrages
» n'ayent leur utilité. Ce grand nom-
» bre de paffages qu'il y entaffe les
» uns fur les autres touchant diffe-
» rentes matieres, font voir quelle a
» été fon application à étudier certai-
» nes matieres. Il auroit été à fouhai-
» ter qu'il eût eu plus de critique ; car
» il cite fouvent des fauffes Decreta-
» les & des piéces fuppofées comme

» des monumens véritables. Quoi- R. Hos-
» qu'il y ait affez d'ordre dans les ti- PINIEN.
» tres de fes Chapitres, il n'y en a
» pas tant dans le corps du Chapi-
» tre. Il cite affez confufément les an-
» ciens Auteurs & les modernes, &
» fait des applications de leurs paffa-
» ges à contre-fens. Il eft foible dans
» la Controverfe ; quand il réfute
» *Bellarmin* fur les faits, il réuffit ;
» mais quand c'eft fur le dogme, il
» n'eft pas, à beaucoup près, fi fort.
» Perfonne n'a mieux que lui démê-
» lé, ni détaillé l'Hiftoire des diffe-
» rends qui ont été entre les Sectes fé-
» parées de l'Eglife Romaine ; & en
» cela, fans y penfer, il a rendu fer-
» vice à l'Eglife Catholique, les
» variations & l'oppofition de la
» doctrine de ces Sectes faifant voir
» combien elles ont eu tort de fe fé-
» parer de l'Eglife Romaine, puif-
» qu'elles ne peuvent pas s'accorder
» entr'elles. *Hofpinien* étoit outré fa-
» cramentaire, & grand ennemi des
» Lutheriens & des Ubiquitaires,
» avec lefquels il croyoit que l'on ne
» devoit point avoir de focieté ni de
» communion. Le ftyle de cet Au-

R. Hos-
PINIEN.

» teur est simple, mais très-intelligi-
» ble, & composé de termes ordi-
» naires assez Latins. « C'est le jugement que M. *Du Pin* porte d'*Hospinien.*

Catalogue de ses Ouvrages.

1. *De Templis : hoc est , de origine ,
progressu, usu & abusu Templorum, ac
omnino rerum omnium ad Templa pertinentium. Tiguri ,* 1587. *in fol.* It.
Editio 2a. *sic emendata , aucta , locupletata , cùm integris capitibus tùm responsionibus ad Roberti Bellarmini, Cæs.
Baronii , Cardinalium , & Sociorum
eorum sophismata & argumenta , quibus idololatriam Romanam defendere
conantur, ut pro nova merito haberi possit. Tiguri ,* 1603. *in-fol.* p. 510. *Hospinien* avoit entrepris un Ouvrage
d'une vaste étenduë *De origine & progressu Papatus ac Idolatria Romana Ecclesiæ* ; mais il ne put l'achever entierement ; & le Livre dont il s'agit ici ,
aussi bien que les suivans , n'en sont
que des morceaux.

2. *De Monachis ; hoc est , de origine
& progressu Monachatus , & Ordinum
Monasticorum Equitumque Militarium
omnium Libri sex. Tiguri ,* 1588. *In-*

fol. It. *Editio* 2a. *emendata* , *aucta & R. Hoslocupletata* , *cùm integris capitibus* , *PNIEN-tùm responsionibus ad R. Bellarmini sophismata & argumenta , quibus Monachatum ejusque errores & superstitiones defendere conatur. Tiguri* , 1609. *in fol.* feüil. 273.

3. *De Festis Judæorum & Ethnicorum ; hoc est , de origine , progressu, ceremoniis & ritibus festorum dierum Judæorum , Græcorum, Romanorum, Turcarum & Indianorum Libri tres. Tiguri* , 1592. *in-fol.* It. *Editio* 2a. *emendata , aucta , locupletata. Ibid.* 1611. *in-fol.* feüil. 172. pour les Fêtes des Juifs, & 166. pour celles des Payens.

4. *Festa Christianorum ; hoc est , de origine , progressu , ceremoniis & ritibus Festorum dierum Christianorum Liber unus ; in quo ostenditur ex probatis Autoribus , veram primitivam Ecclesiam paucissima habuisse festa , progressu autem temporis prodigiose à superstitiosis hominibus numerum eorum accumulatum , & multiplices errores in observatione illorum introductos esse , adeoque à vera Antiquitatis veneranda simplicitate ac vestigiis Ecclesiam hac etiam in parte longissime recessisse. Tiguri ,*

R. Hos-
PINIEN.

1593. *in-fol.* feüil. 115. It. *Editio* 22.
aucta, Ibid. 1612. *in fol.* Les additions
de cette édition tendent à repondre
au Cardinal *Bellarmin*, & à *Jacques*
Gretser, Jesuite

§. *Historia Sacramentaria ; hoc est,*
Libri quinque de Cœna Dominica pri-
ma institutione ejusque vero usu & abu-
su in primitiva Ecclesia ; tum de origi-
ne, progressu, ceremoniis, & ritibus
Missæ, Transubstantiationis, & alio-
rum pene infinitorum errorum quibus
Cœnæ prima institutio horribiliter in Pa-
patu polluta & profanata est. Cum re-
futatione sophismatum & argumentorum
Rob. Bellarmini, Jesuitæ, & aliorum,
quibus profanationem hanc defendere
conantur. Tiguri, 1598. *in fol.* p. 603.

Historiæ Sacramentariæ pars altera,
de origine & progressu Controversiæ Sa-
cramentariæ de Cœna Domini inter Lu-
theranos, Ubiquistas & Orthodoxos,
quos Zuinglianos, seu Calvinistas vo-
cant, exortæ ab anno 1517. *usque ad*
annum 1602. *deducta. In qua etiam de*
origine & progressu Ubiquitatis & Li-
bri Concordiæ agitur. Tiguri, 1602.
in-fol. p. 403. On marque dans un
Avertissement, qui est à la tête, qu'-

on n'a point donné ici l'Hiftoire du
Livre de *la Concorde*, pour des raifons particulieres ; mais qu'elle paroî-
tra dans la fuite. Les Lutheriens furent extrêmement choqués de cette
feconde partie, & y repondirent dans
un Ouvrage Allemand, qu'on attribuë à *Leonard Hutter.* Hofpinien travailla à y repliquer en la même langue ; mais fon Ouvrage n'a pas été
imprimé.

6. *Concordia difcors ; de origine &
progreffu formula Concordia Bergenfis
Liber unus ; in quo ejus errores & fal-
fa dogmata, Sacra Scriptura, Ortho-
doxis Symbolis, toti antiquitati puriori,
& ipfi etiam Auguftana Confeffioni re-
pugnantia ; Antilogia item feu contra-
dictiones, condemnationes injufta &
modus agendi in Ecclefia Chrifti hactenus inufitatus, quem in confcribendo,
fuffragiis muniendo, & promulgando
hoc Concordia Libro Patres Bergenfes,
autores ejus, fecuti funt, Chriftiano
lectori demonftrantur, & ob oculos po-
nuntur. Tiguri, 1609. in-fol. feüil.*
311. Cet Ouvrage irrita de nouveau
les Lutheriens ; l'Electeur Palatin
Frederic IV. qui cherchoit alors à con-

R. Hos-
PINIEN.

cilier les Lutheriens & les Calvinis-
tes, trouva sur-tout qu'il l'avoit fait
paroître fort mal-à-propos. *Hutter* y
fit même une réponse sous ce titre :
Concordia concors ; seu de origine &
progressu formulæ Concordiæ Ecclesia-
rum Confessionis Augustanæ. Witteber-
gæ, 1614. *in fol.* Les amis d*Hospi-*
nien lui conseillerent de repliquer à
ce Livre qui étoit extrêmement vio-
lent & emporté. Il y travailla ; mais
il n'y mit pas la derniere main , tant
pour ménager les Princes Lutheriens,
que pour ne point fournir matiere
aux railleries des Catholiques , qui
se divertissoient de ces disputes.

7. *Historia Jesuitica ; hoc est , de*
origine , regulis , constitutionibus , pri-
vilegiis , incrementis , progressu , &
propagatione Ordinis Jesuitarum. Item
de eorum dolis , fraudibus , imposturis ,
nefariis facinoribus , cruentis consiliis ,
falsa quoque , seditiosa & sanguinolenta
doctrina. Tiguri , 1619. *in-fol.* feüil.
257.

8. *Rodolphi Hospiniani Opera om-*
nia , in septem tomos distributa ; quo-
rum I. de Templis. II. de Festis. III. &
IV. Historia Sacramentaria. V. Con-

cordia difcors. VI. de Monachis. VII. Hiftoria Jefuitica. Editio nova, ex Autoris ante obitum recognitione hinc inde nec mediocriter auctior ; & quæ hactenus fummopere defiderabatur, præfixa eft ejufdem vita per J. H. Heideggorum. Geneva, 1669. 1681. *in-fol.* Je trouve encore de fa façon les deux Ouvrages fuivans.

9. *Orationes duæ. I. An Anima fit in toto corpore fimul ? II. De Immortalitate ejus. Tiguri,* 1586. *in-4°.*

10. *De origine & progreffu rituum & ceremoniarum Ecclefiafticarum Oratio. Tiguri,* 1585.

V. *Sa Vie par* Jean-Henri Heideger, *à la tête de fes Oeuvres.* Bayle, *Dictionnaire.*

JEAN DE LAET.

JEan de Laet naquit à *Anvers* fur la fin du 16e. fiécle.

On ne fçait prefque rien de fa vie. *Conftantin l'Empereur* nous apprend feulement dans la Préface de fa traduction de l'Itineraire de *Benjamin de Tudele*, qu'il avoit été Directeur

J. DE de la Compagnie des Indes Occiden-
LAET. tales , & qu'il étoit habile dans la
connoiffance des Langues , de l'Hiftoire & de la Geographie.

Il faifoit à *Saumaife* le plaifir de
mettre au net fes Ouvrages , que les
Imprimeurs n'auroient pû lire fans
cela , parce que ce Sçavant écrivant
fort vîte , fon écriture étoit extrêmement difficile à déchiffrer ; fur
quoi l'on raconte dans le *Menagiana*,
que *Saumaife* paffant peu de temps
après la mort de *Laet* devant la bou-
tique des *Elzeviers* , *Louis Elzevier* ,
qui étoit fur le pas de la porte , mit
la main au chapeau pour le faluer ,
fans que *Saumaife* s'en apperçût. Sur
quoi cet Imprimeur l'abordant : *Qu'-
avez-vous donc* , lui dit-il , *que vous
ne rendez pas le falut à vos meilleurs
amis. Ha* , lui répondit *Saumaife* ,
*fuis-je aujourd'hui en état d'ôter le cha-
peau à perfonne? Ne fçavez-vous pas
qu'en perdant Laet , j'ai perdu ma
main ?*

Laet mourut en 1649.

Catalogue de fes Ouvrages.

· 1. *Hifpania , five de Regis Hifpania regnis & opibus Commentarius.*

Lugd. Bat. Elzevir. 1629. *in-*32. Il y
a deux éditions de cette année, dont
la ſeconde eſt beaucoup plus ample
que l'autre ; car outre les additions
conſiderables qu'on y a faites en differens endroits, il y a de plus le
Chapitre 7ᵉ. *De Inſulis Canariis.* It.
Ibid. 1641. *in-*32. Il y a bien des fautes dans ce petit Ouvrage, mais on
doit les mettre moins ſur le compte
de *Laet*, que ſur celui des Auteurs
qu'il a copiés.

2. *Tractatus de territoriis, potentia,
familiis, fœderibus Principum & Re-
rumpublicarum Italiæ.* Dans un Recueil de *Thomas Segeth*, intitulé : *De
Principibus Italiæ Tractatus varii,
Lugd. Bat. Elzevir.* 1628. *in-*32.

3. *Gallia, ſive de Francorum Regis
dominiis & opibus Commentarius.
Lugd. Bat. Elzevir.* 1629. *in-*32.

4. *Belgii Confederati Reſpublica, ſeu
Gelriæ, Hollandiæ, Zelandiæ, Tra-
ject. Friſiæ, Tranſiſalaniæ, Groning.
Chorographica Politicaque deſcriptio.
Lugd. Bat. Elzevir.* 1630. *in-*32. Il y
a eu trois éditions de cet Ouvrage
cette même année ; la 1ᵉ. de 359. pag.
ſans *Index* ; la 2ᵉ. de 352. pag. avec

un *Index* & plusieurs additions ; la 3ᵉ. entierement semblable à la seconde , mais qui lui est préferable , tant à cause que le papier est plus beau , que parce que le caractere est plus neuf , & par conséquent plus net.

5. *De Imperio magni Mogolis , sive India vera. Lugd. Bat Elzevir.* 1631. *in-*32. Il y a deux éditions de cette année, l'une de 285. pages, & l'autre de 299. Elles sont également bonnes , & n'ont rien de plus l'une que l'autre.

6. *Persia , sive Regni Persici status , variaque Itinera excerpta. Lugd. Bat. Elzevir.* 1633. *in-*32. p. 374. It. *Ibid.* 1637. *in-*32. p. 362. On a ajouté dans cette seconde édition le Chapitre 12. & on a mis à sa place l'Article 8. de la 1. partie, qui dans la premiere édition étoit à la fin.

7. *Thomæ Smithi , Angli , de Republica Anglorum Libri tres. Quibus accesserunt Chorographica illius descriptio, aliique Politici tractatus. Lugd. Bat. Elzevir.* 1625. *in-*32. It. *Ibid.* 1630. *in-*32. Cette édition est bien plus ample que la premiere. It. *Ibid.* 1641.

*in-*32. Celle-ci est encore augmentée J. DE

des Chapitres 11. 12. & 13. & des LAET.

chémins d'une Ville à l'autre, qu'on

trouve à la tête du Livre. Mais elle

n'est pas si exacte que les précéden-

tes, & il y a un grand défaut dans

l'*Index*, où l'on a laissé les mêmes

chiffres que dans l'édition de 1630.

quoiqu'il y ait de la difference d'une,

ou deux, ou trois pages.

   8. *Portugallia, sive de Regis Portu-*

galliæ Regnis & Opibus. Lugd. Bat.

1641. 1644. *in-*32. Ce sont là les pe-

tites Republiques, ausquels *Laet* a

eu part ; on les préfere à toutes les

autres, parce qu'il étoit habile dans

l'Histoire & la Geographie. Celle de

la Perse est estimée particulierement,

étant un extrait de plusieurs Voyages

curieux, fait avec goût & avec choix.

   9. *Novus Orbis, seu descriptionis In-*

diæ Occidentalis Libri XVIII. cum Ta-

bulis & Figuris æneis. Lugd. Bat. El-

zevir. 1633. *in-fol.* It. en François.

L'Histoire du nouveau Monde, ou des-

cription des Indes Occidentales. Leyde.

Elzevir. 1640. *in-fol.* It. *Traduit en*

Flamand. Ibid. Elzevir. 1644. *in-fol.*

   10. *Notæ ad dissertationem Hugonis*

F f iiij

J. DE LAET.

DE Grotii de Origine Gentium Americanarum, & observationes aliquot ad meliorem indaginem difficillima illius quæstionis. Parif. 1643. in-8°. p. 223. C'eſt une réfutation de l'Ouvrage de Grotius de Origine Gentium Americanarum, imprimé à *Paris* en 1642. in-8°. dans lequel il prétendoit que les Peuples de l'Amerique n'étoient pas fort anciens, & qu'ils y ſont paſſés de l'Europe. Ce Sçavant répondit à *Laet*, mais un peu trop durement, dans un Ouvrage qu'il intitula : *De Origine Gentium Americanarum diſſertatio altera adverſus obtreEtatorem, opaca quem bonum facit barba. Parif.* 1643. in-8°. *Laet* repliqua, mais avec plus de politeſſe & de douceur dans l'écrit ſuivant.

11. *Reſponſio ad Diſſertationem ſecundam Hugonis Grotii de Origine Gentium Americanarum. Amſtel. Elzevir.* 1644. in-8°. p. 116. *Laet* prétendoit que les Americains étoient des reſtes des enfans de *Cham.* On vit auſſi-tôt après paroître d'autres ſentimens ſur cette matiere dans les Ouvrages ſuivans. *Joannis Baptiſtæ Poiſſoni Animadverſio ad ea quæ Hugo.*

Grotius , & Joannes de Laet de Ori- J. DE
gine Gentium Peruvianarum & Mexi- LAET.
canarum scripserunt. Paris. 1644. in-
8o. Robertus Comtæus de Origine Gen-
tium Americanarum. Amstelod. 1644.
in-8o. Georgii Hornii de Originibus
Americanis Libri quatuor. Hagæ Co-
mitis. 1652. in-8°.

12. *De Gemmis & Lapidibus Libri*
duo. Quibus præmittitur Theophrasti
Liber de Lapidibus , Græcè & Latinè ,
cum brevibus annotationibus. Lugd.
Bat. 1647. in-8°.

13. *Historia Naturalis Brasiliæ ; in*
qua Guil. Pisonis de Medicina Brasi-
liensi Libri IV. & Georgii Marcgravii
Historiæ Rerum Naturalium Brasiliæ
Libri VIII. cum annotationibus Joan-
nis de Laet. Lugd. Bat. 1648. in-fol.

14. *Plinii Historia Naturalis. Lugd.*
Bat. Elzevir. 1635. in-12. Trois vol.
Laet a procuré cette belle édition.

15. *Vitruvii de Architectura Libri*
X. cum diversorum notis & observatio-
nibus. Accesserunt Henrici Wottoni
Elementa Architecturæ ; Bernardini
Baldi Lexicon Vitruvianum & Scamil-
li impares Vitruviani ; Leonis Bapt. de
Albertis Libri tres de Pictura ; Pompo-

J. DE
LAET.

nii Gaurici Excerpta de Sculptura; &
Ludovici Demontiosii Commentarii de
Sculptura & Pictura : edente & illus-
trante Joanne de Laet. Amstelod. El-
zevir. 1649. in fol.

V. *Valerii Andreæ Bibliotheca Bel-*
gica. Konigii Bibliotheca vetus & nova.

FRANÇOIS DE SALIGNAC DE LA MOTTE-FENELON.

F. DE FE-
NELON.

François de Salignac de la Motte-
Fenelon naquit au Château de *Fe-*
nelon en Perigord , le 6. Août 1651.
de *Pons de Salignac* , Marquis de *Fe-*
nelon , & de *Louise de la Cropte.*

Après avoir été élevé jusqu'à l'âge
de douze ans dans la maison pater-
nelle , on l'envoya commencer ses
études à *Cahors* ; & il vint ensuite les
achever à *Paris* sous les yeux d'*An-*
toine de Fenelon , Lieutenant-Général
des Armées du Roy , son oncle.

A vingt-quatre ans il entra dans
les Ordres Sacrés , & exerça depuis
toutes les fonctions du Sacerdoce
avec une pieté exemplaire. A 27. ans
il fut choisi par M. *de Harlay* , Ar-

chevêque de *Paris* , pour être Supe- F. DE FE-
rieur des Nouvelles Catholiques , & NELON.
il fit bien-tôt connoître, dans cet emploi , le talent qu'il avoit pour per-
ſuader. Le Roi *Louis XIV.* en étant
inſtruit , le nomma Chef d'une Miſ-
ſion ſur les Côtes de Saintonge &
dans le Pays d'*Aunis* , pour travailler à la converſion des Proteſtans ,
qui y étoient en grand nombre.

Ces Miſſions finies , il revint à *Paris* reprendre ſes fonctions de Supe-
rieur des Nouvelles Catholiques. Ce
fut alors qu'il fit connoiſſance avec
M. *Boſſuet* & M. *de Beauvilliers*. Ce
dernier lui procura la place de Précepteur de M. le Duc de Bourgogne
& des deux Princes ſes freres , & il
commença à en faire les fonctions au
mois de Septembre 1689.

Il n'eut long-temps pour tout benefice qu'un Prieuré médiocre , que
M. l'Evêque de *Sarlat* , ſon oncle ,
lui avoit réſigné. Le Roy lui donna
enfin l'Abbaye de *S. Valery* , & quelques mois après en 1694. l'Archevêché de *Cambray* ; mais en acceptant
cet Archevêché , à condition de paſſer neuf mois à *Cambray* , & les trois

F. DE FE-
NELON.

autres auprès des Princes, il se démit de son Abbaye & de son Prieuré.

La haute faveur ou étoit M. de *Fenelon* sembloit devoir l'élever encore davantage; mais il se forma contre lui un orage, qui l'éloigna pour toujours de la Cour.

Les liaisons qu'il eut alors avec Madame *Guyon*, & le refus constant qu'il fit de condamner ses Ouvrages avant que le Pape en eût prononcé, le firent exiler dans son Diocèse, où il s'occupa long-temps à écrire pour sa défense. Mais lorsque le Souverain Pontife eut censuré ses *Maximes des Saints*, il se soumit sans restriction, & abandonna entierement ces sortes de matieres.

Son *Telemaque*, qui fut imprimé, pendant le cours de ses disputes, contre ses intentions, & par la supercherie d'un Domestique, fournit à ses ennemis un nouveau prétexte pour le noircir dans l'esprit du Roy, qui ayant été frappé de sa soumission, commençoit à revenir à son égard, & à qui l'on fit entendre que ce Roman étoit une censure fine & maligne de son gouvernement.

M. *de Fenelon* ſe trouvant par là con F. DE FE-
finé pour toujours dans ſon Diocèſe , NELON.
s'employa tout le reſte de ſa vie aux
fonctions de l'Epiſcopat , qu'il remplit avec beaucoup de zéle & d'exactitude , & à la compoſition de differens Ouvrages.

Il mourut à *Cambray* le 7. Janvier
1715. âgé de 64. ans , & fut enterré
dans ſa Cathedrale avec cette Epitaphe.

*Hîc jacet ſub altari principe Fran-
ciſcus de Salignac de la Motte-Fenelon,
Cameracenſium Archiepiſcopus & Dux,
ac Sancti Imperii Romani Princeps : ſæ-
culi litterati decus , omnes dicendi lepo-
res virtuti ſacravit ac veritati ; & dum
ſapientiam Homerus alter ſpirat , ſe ,
ſuoſque mores inſcius retexit. Bono Patriæ unice intentus Regios Principes ad
utilitatem publicam inſtituit : Hinc pio
gaudet Iberia Philippo : Hinc Religio ,
Gallia , Europa , extincto illacrimant
Delphino ; veri defenſor , ut Hipponen-
ſis olim fortis & ſuavis , libertatem cum
gratia eò felicius conciliavit , quò debi-
tum Eccleſiæ decretis obſequium firmius
aſtruxit. Aſceticæ vitæ magiſter , de caſ-
to amore ita diſſeruit , ut Vaticano ob-*

F. DE FE-NELON.

sequens oraculo, simul sponso & sponsæ placuerit. In utraque fortuna sibi constans. In prospera aulæ favores nedum prensaret adeptos etiam abdicavit: in adversa Deo magis adhæsit. Antistitum norma, Gregem sibi creditum assidua fovit præsentia, verbo nutrivit, erudivit exemplo, opibus sublevavit. Exteris perinde charus ac suis, Gallos inter & hostes cum esset medius, hos & illos ingenii fama, & comitate morum sibi devinxit. Maturus cœlo, vitam laboribus exercitam, claram virtutibus meliore vita commutavit septimo Januarii, anno 1715. Ætatis 64.

Hoc Monumentum pii ac mœrentes sororis filius & fratris nepotes posuere.

Il avoit été reçu à l'Academie Françoise le 31 Mars 1693. à la place de M. Pellisson.

Catalogue de ses Ouvrages.

1. *De l'Education des Filles.* Paris, 1687. *in-*12. Ce Traité est son premier Ouvrage; il a été réimprimé un grand nombre de fois. On en a une édition faite à *Amsterdam* en 1708. *in-*12. dans laquelle on y a joint un Ouvrage de M. *de la Chetardie*, intitulé: *Instruction pour une*

jeune *Princeffe.* L'Ouvrage de M. *de* F. DE FE-
Fenelon eft excellent , & il n'en eft NELON.
point en ce genre qu'on puiffe lire
avec plus de fruit.

2. *Traité du Miniftere des Pafteurs.*
Paris , 1688. *in-*12. L'Auteur y en-
treprend de démontrer , qu'il n'y a
point de véritable Sacerdoce parmi
les Proteftans.

3. *Difcours prononcé dans l'Acade-*
mie Françoife le Mardi 31. *Mars* 1693.
à la réception de M. l'Abbé de Fenelon.
Paris , 1693. *in-*4°. It. Dans les Recueils de l'Academie Françoife.

4. *Explication des Maximes des*
Saints fur la vie interieure. Paris, 1697.
*in-*12. It. *Traduite en Latin in-*8°.
It. en François ; *avec quelques piéces*
qui concernent ce Livre. Amfterdam ,
1698. *in-*12. It. *Traduite en Allemand.*
Wefel , 1699. *in-*80. Cet Ouvrage attira bien-tôt fur lui un orage qui l'ac-
cabla. On vit d'abord paroître contre lui : *Declaratio Ill. & Rev. Eccle-*
fiæ Principum Ludovici Antonii de
Noailles , Arch. Parienfis , Jacobi Be-
nigni Boffuet , Epifcopi Meldenfis , &
Pauli de Godet des Marais , Epifcopi
Carnutenfis, circa librum cui titulus eft :

F. DE FE-NELON. Explication des Maximes des Saints fur la vie interieure. *Paris*, 1697. *in-*4°. Cet Ecrit fut fuivi d'un grand nombre d'autres, qu'il feroit inutile de rapporter ici, je me bornerai à ceux qui font de nôtre Auteur.

5. *Premiere Lettre a Monfeigneur l'Archevêque de Paris fur fon Inftruction Paftorale du* 27. *Octobre* 1697. *in-*80. p. 56. It. *in-*12. p. 90.

6. *Seconde Lettre au même. in-*80. p. 45. It. *in-*12. p. 69. Sur le même fujet, auffi-bien que les deux fuivantes.

7. *Troifiéme Lettre au même. in-*80. p. 44. It. *in-*12. p. 64.

8. *Quatriéme Lettre au même, fur l'addition à fon Inftruction Paftorale du* 27. *Octobre* 1697. *in-*12. p. 70.

9. *Réponfe à la déclaration de M. l'Arch. de Paris, de M. l'Evêque de Meaux, & de M. l'Evêque de Chartres, & à l'Ouvrage de M. de Meaux intitulé :* Summa, &c. *contre le Livre intitulé :* Explication des Maximes des Saints. 1698. *in-*12. p. 259.

10. *Inftruction Paftorale de M. l'Archevêque de Cambray fur fon Livre intitulé :* Explication des Maximes des

des Saints , &c. *avec la condamnation* F. DE FE-
des erreurs de Molinos, les Articles ar- NELON.
rêtés à Iffy , & la Lettre du même au
Pape. Cambray , 1697. *in* - 4°. It.
Lyon , 1698. *in·*12.

11. *Lettre à N. S. Pere le Pape.*
Rotterdam , 1697. *in-*12. p. 12. M.
de Fenelon l'écrivit pour foumettre
fon Livre des *Maximes des Saints* au
jugement du Souverain Pontife.

12. *Premiere Lettre à M. l'Evêque*
*de Meaux. in-*12. p. 80. It. *in-*8°. p.
50.

13. *Seconde Lettre au même. in-*12.
p. 72. It. *in-*80. p. 51.

14. *Troifiéme Lettre au même. in-*12.
p. 74.

15. *Quatriéme Lettre au même. in-*
12. p. 64. It. *in-*8°. p. 43.

16. *Cinquiéme Lettre au même. in-*
12. p. 106.

17. *Réponfe à l'Ecrit de M. de Meaux*
intitulé : Relation fur le Quietifme.
*in-*12. It. *Nouvelle édition , revûë &*
corrigée par l'Auteur. Bruxelles, 1698.
*in-*8°. p. 192.

18. *Réponfe aux Remarques de M.*
l'Evêque de Meaux fur la Réponfe à
la Relation du Quietifme. in - 8°. p.

Tome XXXVIII. G g

123. It. *Nouvelle édition revûë & corrigée par l'Auteur. Bruxelles*, 1699.
in-8°. p. 143.

19. *Premiere Lettre à M. l'Evêque
de Meaux sur les douze Propositions,
qu'il veut faire censurer par des Doc-
teurs de Paris. in*-12. p. 80.

20. *Seconde Lettre au même. in*-12.
p. 66. Sur le même sujet.

21. *Premiere Lettre pour servir de
Réponse à celle de M. l'Evêque de
Meaux. in*-8°. p. 54.

22. *Seconde Lettre au même, &c.
in*-8°. p. 51. Sur le même sujet, aussi bien que la suivante.

23. *Troisiéme Lettre au même, &c.
in*-8°. p. 51. Ces trois Lettres ont
été réimprimées ensemble. *in*-12. p.
224.

24. *Lettre à M. l'Evêque de Meaux
pour repondre à son Traité Latin intitulé*: Mystici in tuto, *sur l'Oraison Pas-
sive. in*-8°. p. 96. It. *in*-12. p. 141.

25. *Lettre à M. l'Evêque de Meaux,
pour repondre à son Traité Latin intitulé*: Scholastici in tuto, *sur la Charité.
in*-8°. p. 71. It. *in*-12. p. 100.

26. *Réponse à l'Ecrit de M. l'Evêque de Meaux intitulé*: Quæstiuncula.

in-8°. p. 55. It. *in-12.* p. 79.

27. *Préjugez décififs pour M. l'Arch. de Cambray contre M. l'Evêque de Meaux.* in-8°. p. 12. It. *in-12.* p. 21.

28. *Lettre ſur la Réponſe de M. l'E- vêque de Meaux à l'Ouvrage intitulé : Préjugez décififs.* in-8°. p. 58.

29. *Les principales Propoſitions du Livre des Maximes des Saints juſtifiées par des expreſſions plus fortes des ſaints Auteurs.* in-12. p. 198.

30. *Première Lettre à M. l'Evêque de Meaux, en réponſe à l'Ecrit intitulé : Les Paſſages éclaircis , &c.* in-8°. p. 38.

31. *Seconde Lettre au même , en ré- ponſe, &c.* in-8°. p. 61.

32. *Lettre à M. l'Evêque de Meaux ſur la Charité.* in-8°. p. 71. Cette Let- tre , qui eſt differente de celle que j'ai marquée au n°. 25. roule ſur une propoſition particuliere.

33. *Première Lettre, pour ſervir de ré- ponſe à la Lettre Paſtorale de M. l'E- vêque de Chartres ſur le Livre intitulé : Explication des Maximes, &c.* in-12. p. 119.

34. *Seconde Lettre , pour ſervir de réponſe, &c.* in-12. p. 94. C'eſt la ſui- te de la précédente.   G g ij

35. *Premiere Lettre à M. l'Evêque
de Chartres „ ou réponse à la Lettre d'un
Theologien. in-*8°. p. 40.

36. *Seconde Lettre au même ,* &c. *in-*
8°. p. 62.

La condamnation du Livre des
Maximes faite à *Rome* par le Pape *In-
nocent XII.* le 12. Novembre 1699.
& la soumission de M. *de Fenelon*
mirent fin à cette dispute.

37. *Les Avantures de Telemaque fils
d'Ulysse , ou suite du* 4e. *Livre de l'O-
dyssée d'Homere. Paris ,* 1699. *in-*12.
Cette premiere édition imprimée fur-
tivement , & a l'insçu de l'Auteur,
fut d'abord supprimée. On la contre-
fit la même année à *La Haye in-*12.
& il s'en est fait depuis un grand nombre d'autres. It. *Premiere édition conforme au MS. original. Paris ,* 1717.
in 12. Deux tom. Celle-ci est la premiere qui ait été publiée en France
avec Privilege. Elle est exacte & en
beaux caracteres. M. *de Ramsey ,* qui
en a eu soin , a mis à la tête une Dissertation sur la Poësie Epique & sur
le Poëme de *Telemaque.* It. *Rotterdam,*
1717. *in* 12. Deux vol. Elle est faite
sur celle de *Paris „* dont je viens de

parler. It. *Amsterdam. Wetstein.* 1719. F. DE FE-
in-12. Deux vol. On a fait dans cette NELON.
derniere édition quelques change-
mens, qu'on prétend avoir tirés d'un
meilleur Manuscrit, que celui dont
on s'est servi pour celle de *Paris*, &
on y a joint quelques notes. It. *Nouvelle édition. Paris*, 1730. *in* 4°. Deux
vol. On y a mis a chaque Livre une
estampe assez - bien dessinée, mais
mal gravée. It. *Amsterdam*, 1734. *in*-
fol. & *in*-4°. Cette impression est magnifique pour l'impression & pour les
figures.

Cet Ouvrage de M. *de Fenelon* a
été aussi traduit en diverses langues.
On en a une traduction Italienne faite par *Moretti*, & imprimée à *Leyde*
en 1719. *in*-12. Deux vol. *Benjamin
Neukirchius* l'a traduit en vers Alle-
mands, & sa traduction a été imprimée en 1728. à *Anspach in-fol.* avec
des figures. Il y en a deux traductions
Flamandes; l'une faite par *D. Ghüs*,
& imprimée à *Utrecht* en 1700. *in*-8°.
l'autre d'un Anonyme, publiée à
Amsterdam l'an 1715. *in*-8°.

Le *Telemaque* est proprement un
Poëme en prose; c'est pour cela que

F. DE FE-
NELON.

l'Auteur a employé un style poëtique.
Il faut cependant avoüer qu'il est un
peu trop enflé , & qu'il y a des des-
criptions trop brillantes , & des expreſſions métaphoriques qui revien-
nent trop ſouvent. On n'y voit point
de ruiſſeau , qui ne murmure, où
qui ne ſerpente agréablement dans
une prairie ; point de tempête qui ne
faſſe écumer les flots, & mugir la mer
irritée , &c. Au reſte on y trouve des
préceptes excellens , & une morale
fort ſage , débitée d'une maniere très-
ingenieuſe. L'Ouvrage a paru d'abord
partagé en 10. Livres ; mais dans l'é-
dition de 1717. & dans les ſuivantes
il y en a 24.

Quelque temps après que l'Ouvrage eut été imprimé pour la premiere
fois, il fut attaqué par deux Critiques
fort étenduës.

*Critique générale des Avantures de
Telemaque , & Critique particuliere de
chaque Livre.* Cologne , 1700. *in-12.*
Deux vol. Cette Critique eſt de *Gueu-
deville* , fils d'un Medecin de *Roüen* ,
qui après avoir été Benedictin , alla
en Hollande ſe faire Huguenot , & y
eſt mort.

*La Telemacomanie , ou cenfure & F. DE FE-
critique du Roman intitulé :* Les Avan-NELON-
tures de Telemaque, *par Amable Fay-
dit. Eleutherople.* 1700. *in-*12. C'est un
chef-d'œuvre de pédanterie.

38. *Ordonnance & Instruction Pastorale , portant condamnation d'un imprimé intitulé :* Cas de Conscience, &c.
Valenciennes , 1704. *in-*12. p. 254.
Elle est datée du 10. Février de cette
année.

39. *Seconde Instruction au Clergé &
au Peuple de son Diocèse pour éclaircir
les difficultés proposées par divers Ecrits
contre sa premiere Instruction Pastorale.
Valenciennes,* 1705. *in-*12. p. 416. Datée du 2. Mars 1705.

40. *Troisiéme Instruction Pastorale
contenant les preuves de la Tradition
sur l'infaillibilité de l'Eglise touchant les
Textes. Valenciennes ,* 1705. *in-*12. p.
740. Du 21. Mars 1705.

41. *Quatriéme Instruction Pastorale ,
où l'on prouve que c'est l'Eglise qui exi-
ge la signature du Formulaire , & qu'en
exigeant cette signature , elle se fonde sur
l'infaillibilité , qui est promise pour juger des Textes Dogmatiques. Valenciennes,* 1705. *in-*12. p. 348. Datée du
20. Avril 1705.

42. *Lettre de M. l'Arch. de Cambray à un Theologien au sujet de ses Instructions Pastorales.* 1706. *in-12. p.* 50.

43. *Instruction Pastorale sur le Livre intitulé :* Justification du silence respectueux. *Valenciennes,* 1708. *in-8°. p.* 471. It. trad. en Latin : *Documentum Pastorale de Libro Gallicè inscripto : Defensio silentii obsequiosi. Valenc.* 1709. *in-12.*

44. *Lettres au P. Quesnel.* 1711. *in-12.* Ces deux Lettres regardent deux Ouvrages, l'un intitulé : *Denunciatio solemnis Bullæ Clementinæ, quæ incipit, Vineam Domini Sabaoth;* l'autre qui est la *Relation du Cardinal Rospigliosi;* que M. *de Fenelon* croyoit être du P. *Quesnel.*

45. *Instruction Pastorale en forme de Dialogues. Cambray,* 1714. *in-12.* Trois tomes. It. *Augmentée de quelques Dialogues. Ibid.* 1715. *in-12.* Cette Instruction roule sur les matieres de la Grace.

46. *Recueil des Mandemens de M. de Fenelon, Archevêque de Cambray, à l'occasion des Jubilez, du Carême, & des Prieres publiques, depuis le* 15. *Novembre* 1701. *jusqu'au* 23. *Février* 1713.

1713. *Paris* , 1713. *in*-12. p. 184. F. DE FE-
Ce Recueil contient 22. Mandemens. NELON.

47. *Démonftration de l'exiftence de
Dieu , tirée de la connoiffance de la Nature , & proportionnée à la foible intelligence des plus fimples. Paris* , 1713.
in 12. It. *Seconde édition. Paris* ; 1713.
in-12. Cette feconde édition a de plus
que la précédente une Préface du P.
Tournemine , Jefuite. It. *Amfterdam* ,
1713. *in* 12. It. Dans le Recueil fuivant , dont il fait la premiere Partie.

48. *Oeuvres Philofophiques. Premiere
Partie : Démonftration de l'exiftence de
Dieu tirée de l'art de la Nature. Seconde Partie : Démonftration de l'exiftence
de Dieu & de fes Attributs , tirée des
preuves intellectuelles & de l'idée de
l'Infini même. Paris* , 1719. *in*-12. p.
557. Il y a beaucoup d'efprit & d'é-
loquence dans cet Ouvrage ; peut-
être n'y trouvera-t-on pas autant de
jugement & de bonne Métaphyfique.
C'eft le jugement qu'on en porte dans
l'*Europe fçavante* , tom. 8. p. 186.

49. *Lettres à M. de la Motte de l'A-
cademie Françoife.* A la fuite de la premiere Partie de fes *Réflexions fur la
Critique. Paris* , 1715. *in*-12. Rien

F. DE FE-
NELON.

n'est plus judicieux que les Réflexions, qu'y fait ce Prélat, sur l'estime qu'on doit avoir pour les Anciens, & sur la liberté de les critiquer.

50. *Lettres sur divers sujets concernant la Religion & la Métaphysique. Paris*, 1718. *in-*12. p. 278. Avec une Préface de M. *de Ramsey.*

51. *Dialogue sur l'Eloquence en général*, & *sur celle de la Chaire en particulier. Avec une Lettre écrite à l'Academie Françoise. Paris*, 1718. *in-*12. p. 409. It. *Amsterdam*, 1718. *in-*12. Avec des *Réflexions sur la Poësie Françoise du P. du Cerceau.* Quoique M. *de Fenelon* ait composé son Dialogue sur l'Eloquence dans sa jeunesse, il y a beaucoup de génie, & des preceptes fort utiles. La Lettre à l'Academie est un de ses derniers Ouvrages, & il la composa pour répondre à celle qu'elle lui avoit écrite, pour le consulter sur les travaux ausquels elle devoit s'appliquer. Cette Lettre, qui est fort étenduë, avoit déja été imprimée sous le titre suivant.

52. *Réflexions sur la Grammaire, la Rhetorique, la Poëtique & l'Histoire.*

Paris, 1716. *in*-12. It. Dans le *Pre-* F. DE FE-
mier Journal de Piéces concernant l'A- NELON.
cademie Françoiſe. Amſterdam, 1717.
in-12.

53. *Dialogues des Morts compoſés
pour l'éducation d'un Prince. Paris*,
1712. *in*-12. p. 314. Cet Ouvrage a
paru alors ſans nom d'Auteur ; on l'a
réimprimé depuis en meilleur état, &
beaucoup plus ample avec le nom de
M. *de Fenelon,* ſous ce titre : *Dialogues
des Morts anciens & modernes*, *avec
quelques Fables*, *compoſées pour l'éducation d'un Prince. Paris*, 1718. *in*-12.
Deux vol. It. *Amſterdam,* 1718. *in* 8°.
Deux vol. It. Avec l'*Abregé des Vies
des anciens Philoſophes. Amſterdam*,
1727. *in*-12. Trois volumes.

54. *Abregé des Vies des anciens Philoſophes*, *avec un Recueil de leurs plus
belles Maximes*, *par M. D. F. Paris*,
1726. *in*-12. p. 495. It. *Amſterdam,*
1727. *in*-12. Avec les *Dialogues des
Morts.* Comme cet Ouvrage eſt aſſez
imparfait, M. *de Ramſey* conteſta,
dès qu'il parut, qu'il fût de M. *de Fenelon*, à qui le Libraire l'avoit attribué, & fit inſérer là-deſſus une Lettre dans le *Journal des Sçavans* du

F. DE FE-
NELON.

mois de Juin 1726. p. 1222. Sur cela le Libraire fit écrire une autre Lettre par M. *Baudoin*, Chanoine de *Laval*, qui semble mettre la chose entierement hors de doute. Cette Lettre se trouve dans le *Journal des Sçavans* du mois d'Octobre 1726. p. 2843. dans la *Bibliotheque Françoise*, tome 9. p. 34. & dans la *Bibliotheque des Livres Nouveaux*, p. 150. M. *de Ramsey* revint bientôt à la charge, par une *Lettre à M. l'Ablé Bignon*, qui a été imprimée dans le *Journal des Sçavans* du mois de Février 1727. p. 371. & où il paroît détruire celle de M. *Baudoin*. On pourroit conclure de tous ces Ecrits, que l'Ouvrage n'est proprement qu'un canevas, qui vient à la vérité de M. *Fenelon*, & auquel quelqu'un a donné la forme sous lequel on l'a produit, mais qui est trop imparfait pour pouvoir porter son nom.

55. *Oeuvres Spirituelles de M. de la Mothe-Fenelon. Anvers*, 1725. in-8°. 5. *vol.* *

* Se trouve à Paris chez Briasson.

V. *L'Histoire de la Vie de M. de Fenelon, par M. de Ramsey, imprimée d'abord à la Haye en 1723. in-12. & ensuite avec quelques legeres differences à Bruxelles en 1725. in-12.*

HUBERT SUSSANNEAU.

HUbert *Suſſanneau*, en Latin *Suſ-* *ſanæus*, naquit à *Soiſſons* l'an 1512. de *Pierre Suſſanneau*, ſur la mort duquel on trouve une Elegie de ſa façon dans le ſecond Livre de ſes *Ludi*, p. 20. L'Epitre dédicatoire de ſes *Quantitates Alexandri Galli* nous apprend d'ailleurs, que ſa mere ſe nommoit *Iſabelle*.

Bayle a mis ſa naiſſance en 1514. parce que *Suſſanneau* dit dans ſon Poëme ſur la levée du ſiége de *Peronne*, imprimé en 1538. qu'il n'avoit alors que 24. ans. Mais il n'a pas fait attention que ce Poëme fut compoſé auſſi-tôt après la levée de ce ſiége, qui ſe fit le 10. Septembre 1536. & qu'ainſi il a dû naître deux années plûtôt.

Il fit ſes premieres études à *Soiſſons* ſous un Maître, à qui il a dedié les Elegies qui ſuivent les *Quantitates Alexandri Galli*, & qu'il nomme *Petrus Ruguaus*, *Sueſſionenſis*, *Presbyter*. Cet homme étant venu demeurer à *Paris*, *Suſſanneau* l'y ſuivit, & ayant

H h iij

H. Sus-
SANNEAU. été mis en penſion chez lui , il y continua ſes études.

Il les fit avec beaucoup de ſuccès,
puiſqu'il fut lui-même de fort bonne-heure en état d'enſeigner les autres : mais il donna auſſi dans la débauche, comme il l'avouë lui-même dans
le Poëme, qu'il a compoſé ſur ſon mariage , où il dit qu'il avoit été juſques-
là *implicitus ſcortis luſtriſque* ; & comme on le voit par une piéce de Vers
du 3e. Livre de ſes *Ludi* , adreſſée *ad
D. à Largo baculo de Turnonia* , où il
remercie ce Medecin, de l'avoir guéri d'une maladie honteuſe, qu'il avoit
gagnée dans un mauvais lieu.

On trouve dans le 2e. Livre de ſes
Ludi des vers qu'il adreſſe *ad Clau-
diam* , & qui commencent ainſi.

Stultas , Claudia , curioſitates
Mittamus levium Luthericorum.
Vivamus placide , bene , & quiete,
Quodque Eccleſia Sancta ſanxit, om-
nes
Amplectamur & audiamus omnes.

On prétend que cette *Claudia* étoit
la *Candida de Beze*, c'eſt-à-dire, cette *Claudine Deſnos* , que *Beze* épouſa
depuis. C'eſt pour cela que *Claude de*

Sainctes, p. 27. de ſa réponſe à l'A-
pologie de celui-ci, parlant d'*Hubert*
Suſſanneau, le nomme le rival de *Be-*
ze; ce qu'il tenoit de *Suſſanneau* lui-
même, qui répondant aux Iambes,
que *Beze* avoit compoſés contre lui,
& que je rapporterai tout à l'heure,
lui dit: Vous me ſpécifiés une infinité de gens dont je ſuis connu, mais
vous deviez bien dans cette grande
liſte ne pas oublier vôtre *Claudine*.

> *Nam debuiſti carmen illud addere,*
> *Me Claudiæ tuæ bene eſſe cognitum.*

Voici les vers que *Beze* fit contre lui.

In Hubertum.

> *Norunt Hubertum Ganeones, pro-*
> *digi.*
> *Norunt Magiſtri cocta quos Crambe*
> *necat.*
> *In urbe tota nullus hiſtrio latet,*
> *Nec mœchus ullus, leno, ſcurrave*
> *impudens,*
> *Nec chiromantis ullus, aut cadave-*
> *rum*
> *Moleſtus excitator, aut vates malus,*
> *Cui non Hubertus iſte ſit notus bene.*
> *Sed ſcire vis, ignotus hic cui ſit? ſibi.*

Il enſeigna d'abord l'Eloquence &
la Poëſie à *Poitiers*, n'ayant alors gué-

H. Sus-
sanneau.

res plus de 18. ans , & les vers qu'il compósa dès ce temps-là lui acquirent l'amitié de *Philippe de Coffé* , Evêque de *Coutance* ; grand protecteur des Gens de Lettres ; ce fut apparemment dans le même temps, qu'il alla à *Nantes* , & qu'il y prononça un discours, comme on le voit par le feüillet 44. de ses *Ludi*.

Il enseigna ensuite à *Paris*, & y expliqua *Virgile* & *Ciceron* avec beaucoup de réputation. Vers la *S. Remy* de l'an 1533. un Seigneur Breton l'engagea à faire avec lui le voyage de Bretagne , & il profita de cette occasion pour satisfaire le désir qu'il avoit de voyager , & résolut même d'aller plus loin , & de passer de-là en Italie.

En passant à *Blois*, où le Roi *François I.* étoit alors, *Salmon Macrin*, son ami, le présenta à *Philippe de Coffé* , qui étoit auprès de ce Prince. Ce Prélat lui fit beaucoup de caresses, & le mit par ses liberalités en état de continuer ses voyages plus commodément.

Après avoir fait quelque séjour en Bretagne , & en avoir vû les princi-

pales Villes, il songea à passer en Ita- H. Sus-
lie, & se rendit dans ce dessein à *Bour-* SANNEAU.
ges, & de là à *Lyon*. Il fut arrêté dans
cette derniere Ville par *Sebastien Gry-*
phe, qui l'engagea à veiller à la cor-
rection de quelques Ouvrages de *Ci-*
ceron, d'*Horace*, & de *S. Cyprien*,
qu'il vouloit donner de nouveau au
Public.

Il fit alors connoissance avec *Etien-*
ne Dolet, qui demeuroit chez *Gryphe*,
& travailloit à ses Commentaires de
la langue Latine. Il lui communiqua
le projet de son *Dictionarium Cicero-*
nianum ; & ce Sçavant l'approuva,
& le détermina à le faire imprimer.

Ce fut apparemment avant que de
passer en Italie, qu'il alla à *Montpel-*
lier, où l'on voit par ses *Ludi* imprimés en 1538. qu'il étoit tombé malade, & qu'il s'étoit adressé à *Rabelais*,
pour le conduire dans sa maladie.

Ayant ensuite traversé la Savoye, il
se rendit à *Turin*, où il enseigna quelque temps, & fit des Leçons sur *Ci-*
ceron. Le Recteur de l'Université de
cette Ville honora une de ses Leçons
de sa présence, & il l'en remercia par
des vers qu'on trouve au feüillet 9. de
ses *Ludi*.

H. Sus-
SANNEAU. Il visita ensuite quelques autres Villes de l'Italie, comme *Pavie*, où il paroît qu'il fit aussi quelques leçons, & *Mantoüe*, qu'il voulut voir pour l'amour de *Virgile*.

Après avoir satisfait sa curiosité, il revint en France, & traversa la Bourgogne pour se rendre à *Paris*, où après une interruption d'une année, il reprit ses leçons sur *Virgile*. C'est lui-même, qui nous instruit de tout le détail de ces voyages dans l'Epitre dédicatoire de son *Dictionarium Ciceronianum*, adressée à *Philippe de Cossé*.

Il fut depuis appellé à *Turin* pour y enseigner la jeunesse, & il se mit en chemin pour s'y rendre. Mais en passant à *Grenoble*, on lui fit tant d'instance, & on lui offrit de si bons appointemens pour l'engager à rester dans cette Ville, qu'il se rendit aux desirs des Magistrats, & n'alla pas plus loin. Pour le fixer même davantage en ce lieu, on le détermina à s'y marier, & on lui fit épouser une jeune fille de douze ans, nommée *Sibylle*. Il décrit lui-même plaisamment la maniere dont ce mariage se fit, dans une piéce de vers, qui est à la

fin de fes *Annotationes in Artem ver-* H. Sus-
fificatoriam. Il paroît par fes Ouvra-sanneau.
ges, qu'il en eut plufieurs enfans, &
l'on voit à la fuite de fes *Quantita-*
tes Alexandri Gálli, imprimée en
1542. que l'aîné nommé *Pierre* étoit
mort au berceau.

Ce mariage ne le retint cependant
que peu de temps à *Grenoble* ; car fa
mere, qui étoit déja fort avancée en
âge, ayant fouhaité le revoir pour fa
confolation, & l'ayant rappellé avec
inftance à *Paris*, il y revint bientôt
après.

Il continua depuis à inftruire la
jeuneffe, comme il avoit toujours
fait jufques là, & comme il fit apparemment jufqu'à la fin de fa vie.

Il régentoit quelque baffe Claffe au
College de *Romans* en Dauphiné l'an
1547. comme il paroît par des vers,
dont je parlerai plus bas. Il revint cependant enfuite à *Paris*.

Tout ce que je viens de rapporter
de lui, fait affez connoître qu'il ne
pouvoit trouver de demeure ftable en
aucun endroit, & que foit inconftan-
ce, foit d'autres raifons, il en chan-
geoit continuellement.

H. Sus-
sanneau.
On ignore le temps de sa mort. Son dernier Ouvrage est de l'an 1550. & depuis cette année on n'entend plus parler de lui. Comme il avoit promis peu auparavant quelques Ouvrages, ausquels il témoignoit travailler, & qui n'ont point cependant paru, il est assez probable qu'il mourut vers cette année.

Il a pris à la tête de ses *Ludi* la qualité de Docteur en Droit & en Medecine. Il l'avoit apparemment reçuë dans son voyage d'Italie, en quelqu'une des Villes, où il avoit passé.

Catalogue de ses Ouvrages.

1. *Apologia Petri Sutoris, Doctoris Theologi, Carthusianæ professionis, adversus damnatam Lutheri hæresim de votis Monasticis, in qua quantum momenti afferant veræ spiritus libertati vota, facile perspicietur, & ea ipsa Evangeliorum auctoritate firmari. Paris.* 1531. *in* 80. feüil. 72. On voit à la tête une Epitre dédicatoire d'*Hubert Sussanneau*, qui a publié cet Ouvrage, au Prieur de la grande Chartreuse.

2. *Petri Rosseti, Poëtæ Laureati, Christus, nunc primum in lucem editus. Paris. Simon Colinæus.* 1534. *in*-8°.

Suffanneau , qui a fait imprimer ce
Poëme , a mis à la tête une Epitre
dédicatoire au Roi *François I.*

3. *Dictionarium Ciceronianum &
ejufdem Epigrammatum libellus. Parif.*
1636. *in* 80.

4. *Julii Cæfaris Scaligeri adverfus
Defiderii Erafmi Dialogum Ciceronianum Oratio fecunda. Parif. P. Vido-
væus.* 1537. *in*-80. On voit à la tête
une Epitre de *Suffanneau* datée du 5.
Juin , où il marque qu'étant à *Paris*
le 13. Janvier précédent il avoit lû ce
difcours manufcrit , qu'étant depuis
paffé en Gafcogne, il avoit voulu voir
Scaliger qui étoit à *Agen*; que ce Sçavant , à qui il en parla , fut furpris
qu'il n'eût pas été imprimé , l'ayant
envoyé à un de fes amis pour cela ; &
qu'il le chargea de ce foin.

5. *Huberti Suffannæi, Legum & Medicinæ Doctoris , Ludorum Libri, nunc
recens conditi atque editi. Parif. Simon
Colinæus.* 1538. *in* - 80. p. 169. On
trouve ici d'abord *Ludorum Libri IV.*
Ce font de petites piéces de vers fur
differens fujets. Elles font fuivies d'un
Ouvrage intitulé : *Enodatio aliquot vo-
cabulorum , quæ in aliis Dictionariis*

non reperiuntur , aut si forte paucula , aliter explicantur : ex Collectaneis P. H. Sussannæi. Le tout est terminé par un Poëme d'environ 350. vers, sur la levée du siége de *Peronne* en 1536. qui a pour titre : *Perona obsessa.*

6. *Lamentatio Europæ Carmine heroico descripta ab Hub. Sussannæo.* C'est un Poëme de 43. vers, qui est imprimé à la suite de l'*Oratio laudatoria pro Francisco Valesio , Rege Francorum , per L. Campestrem , Canonicum Regularem.* 1538. in-4°. p. 30. en tout.

7. *De ratione componendorum Versuum.* Paris. 1538. *in-*40.

8. *P. Virgilii Maronis Opera omnia diligentia P. H. Sussanæi quam emendatissime excusa , & ab innumeris , quibus scatebant , mendis repurgata.* Paris. Joannes Macæus. 1540. *in* 4°. Les Bucoliques & les Georgiques sont de cette année, mais l'Enéide est de l'année précédente 1539. Il y a à la tête de l'édition , qui est magnifique pour les caracteres , huit vers de *Sussanneau* en forme d'Epitre dédicatoire.

9. *Annotationes in contextum duorum Librorum artis versificatoriæ Joannis Despauterii : ubi multa , non trivialia*

illa quidem neque extrita reperientur. H. Suſ-
Adjecta eſt hiſtoria captivi Monachi, SANNEAU.
ex proſa D. Hieronymi in Elegum Car-
men converſa, cum aliquot Odis. Pariſ.
Simon Colinæus. in-8o. feüil. 44. Les
Poëſies, qu'on voit ici, ont été ſup-
primées dans la ſeconde édition pour
faire place à d'autres. It. ſous cet autre titre : *Annotationes in contextum*
totius artis verſificatoriæ, quam Joan-
nes Deſpauterius carmine complexus eſt.
Adjectum eſt Epithalamium D. Mi-
chaëlis Hoſpitalis & D. Mariæ Mori-
næ. Item Ecloga, Sylvius inſcripta, &
Carminum farrago. 2ª. Editio. Pariſ. Simon Colinæus. 1543. in-8°. feüil. 83. It.
Pariſ. Reginald. Calderius. 1547. in-
8°.

10. *Quantitates Alexandri Galli,*
vulgò de Villa Dei, correctione adhibi-
ta ab Huberto Suſſannæo locupletatæ,
adjectis utiliſſimis adnotationibus, mi-
nimeque vulgaribus. Acceſſerunt Ac-
centuum regulæ omnium abſolutiſſimæ,
ex variis auctoribus collecta per eundem
Suſſanæum. Additus eſt Elegiarum ejuſ-
dem Liber. Pariſ. Simon Colinæus.
1542. *in*-12.

11. *In P. Virgilii Maronis Moretum*

H. Sus-Scholia , *ex præstantissimis quibusque*
SANNEAU. *scriptoribus , maxime ex Joannis Ruel-*
lii , Suessionensis , dum viveret , Medi-
ci , lucubrationibus huc transposita per
H. *Sussannæum. Paris. Simon Colinæus.*
1542. in-8°. feüil. 20.

12. *De Resurrectione Domini nostri*
J. C. *carmen. Parif.* 1544. in-4°.

13. On trouve une piéce de douze
vers de sa façon, qui porte ce titre :
Ad Benedictum Merlinum , reliquof-
que Romanenseis discipulos Hubertus
Sussannæus , à la tête d'un Livre intitulé : *De communibus octo partium Ora-*
tionis accidentiis Opusculum , pueris
Grammaticæ primùm initiandis sanè
quam utile, per Bernardum Quercinum,
Tholosatem. Lugduni, 1547. in-8°. On
voit par ces vers que *Sussanneau* régentoit alors quelque basse Classe
dans le College de *Romans ,* dont ce
Quercinus étoit Principal.

14. *Connubium Adverbiorum ; id est,*
elegans Adverbiorum applicatio & mi-
rificus usus ex omnibus Ciceronis operi-
bus ordine Alphabeti demonstratus, lo-
cis unicuique assignatis. Parif. 1548.
in-8o. feüil. 119. It. *Argentorati,* 1576.
in-8o. It. *Lugduni,* 1583. & 1621. in-
8o.

80. L'Auteur dans son Epitre dédica- H. Sus-
toire du 30. Mai 1548. promet au SANNEAU.
premier jour *Epitheta Ciceroniana* &
Carmen de temporibus nostris ; mais cela n'a pas paru.

15. *Proverbia Gallicana secundùm
ordinem Alphabeti reposita, & à Joanne Ægidio Nuceriensi Latinis Versicu-
lis traducta, correcta & aucta per Hub.
Sussannæum. Paris.* 1550. *in* - 8°. It.
Ibid. 1552. *in-8o.* Cette derniere édition n'est point differente de la premiere ; on y a seulement changé les
trois premieres pages.

*Cet Article est tiré des Ouvrages de
Sussanneau.*

JEAN REGIOMONTAN.

J Ean *Muller*, surnommé *Regiomon-* J. REGIO-
tan , naquit le 6. Juin 1436. à MONTAN.
Konigshoven en Franconie , d'où il a
pris son nom de *Regiomontan* , sous
lequel il est plus connu , que sous
celui de *Muller* , & non-point à *Konigsberg* en Prusse , comme quelques
Auteurs Polonois l'ont prétendu.

Il commença ses études dans sa pa-

J. REGIO- trie , & les y continua jufqu'à l'âge
MONTAN. de 12. ans qu'on l'envoya à *Leipfic.*

Il prit dans cette Ville du goût pour
l'Aftronomie, & s'appliqua à l'Arith-
metique & à la Geometrie, qu'il crut
néceſſaire pour cette premiere ſcience. Mais comme il ne trouvoit dans
ce pays aucune perſonne , qui y fût
aſſez habile pour l'inſtruire d'une maniere ſatisfaiſante , il paſſa à *Vienne*
en Autriche vers l'an 1452. ou 53.
pour l'aller étudier ſous *George Peur-*
bach, qui l'y enſeignoit avec réputation.

Celui-ci voyant l'ardeur & les heu-
reuſes difpoſitions de ſon nouveau
diſciple , conçut de l'affection pour
lui , & n'oublia rien pour l'initier
dans tous les myſteres de la ſcience
qui faiſoit l'objet de ſes deſirs.

Le Cardinal *Beſſarion* étant allé à
Vienne de la part du Pape , pour né-
gocier quelques affaires , engagea
Peurbach à faire un Abregé de l'Al-
mageſte de *Ptolemée* , & à paſſer en
Italie avec lui pour s'aider dans ce travail du ſecours des Sçavans de ce pays
qui poſſedoient la langue Grecque ,
que *Peurbach* ignoroit. Celui-ci con-

fentit à ce voyage , pourvû que
giomontan le fît avec lui , & le Cardinal y donna les mains avec beaucoup
de plaifir.

Mais *Peurbach* mourut le 8. Avril
1461. avant fon départ , & le travail,
dont il étoit chargé , fut refervé à *Re-*
giomontan. Celui-ci fut auffi-tôt nommé Profeffeur en Aftronomie à la place de fon Maître ; mais il n'accepta
cette place , qu'à condition qu'elle ne
l'empêcheroit point de faire le voyage d'Italie.

Il partit en effet avec *Beffarion* pendant l'Automne de la même année, &
paffa quelque temps à *Rome* occupé
de l'étude de la langue Grecque ,
qu'il avoit ignorée jufques-là.

Ce Cardinal étant depuis allé en
Grece pour quelques affaires de Religion, *Regiomontan* paffa à *Ferrare*,
où il continua à s'appliquer à la langue Grecque fous *Blanchini* , *Theodo-*
re Gaza & *Guarino*, avec tant d'application , qu'après une année de féjour en cette Ville , il fut en état de
compofer des vers Grecs, & enten-
doit parfaitement les Philofophes qui
ont écrit en cette langue.

J. REGIO-
MONTAN.

Il alla ensuite à *Padoüe*, où à la priere des Etudians en Philosophie, il expliqua *Alphraganus*, Philosophe Arabe. Cette explication finie, il se rendit à *Venise* en 1464. pour y attendre *Bessarion*, avec lequel il retourna à *Rome* la même année. Il passa encore quelque temps dans cette Ville, tant pour acheter quelques Manuscrits Grecs, que pour en copier d'autres; & ce fut alors qu'il se broüilla avec *George de Trebizonde*, qu'il accusa d'avoir commis plusieurs fautes grossieres dans la traduction des Commentaires de *Theon*, & qu'il eut à ce sujet de grandes disputes avec lui.

Regiomontan ayant acquis les Manuscrits qu'il désiroit, & étant las de voyager, retourna à *Vienne*, où il professa pendant quelque temps.

Le Roi de Hongrie, *Matthias Corvin*, l'invita depuis à se rendre auprès de lui, & lui fit pour cela de grandes promesses. *Regiomontan* répondit d'autant plus volontiers à ses desirs, que ce Prince aimoit les Lettres & les Sçavans, & qu'il formoit à *Bude* une riche Bibliotheque. Il n'eut pas lieu de se repentir du parti qu'il avoit pris;

car ce Roi lui fit toutes fortes de ca- J. REGIO-
reffes, & des préfens confiderables. Il MONTAN.
en reçut auffi de l'Archevêque de
Strigonie, qui avoit infpiré au Roi de
Hongrie le deffein de l'attirer dans
ce pays.

Cependant la Guerre ayant répandu
le trouble dans le Royaume, *Regio-*
montan fongea à fe retirer ailleurs, &
après en avoir obtenu la permiffion
du Roi, il fe rendit en 1471. à *Nu-*
remberg, qu'il choifit préferablement
à toutes les autres Villes de l'Allemagne, tant parce qu'il y avoit des
Ouvriers habiles, capables de lui faire tous les inftrumens dont il avoit
befoin pour fes obfervations, que
parce que cette Ville étant comme
dans le centre de l'Allemagne, il
pouvoit plus facilement entretenir
un commerce de Lettres avec les Sçavans des autres Villes.

Il s'étoit acquis de la réputation à
Rome pendant le féjour qu'il y avoit
fait ; mais cette réputation s'augmenta beaucoup, lorfqu'on y eut vû les
Ouvrages qu'il fit alors imprimer à
Nuremberg. Le Pape *Sixte IV.* qui
avoit deffein de faire travailler à la ré-

J. REGIO-formation du Calendrier, crut qu'il
MONTAN. lui étoit nécessaire pour cela, & lui
écrivit pour l'engager à retourner à
Rome, lui faisant de grandes promesses, & le nommant même Archevêque de *Ratisbonne*.

Regiomontan eut de la peine à se ré-
soudre à quitter *Nuremberg*, où rien
ne le détournoit de ses occupations
sçavantes, & à abandonner l'impression de ses Ouvrages qu'il avoit commencée. Il se détermina cependant à
répondre aux desirs du Pape, & partit pour *Rome* sur la fin du mois de
Juillet 1475.

Il y mourut l'année suivante, c'est-
à-dire, le 6. Juillet 1476. âgé de 40.
ans. Quelques-uns prétendent qu'il
fut empoisonné par les enfans de
George de Trebizonde, qui voulurent
par là se vanger du mal que *Regiomontan* avoit dit des Ouvrages de leur
pere. Mais c'est une chose peu sûre ;
il vaut mieux s'en rapporter à *Paul
Jove*, qui assure qu'il mourut de la
peste, qui regnoit alors à *Rome*.

Catalogue de ses Ouvrages.

1. *Manilii Astronomicon Libri V.
Norimberga. Ex Officina Joannis de*

Regiomonte. in 4°. fans date. *Regiomon-tan* avoit dreffé une Imprimerie à *Nuremberg*, dans le deffein d'y faire imprimer fes Ouvrages, & il s'en fervit pour procurer l'édition de cet Ouvrage, qui doit être de l'an 1473.

2. *Georgii Peurbachii Nova Theorica Planetarum. Norimbergæ. in-*40. Il procura auffi cette édition, par reconnoiffance pour fon maître.

3. *Kalendarium novum, quo præmuntur conjunctiones veræ atque oppofitiones Luminarium, itemque Eclipfes eorumdem figuratæ, loca Luminarium vera quotidie, horarum tam æquinoctialium, quàm temporalium difcrimina, duplici inftrumento ad quafvis habitationes; ac alia plura fcitu jucundiffima. Norimbergæ. in* 4°. It. *Traduit en Italien. In Venetia,* 1476. *in fol.* It. *Traduit en Allemand. Nuremberg. in-*40.

4. *Ephemerides, quas vulgo dicunt Almanach, ad triginta duos annos. Norimbergæ. in-*4°. It. *Venetiis,* 1484. & 1498. *in* 40. Ces Ephemerides s'étendent depuis l'an 1474. jufqu'en 1506.

5. *Index Librorum, qui partim antiqui, maximeque ex Græcis, partim ex*

J. REGIO *suis edendi sibi superfunt.* En une feüil-
MONTAN. le volante. It. Dans la vie de *Regio-*
montan par *Gassendi*, p. 87. Sa mort,
qui arriva peu de temps après, l'a
empêché de publier tous les Ouvrages qui s'y trouvent.

6. *Disputationes contra Gerardi Cre-*
monensis in Planetarum Theoricas deli-
ramenta. Norimbergæ, 1474. *in-fol.* It.
Venetiis, 1482. 1488. 1508. *in-fol.*
It. *Ibid.* 1519. Avec l'Abregé de la
Sphere de *Jean* de *Sacrobosco*; & quelques autres fois depuis.

7. *Tabulæ Directionum Profectionum-*
que, *non tam Astrologiæ Judiciariæ*,
quàm Tabulis, *instrumentisque innume-*
ris fabricandis utiles ac necessariæ. Ta-
bulæ sinuum, per singula Minuta exten-
sa, *universam Sphæricorum Triangulo-*
rum scientiam complectentes. Norimber-
gæ, 1475. *in-4*o. It. *Tubingæ*, 1550.
& 1559. *in-4*o. It. *Augustæ Vindelico-*
rum. 1551. *in-4*o. It. *Witteberga*, 1584.
*in-4*o. It. Avec *Erasmi Reinholdi Ta-*
bulæ sinuum, *obliquarumque Ascensio-*
num. Witteberga, 1606. *in-4*o.

8. *Joannis de Monte Regio & Geor-*
gii Peurbachii Epitome in Cl. Ptolemæi
magnam compositionem, *continens pro-*
positiones

pofitiones & annotationes , quibus totum J. Regio-
Almageftum declaratur. Veneiis, 1496. Montan.
in-fol. Il y a eu plufieurs autres éditions qu'on peut voir dans l'article de
Pcurbach.

9. *Problemata Aftronomica ad Almageftum fpectantia. Norimbergæ,* 1541.

10. *Annotationes in Latinam verfio-
nem Geographiæ Ptolemæi factam à
Joanne Angelo. Argentorati ,* 1525.
in-fol. Dans l'édition , que *Bilibald
Pirckheimer* a donné de la Geographie de *Ptolemée.* La verfion de *Jean
Angeli* n'a point été imprimée.

11. *Oratio in prælectionem Alfragani,
introductoria in fcientias Mathemati-
cas ; cum introductione in Elementa
Euclidis , & ratione feu apodixi XII.
domorum Cœleftium. Norimbergæ,* 1537.
*in-*40.

12. *Mahometis Albategnii de fcien-
tia Stellarum Liber , Latinè ex Ara-
bico per Platonem Tiburtinum verfus ,
& additionibus aliquot Joannis Regiomontani illuftratus. Norimbergæ,* 1537.
*in-*40. It. *Bononiæ,* 1645. *in-*4°.

13. *De Triangulis Planis & Spheri-
cis Libri quinque. Norimbergæ ,* 1533.
in-fol. It. Avec *Danielis Santbech Pro-*
Tome XXXVIII. K k

J. REGIO-blematum *Astronomicorum & Geome-*
MONTAN. *tricorum sectiones septem. Basileæ,* 1561.
in-fol.

14. *Compositio Tabularum sinuum,*
cum Tabulis duplicibus sinuum ejusdem.
Norimbergæ, 1541. *in-fol.*

15. *Epistola ad Bessarionem Cardina-*
lem de Compositione Meteoroscopi. in-
4. sans date ni nom de lieu. It. *In-*
golstadii, 1533. *in fol.* Dans un Ouvrage de *Pierre Apien.* It. *Marpurgi,*
1537. *in-40.*

16. *Libellus de Cometa.* 1531. It. *Ba-*
sileæ, 1588. It. Avec *Joannis Ziegle-*
ri Commentarius in Genesim & Exo-
dum. Basileæ, 1540. 1548. *in-fol.*

17. *Tabulæ primi Mobilis, cum Ca-*
nonibus Problematisque suis & exposi-
tionibus. Norimbergæ. It. *Wittebergæ,*
1585. *in-fol.*

18. *Fundamenta eorum quæ fiunt per*
Tabulam generalem, seu demonstratio-
nes eorum quæ in Tabulis primi Mobi-
lis, cum Tabulis Eclipsium Peurbachii
præcepit. Neoburgi, 1557. *in-fol.*

19. *Tabulæ Revolutionum. in-4°.* sans
date ni nom de lieu.

20. *De Torqueto, Astrolabio armil-*
lari, Regula magna Ptolemaica, Ba-

culo Aftronomico & obfervationibus J. REGIO-
Commentarius, cum Joannis Schoneri MONTAN.
additionibus. Norimbergæ, 1544. *in-*4°.

21. *Saphææ inftrumenti Canones.*
1534. *in-*4°. fans nom de lieu.

22. *De influentiis Stellarum. Argentorati,* 1528.

23. *Joannis Regiomontani & Bernar-
di Waltheri Obfervationes Noribergicæ.
Edente Schonero.* 1544. It. Avec *Wil-
lebrordi Snellii Haffiacæ, & Tychonis
Bohemicæ obfervationes. Lugd. Bat.*
1618. *in-*40.

24. *De Ponderibus & aquæductibus
cum figurationibus Inftrumentorum ad
eas res neceffariorum, & de fpeculis
uftoriis atque aliis multorum generum.
Marpurgi,* 1537. *in-*40.

V. *Erafmi Reynholdi Oratio;* dans le
3e. tome des déclamations de *Melanchthon. Melchior Adam* a inféré ce difcours dans fes *Vitæ Germanorum Philofophorum.* Sa vie par *Gaffendi,* à la fuite de celle de *Tycho Brahé. Paris,* 1654.
*in-*4°. *Jean-Albert Fabricius, Bibliotheca Latina Mediæ & Infimæ Latinita-
tis,* tom. 4. p. 353. *Pauli Jovii Elogia,*
n°. 144.

ALBERT KRANTZ.

Albert *Krantz* naquit à *Hambourg*, & non point à *Bamberg*, Ville de Franconie, comme quelques Auteurs l'ont avancé sans aucun fondement.

Après avoir fait ses études d'Humanités dans sa patrie, il employa plusieurs années à voyager dans les principales parties de l'Europe, & il cultiva pendant ces voyages la Philosophie, la Theologie, & la Jurisprudence avec tant de soin, qu'il s'y rendit très-habile.

S'étant fait recevoir Docteur en Theologie & en Droit Canon à *Rostoch*, il y professa quelques années la Philosophie & la Theologie, & fut même Recteur de l'Université de cette Ville en 1482.

Quelques Auteurs, entre autres, *Henri Meibomius* le jeune, & *Conrad Schurzfleisch*, veulent qu'il ait été Chanoine de *Naumbourg*, mais ils se sont trompés.

Rappellé de *Rostoch* à *Hambourg*,

il fut fait Chanoine de la Cathedrale
de cette Ville. Mais il ne fe contenta
pas de joüir en faineant des revenus
de ce benefice , il s'occupa à prêcher
& à faire des leçons de Theologie.

ALBERT
KRANTZ.

Il fut élû Doyen de fon Chapitre
en 1508. & il travailla auffi-tôt à corriger les defordres qui y regnoient. Il
fit pour cela une vifite générale dans
tous les lieux de fa dépendance ; ce
qu'il recommença encore fix ans
après en 1514.

Il avoit long-temps auparavant
rendu plufieurs fervices à la Ville de
Hambourg , & aux autres Villes Han-
featiques. Il s'étoit trouvé de leur
part en 1489. à l'Affemblée de *Weif-*
mar , & elles l'avoient envoyé en
1497. en France , pour demander
une Treve , & en 1499. en Angleterre pour y demander certains Privileges contre les Pirates. Le fuccès de
ces négociations lui avoit donné une
telle réputation d'habileté & de pru-
dence , que *Jean* , Roi de Danemarc,
& *Frederic* Duc de Holftein , voulurent en 1500. l'avoir pour arbitre dans
un differend qu'ils avoient avec la
Province de *Dietmarfen.*

ALBERT KRANTZ. Il fut aussi Syndic de la Ville de *Hambourg*, & on voit par la liste qu'en a donné *Jean Albert Fabricius*, qu'il l'étoit en 1489.

Il mourut le 7. Decembre 1517. & 52. ans après on lui dressa cette Epitaphe hors la porte Orientale de la Cathedrale, dans le lieu où il avoit voulu être enterré.

Anno Domini 1517. in vigilia Conceptionis Virginis Matris gloriosæ, spectabilis & egregius vir D. Albertus Crantz, S. Theologiæ & Decretorum eximius Doctor, Ecclesiæ Hamburgicæ Canonicus, Lector facundissimus, & olim Decanus, morum ac virtutum specimen & exemplar, patriæ decus, feliciter concessit in fata: cujus anima cum Beatis molliter quiescat !

Cette Epitaphe fait voir que les Abbreviateurs de *Gesner*, aussi bien que ceux qui les ont suivi, se sont trompés, quand ils ont cru que *Krantz* vivoit encore en 1520. *George Fournier*, Jesuite, s'est éloigné encore plus de la vérité, lorsque dans le chap. 14. du 4e. Livre de sa *Notitia Orbis Geographica*, il a mis sa mort en 1569. Il s'est trouvé cependant un

Auteur, *Jean-André Bofius*, qui dans ALBERT
fa *Diff. de comparanda Prudentia &* KRANTZ.
Eloquentia Civili, l'a encore reculée
à l'année fuivante 1570.

Catalogue de fes Ouvrages.

1. *Chronica Regnorum Aquilona-
rium, Daniæ, Sueciæ, Norvegiæ. Argentorati*, 1546. *in-fol. Henri d'Eppen-
dorf*, Gentilhomme Allemand, ayant
trouvé cette Hiftoire manufcrite à *Cologne*, la traduifit en Allemand, & fit
imprimer fa traduction à *Strafbourg*
en 1545. *in-fol.* L'année fuivante il
publia le texte Latin dans la même
Ville. On en donna depuis une feconde édition en 1562. *in-fol.* fans nom
de lieu. *Jean Wolfius*, Confeiller du
Marquis de Bade, en fit faire une 3e.
dans laquelle il fit entrer les Ouvrages fuivans. *Chriftiani Cilicii Hiftoria
Belli Dithmarfici, & Jacobi Ziegleri
Schondia, feu Regionum Septentriona-
lium defcriptio. Francofurti. Wechel.*
1575. *in-fol.* Le même Editeur en donna encore une 4e. femblable à celle-
ci. *Ibid.* 1583. *in-fol.* La Chronique
de *Krantz*, qui s'étend depuis l'origine des Royaumes dont il parle,
jufqu'à l'an 1500. eft eftimée, quoi-

ALBERT
KRANTZ.

qu'il y ait bien des fautes. On peut dire la même chose de ses autres Ouvrages, qui malgré les applaudissemens qu'ils ont reçu de plusieurs Sçavans, ont été violemment critiqués par d'autres. En effet on l'a accusé de débiter bien des contes sur l'origine des Peuples, de citer fort mal les Anciens, de copier des pages entieres d'autres Auteurs, sans citer personne, & de falsifier les monumens de l'Histoire en faveur de ses passions. Une partie de ces défauts peut se rejetter sur son siécle, où l'on ignoroit la critique & la véritable maniere d'écrire l'Histoire, & où l'on manquoit des secours nécessaires, pour le faire avec exactitude.

2. *Saxonia, sive de Saxonicæ Gentis vetusta Origine, longinquis expeditionibus susceptis, & bellis Domi pro libertate diu fortiterque gestis, historia, Libris* 13. *comprehensa, & ad annum* 1501. *deducta. Coloniæ,* 1520. *in-fol.* It. *Ibid.* 1574. & 1595. *in-*8°. Ces trois éditions de *Cologne* sont les moins estimées, & on leur préfere les trois suivantes. It. *Cum Præfatione Nicolai Cisneri. Francofurti. Wechel.*

1575. 1580. 1621. *in-fol.* Dans ces ALBERT
éditions de *Wechel*, auffi-bien que KRANTZ.
dans celles qu'il a donné des autres
Ouvrages de *Krantz*, on a mis à la
marge, non-feulement les années,
mais encore des fommaires : on a eu
foin d'y marquer auffi certains endroits où *Krantz* s'eft exprimé fort
librement fur les defordres du Clergé de fon temps. *Cifner* dans fa Préface releve plufieurs fautes, qui
avoient échapées à l'Auteur. Cette
hiftoire de *Krantz* a été traduite en
Allemand par *Bafile Faber* de *Sora*,
& cette traduction a été imprimée à
Leipfic, en 1563. & 1582. *in-fol.*

3. *Wandalia, five Hiftoria de Wan-*
dalorum vera origine, variis gentibus,
crebris è patria migrationibus, regnis
item, quorum vel autores fuerunt, vel
everfores, Libris 14. *à prima eorum ori-*
gine ad A. C. 1500. *deducta. Coloniæ,*
1519. *in-fol.* Cette premiere édition a
été effacée par les fuivantes, qui font
plus amples & plus correctes. It.
Francofurti. Wechel. 1575. 1580. 1601.
in-fol. It. *Hanoviæ. Wechel.* 1619. *in-*
fol. It. *Traduite en Allemand par Ef-*
tienne Macropius. Lubec, 1600. *in-fol.*

ALBERT
KRANTZ

4. *Metropolis, sive Historia Eccle-siastica Saxoniæ. Basileæ. Joannes Opo-rinus 1548. & 1568. in-fol. Joachim Mollerus* le jeune, a donné le pre-mier cet Ouvrage au Public. It. *Co-loniæ,* 1574. & 1596. *in-8°.* It. *Fran-cofurti. Wechel.* 1575. 1590. 1627. *in-fol.* Avec une Préface de *Jean Wolfius.* Ces trois dernieres éditions, qui sont les meilleures, ont pour titre : *His-toria Ecclesiastica, sive Metropolis, de primis Christianæ Religionis in Saxonia initiis, deque ejus Episcopis & horum vita, moribus, studiis & factis ; item de aliarum Nationum, Regum & Prin-cipum rebus gestis. Accessit confutatio Legendæ fabulosæ de Benedicto IV. Pa-pa, cum multis aliis Principibus, Epis-copis & Nobilibus, Hamburgi Mar-tyrio coronato, & narratio de Reliquiis Martyrum in Ebbekstorff, Monasterio Virginum Ordinis. D. Benedicti, sito inter Brunsvicum & Luneburgum.*

5. *Spirantissimum Opusculum in Of-ficium Missæ, in optimum ordinem, pro sanctia & suavi Sacerdotum Ecclesiæ institutione digestum. Rostochii,* 1506. *in-40.* Cet Ouvrage a été publié par les soins de *Barthold Moller. Aubert*

le Mire, le P. *Labbe*, & quelques ALBERT
autres en mettent, mal-à-propos, l'é-KRANTZ.
dition en 1505.

6. *Ordo Miſſæ, ſecundum ritum lau-*
dabilis Eccleſiæ Hamburgenſis, per
Alb. Krantzium caſtigatus. Argento-
rati, 1509. *in-fol.*

7. *Conſilium de Ordine & Privilegiis*
Creditorum in bonis ſuorum debitorum.
Laurent Kirchovius a inſeré ce Con-
ſeil dans le 4e. tome de ſes *Reſponſa*
Juris per Juriſconſultos Germaniæ conſ-
cripta. Francofurti, 1572. *in-fol.*

7. *Inſtitutiones Logicæ, compendioſa*
admodum, pariterque abſolutiſſima, nec
minus Latinæ. Lipſiæ, 1517. *in-4º.*

8. *Grammatica culta & ſuccincta.*
Roſtochii, 1506. *in-4º.* Cet Ouvrage
a été publié par les ſoins de *Barthold*
Moller.

Le P. *Louis Jacob*, Carme, lui a
attribué, mal-à-propos, dans ſa *Bi-*
bliotheca Pontificia, part. 2. p. 243. un
Ouvrage intitulé : *Tractatus de Roma-*
nis Pontificibus, & præſertim de Victo-
re II. alias Epiſcopo Eyſtetenſi. Joſeph
Simler, & *Jean-Jacques Friſius*, Abbreviateurs & Continuateurs de la Bibliotheque de *Geſner*, ſe ſont auſſi

ALBERT trompés en lui donnant *Vita S. Ans-*
KRANTZ. *garii*, que *Voſſius* dans le 3e. Livre de
ſes Hiſtoriens Latins, nous apprend
être de *Jean Drieſch*. Il faut dire la
même choſe de *Jean-Adam Scherzer*,
qui met parmi ſes Ouvrages, *Scriptum*
de Romani Imperii interitu.

V. *Joh. Molleri Introductio in Du-*
cátuum Cimbricorum hiſtoriam, part. 1.
p. 94. C'eſt ce que nous avons de plus
étendu & de plus exact ſur cet Auteur. *Melchioris Adami Vitæ Philoſo-*
phorum Germanorum. Joannis Alberti
Fabricii Memoriæ Hamburgenſes, tom.
2. *p*. 787. Ce n'eſt que l'Eloge dreſſé
par *Melchior Adam*, auquel *Fabri-*
cius a fait quelques legeres additions.
Bayle, *Dictionnaire*.

ANGE FIRENZUOLA.

ANge *Firenzuola* naquit à *Floren-* A. FIREN-
ce , comme il le marque positi- ZUOLA.
vement lui - même en plusieurs endroits de ses Ouvrages , d'une famille considerable , originaire de *Firen-*
zuola , lieu de la dependance de *Flo-*
rence , situé entre cette Ville & *Bou-*
logne , dont le nom étoit *Nannini.*

Sebastien , son pere , remplissoit à
Florence des emplois considerables ,
& sa mere descendoit d'*Alexandre*
Braccio , Secretaire de cette Republique , dont on a quelques Ouvrages.

Il s'appliqua dans sa patrie à l'étude
des Belles-Lettres , jusqu'à l'âge de
seize ans , qu'on l'envoya à *Sienne* ,
& ensuite à *Perouse* , pour y étudier
en Droit. Malgré le peu d'inclination qu'il avoit pour cette sorte de
travail , il le soutint jusqu'au bout ,
& passa ensuite à *Rome* , où il exerça
pendant quelque temps la profession
d'Avocat.

Mais voyant que cela ne le con-

duisoit à rien, il acheva de s'en dé-
goûter, & abandonna même le Monde, en entrant dans la Congregation
des Moines de *Valombreuse*. Ce fut
alors qu'il quitta le nom de *Nannini*,
pour prendre celui de *Firenzuola*,
d'où ses Ancêtres étoient sortis.

Ce changement d'état le laissant
maître de suivre son goût dans le
choix de ses études, il se donna alors
tout entier aux Belles-Lettres. Il composa depuis divers Ouvrages, qui lui
procurerent une entrée dans l'Academie Florentine, appellée alors des
Humidi; cependant il n'en a été imprimé aucun de son vivant.

Il eut dans son Ordre le titre d'Abbé; mais il en sortit avant sa mort,
si l'on en croit *Poccianti*.

Il fut bien venu auprès du Pape
Clement VII. qui se plaisoit à entendre lire ses Ouvrages. Il demeura même long-temps à *Rome*, & ce fut dans
cette Ville qu'il termina ses jours.

On ignore le temps de sa mort. Il
vivoit encore en 1545. comme on le
voit par le Commentaire de *Grappa*
sur la *Canzone in lode della Salsiccia*,
publié cette année; mais il ne doit

pas avoir paſſé de beaucoup ce temps; A. Firen-car *Laurent Scala*, dans l'Epitre qu'-zuola. il a miſe à la tête de ſes Ouvrages en proſe, & qui eſt datée du 4. Novembre 1548. dit qu'il étoit mort depuis peu d'années.

Il fut enterré dans l'Egliſe de ſon Ordre; ce qui ſemble contredire ce que *Poccianti* a avancé, qu'il en étoit ſorti. C'eſt un des meilleurs Auteurs, qu'ait eu la langue Toſcane. Sa proſe & ſes vers ſont eſtimés.

Catalogue de ſes Ouvrages.

1. *Proſe di M. Agnolo Firenzuola, Fiorentino. In Firenſe. Bernardo Giunti.* 1548. *in*-8o. It. *Ibid. Lorenzo Torrentino.* 1552. *in*-8o. On trouve dans cette ſeconde édition les mêmes Ouvrages que dans la premiere, à l'exception d'une Elegie *à Selvaggia*, qui y manque; mais ils y ſont rangés dans un autre ordre. It. *In Firenza, ſi Giunti.* 1562. *in*-8o. Celle-ci eſt entierement conforme à la premiere. Ce ſont là les meilleures, qui ont été ſuivies de quelques autres, dont on fait moins de cas. Les piéces contenuës dans ce Recueil qui a été publié par les ſoins de *Laurent Scala*, ſont les ſui-

vantes , dans l'ordre de l'édition de
1548.

Discorsi degli Animali. Cet Ouvrage a été imprimé à part avec quelques autres du même goût , sous ce
titre : *Consigli degli Animali ; cio è Ragionamenti Civili di Agnolo Firenzuola , ne' quali con maraviglioso e vago ar-
teficio tra loro parlando, raccontano Sim-
boli , Avertimenti , Istorie , Proverbi e
Motti , che insegnano il viver civile , e
à governare altri con prudenza. Ag-
giuntovi un discorso di F. Jeronimo Ca-
pugnano , Domenichino , ove prova,
che gli Animali ragiono insieme ; &
con tal occasione si tratta di tutti parla-
ri , & come si favelli in cielo , nel Mon-
do , e nel centro della terra ; & di piu
ondeci Orationi in lode di varii Animali. In Venetia , 1622. in-8°.* On en a
deux traductions Françoises. La premiere , dont l'Auteur est inconnu , a
pour titre : *Plaisant & facetieux discours des Animaux. Avec une Histoire
non moins véritable que plaisante , ad-
venuë puis n'a guieres en la Ville de Florence. Escrit en Tuscan par Ange Fi-
renzuole, & traduit en François. Lyon.
Gabriel Cotier. 1556. in-16.* L'Histoire

re ajoutée ici , eſt la 7e. des Nouvelles A. FIREN-
de *Firenzuola*. La feconde eſt de *Pier-* ZUOLA.
re de la Rivey , qui n'a rien dit de la
premiere ; elle eſt jointe à un autre
Ouvrage , fous ce titre : *Deux Livres*
de Philoſophie fabuleuſe. Le premier
prins des difcours de M. Ange Firen-
zuola, Florentin, par lequel fous le fens
allegorique de pluſieurs belles Fables eſt
montrée l'envie, malice & trahiſon d'au-
cuns Courtiſans. Le fecond extrait des
Traitez de Sandebar, Indien, Philoſo-
phe moral ; traiſtant fous pareilles al-
legories de l'amitié & autres choſes ſem-
blables. Par Pierre de la Rivey, Cham-
penois. Lyon. Benoît. Rigaud. 1579.
in-16.

Dialogo delle bellezze delle Donne.
Firenzuola a daté cet Ouvrage du 18.
Janvier 1541. Nous en avons une
traduction Françoiſe, qui a pour titre : *Difcours de la beauté des Dames,*
prins de l'Italien du Seigneur Ange Fi-
renzuole. Par J. Pallet, Saintongeois.
Paris. Abel l'Angelier. 1578. *in-8°.*
feüil. 52. A la fuite de ce Dialogue eſt
dans l'Italien une Elegie *à Selvaggia*
en vers non rimés.

Ragionamenti Amoroſi. On voit à la

tête une Lettre de *Firenzuola*, *in lode
delle Donne*, & une Epitre dédicatoire de *Louis Domenichi*, datée du 10.
Octobre 1548.

Novelle Otto.

Difcacciamento delle nuove Lettere.

2. *Le Rime di M. Agnolo Firenzuola.
In Fiorenza*, 1549. *in*-8o. feüil. 135.
Laurent Scala eft encore l'éditeur de
ces Poëfies. Les Badines, dans lefquels *Firenzuola* a réuffi particulierement, ont été réimprimées plufieurs
fois avec celles de *François Berni*, de
Jean della Cafa, & d'autres Poëtes femblables. L'Auteur des *Notizie dell'Accademia Fiorentina* a prétendu qu'on
avoit mis mal-à-propos parmi fes Poëfies la *Canzone in lode della Salficcia*,
qui eft de *Lafca* ; mais *Crefcimbeni*
foutient qu'elle eft de *Firenzuola*. Un
Auteur inconnu, qui a pris le nom
de *Grappa*, a commenté cette piéce,
& fon Commentaire a été imprimé
en 1545. On prétend dans les mêmes *Notizie*, que le Sonnet, qui commence : *Ogni lodato ingegno, &c.* eft
de *Vivaldi*.

3. *Apuleio dell' Afino d'Oro, tradot-
to per M. Agnolo Firenzuola. In Firen-*

ze , 1549. *in-8°.* It. *Di nuovo ricor-* A. Firen-
retto e riftampato. Ibid. 1598. *in-80.* It. zuola.
Ibid. 1603. *in-80.* p. 327. Ce font les
meilleures éditions de cette traduction , qui en a eu plufieurs autres ,
& qui eft eftimée. *Laurent Scala* en a
été encore l'éditeur.

4. *F. Lucidi* , *Commedia. In Firen-
ze* , 1549. *in-80.* Cette édition, donnée par *Louis Domenichi*, eft meilleure que quelques autres , qui l'ont fuivie.

5. *La Trinuzia* , *Commedia. In Fi-
renze* , 1551. *in-8°.* Cette piéce a été
auffi publiée par *Domenichi* , & fon
édition eft préférable aux fuivantes.

6. Dans les Lettres écrites à *Pierre
Aretin*, & imprimées à *Venife* en 1552.
on en voit une de *Firenzuola* datée du
5. Octobre 1541.

V. *Le commencement de fa traduction de l'Afne d'Or d'Apulée.* Il y parle affez au long de ce qui le regarde.
*Notizie intorno a gli Uomini illuftri dell'
Accademia Fiorentina* , p. 24. *Crefcimbeni* , *Iftoria della Volgar Poefia. Mi-
chaelis Poccianti* , *Catalogus Scriptorum Florentinorum. Giulio Negri* , *Iftoria de' Fiorentini Scrittori.*

BERNARD GUYARD.

B.
GUYARD.
Ernard *Guyard* naquit à *Craon*, petite Ville d'Anjou l'an 1601.

Il entra à *Rennes* dans l'Ordre de S. *Dominique* ; étant ensuite venu à *Paris* dans un âge assez avancé, il prit des degrés en Sorbonne, & y reçut le bonnet de Docteur en 1645.

Il fut après cela nommé Professeur en Theologie ; emploi qu'il remplit dans le Couvent de S. *Jacques* jusqu'à la fin de sa vie.

Il se fit d'ailleurs par ses prédications une réputation, qui engagea *Marguerite de Lorraine*, épouse du Duc d'*Orleans*, *Gaston*, à le prendre pour son Confesseur.

Il passa aussi par les principales charges de son Ordre, & fut élevé en 1660 à celle de Provincial de la Province de *Paris*, qu'il conserva pendant quatre années.

Il mourut à *Paris* le 19. Juillet 1674 âgé de 73 ans.

Catalogue de ses Ouvrages.

1. *La Vie de S. Vincent Ferrier*, Re-

ligieux de l'Ordre des Freres Prêcheurs.
Paris, 1634. *in-*80.

2. *Oraiſon funebre prononcée à Paris.
en l'Egliſe de la Magdelaine au ſervice de Louis le Juſte*, *Roi de France &
de Navarre le* 15. *Juin* 1643. *Paris*,
1643. *in-*4°. Ce diſcours ne donne pas
une grande idée de ſon éloquence ;
mais il parloit ſuivant le goût de ſon
temps.

3. *Diſcrimina inter Doctrinam Tho-
miſticam & Janſenianam. Pariſ.* 1655.
*in-*4°. p. 628.

4. *Diſſertatio utrum S. Thomas cal-
luerit linguam Græcam. Pariſ.* 1667.
*in-*80. p. 296. Cet Ouvrage, où l'Auteur ſoutient l'affirmative, eſt contre
M. *de Launoy*, qui s'étoit déclaré
pour la négative. Le P. *Jean Nicolai*,
Jacobin, réfuta bientôt le P. *Guyard*
dans un petit écrit intitulé : *In diſſertationem de fictitio S. Thomæ Græciſmo
ſummaria Epiſtolaris diſcuſſio*, p. 30.
qu'il publia ſous le nom d'*Honoratus
à S. Gregorio*, à la ſuite de ſon *Apo-
logetica Præfatio in Catenam auream S.
Thomæ ac P. Nicolai editionem novam.
Pariſ.* 1668. *in-*12. Le P. *Guyard* repliqua dans la ſuite par l'Ouvrage ſuivant.

B.
GUYARD.
5. *Adversus Metamorphoses Honora-*
ti à S. Gregorio. Parif. 1670. *in-8°.* p.
116.

6. *La nouvelle apparition de Luther*
& de Calvin sous les réflexions faites sur
l'Edit de la reformation des Monasteres,
avec un examen du Traité de la puissan-
sance politique touchant l'âge nécessaire
à la profession des Religieux. Paris ,
1669. *in·12.* p. 303. Les *Réflexions sur*
l'Edit touchant la réformation des Mo-
nasteres , que le P. *Guyard* se propose
de réfuter , avoient paru en 1668.
*in-*12.

7. *La Fatalité de S. Clou.* 1674. *in-*
fol. Le P. *Guyard* avoit commencé
cette édition , mais il mourut avant
qu'elle fût achevée. Elle s'est faite à
Lille , selon le P. *Echard.* La même
année le P. *Nicolaï* en fit faire une
autre *in-*12. à *Paris* , mais il la data
de l'an 1672. quoiqu'elle soit poste-
rieure à celle qui est *in-fol.* On a réimprimé cet Ouvrage à la suite de la *Sa-*
tyre Ménippée dans l'édition de *Ratif-*
bonne faite en 1726. *in-*80. p. 435. du
2e. volume. Le P. *Guyard* prétend y
prouver que ce ne fut pas un Jacobin , nommé *Jacques Clement ,* qui

tua le Roi *Henri III.* Il a été réfuté
dans *la véritable Fatalité de S. Clou*, GUYARD
qui ſe trouve à la ſuite du *Journal de
Henri III.* dans l'édition de *Cologne*
de l'an 1720. *in*-8°.

V. *Scriptores Ordinis Prædicatorum.*
Pariſ. 1721. *in-fol.* tom. 2. p. 653.

Fin du trente-huitiéme *Volume.*

TABLE

Des Auteurs contenus dans ce Volume, selon l'ordre des matieres qu'ils ont traitées dans leurs Ouvrages.

Tome XXXVIII.   L l

DES MATIERES.

TABLE

TABLE DES MATIERES.

Fin de la Table des Matiéres.

APPROBATION.

J'AY lû par ordre de Monſeigneur le Garde des Sceaux le 38e. Volume des Memoires pour ſervir à l'Hiſtoire des Hommes Illuſtres dans la République des Lettres , & j'ai cru que l'on en pouvoit permettre l'impreſſion. A Paris ce 4. Août 1736. **HARDION.**

BIBLIOTHEQUE DE L'ARSENAL

www.ingramcontent.com/pod-product-compliance
Lightning Source LLC
Chambersburg PA
CBHW070546030726
47505CB00001B/183